바람카페,
나는 티벳에서
커피를 판다

바람카페, 나는 티벳에서 커피를 판다

파주 슈보보 글
한정은 옮김

푸르메

ཉི་མ།

이 책을 어머니께 바칩니다.

당신의 사랑이 우리 형제들의 삶을

한없는 기쁨과 행복으로 채웠습니다.

ཞི་མ།

티벳이 주는 느낌은 어쩌면 종교와 닮아 있는지 모르겠다. 늘 사람들로 하여금 이 땅을 이해하고 공감하도록 만들고 싶어진다. 티벳 라싸에 있는 〈바람카페〉에서 "당신의 책을 읽고 티벳에 꼭 와보고 싶다는 생각을 했어요!"라는 말을 들을 때마다 나는 정말이지 기분이 좋다.

내가 태어나고 자란 홍콩을 떠나 라싸로 오기까지, 사실 많은 분들의 숨은 노력이 있었다. 가족들 누구도 내 마음을 힘들게 하지는 않았다. 내가 티벳에서 마음 놓고 내 꿈을 좇을 수 있도록 항상 어머니를 돌봐주고 있는 누나에게 감사한다.

이 책의 '감사의 글'에서 나는 이렇게 적었다.

"이 책을 어머니께 바칩니다. 당신의 사랑이 우리 형제들의 삶을 한없는 기쁨과 행복으로 채웠습니다."

2009년 2월, 처음으로 내가 쓴 책을 받았던 날 어머니와 나는 홍콩 코즈웨이베이에 있는 한 인도 음식점에서 축하의 시간을 가졌다. 어머니는 책을 손에 들고 기쁨을 감추지 못하며 말씀하셨다.

"너하고 너희 출판사 말이다. 내가 아무 배운 것도 없는 사람이지만 이 책이 정말로 좋다는 건 안다. 이것 좀 봐라, 이렇게 두꺼운 책이 이렇게 가볍잖아. 종이 질도 좋고……."

어머니는 책을 이리저리 펼쳐보시다가 '감사의 글'을 보시더니 한참 아무 말씀이 없으셨다. 나는 내심 웃으면서 어머니의 반응을 살폈다. 어머니는 못 본 체하며 페이지를 중간쯤 펴시더니 갑자기 무슨 생각이 난 듯 다시 첫 번째 페이지로 돌아가서 몇 번이나 '감사의 글'을 되뇌듯 읽으셨다. 내게 왜 이렇게 썼는지 물어보실 법도 했지만 어머니는 "많이 먹어라"고만 하실 뿐이었다.

나중에 사촌누나가 전해준 말에 따르면 우리 큰이모가 이 글을 보고 눈물을 많이 흘리셨단다. 아마 우리 식구들이 살아온 험난했던 세월이 생각나셨을 것이다.

어수룩해 보이고 낙천적이고 장난스러운 나를 보고 사람들은 내가 당연히 따뜻한 가정에서 자랐을 것이라고 생각한다. 사실 그렇지 않다. 나의 유년시절은 순탄치 못했다. 어머니는 늘 나에게 "피하지 말고 더 적극적으로 맞서라", 심지어 "'당연하게' 받아들이라"고 가르치셨다. 여행할 때 만나는 어려움들을 경험이라 생각하고 티벳에서 카페를 열기까지 겪은 힘든 일들을 게임이라 생각하라고 하셨다.

생각해보면 이렇게 말과 행동으로 가르치신 어머니의 교육은 티벳족과 많이 닮았다. 어쩌면 어머니는 전생에 티벳족이었는지도 모른다. 다시 한번 어머니께 감사 드린다.

파주 슈보보(아깡)

ཞེ་མ།

홍콩에 있는 출판사로부터 《바람카페》가 한국에서 출판될 것이라는
소식을 들었을 때, 나는 농담을 하는 줄 알았다. 하지만 그가 내게 농담
을 하는 일이 거의 없다는 사실에 생각이 미치자 정말 기분이 좋았다.

한국에는 두 번 갔었다. 처음은 2000년, 두 번째는 그로부터 10년이
지난 2010년이었다. 그 10년 동안 한국은 정말이지 많이 변해 있었다.
나는 여행할 때 접이식 자전거를 가지고 다니는데, 서울에서 무엇보다
좋았던 것은 자전거를 타고 한강변을 따라 달릴 때였다. 시시각각 달라
지는 노을, 그 노을빛을 배경으로 성당이 강물에 그림자를 드리운 풍경
은 한 폭의 그림이었다.

당시에 나는 안국역 근처에서 민박을 했다. 1, 2층 높이의 작은 옛집
들이 동네를 옹기종기 둘러싸고 있었다. 홍콩에서 자란 나는, 대도시 안
에서 여전히 오래된 정경들을 볼 수 있다는 게 무엇보다 부러운 생각이
들었다. 홍콩이었다면 이런 곳들은 전부 정부와 부동산개발업자들이 매
입해 수십 층 높이의 고층건물을 세웠을 것이다.

말이 통하지 않을 때도 있었지만, 언제나 한국인들의 열정과 배려를

느낄 수 있었다.

　하루는 지하철을 타려고 표를 사서 승강장으로 걸어가고 있었다. 그런데 갑자기 뒤쪽에서 한 아주머니가 달려오며 내게 소리를 쳤다. 나는 영문을 모르다가, 곧바로 내 지갑이 떨어져서 아주머니가 그것을 내게 주워주려 했다는 걸 알았다. 아주머니는 한국어로 무슨 말을 했고 나는 알아듣지는 못했지만, 아마 우리 어머니처럼 내게 조심 좀 하고 다니라는 얘기를 했을 것이라 짐작했다. 내가 허리를 굽혀 홍콩말로 고맙다는 인사를 하자, 그제야 아주머니는 내가 한국 사람이 아니라는 걸 눈치채고 큰소리로 웃으셨다.

　또 한 번은 식당에 들어갔는데, 메뉴가 한국어로만 적혀 있고 사진도 없어서 어떻게 주문해야 할지를 몰랐다. 하는 수 없이 내 여행 안내서를 꺼내 '쇠고기밥'이라고 적힌 글자를 가리켰다. 꼭 쇠고기밥을 먹고 싶은 것은 아니었지만, 어느 것이든 상관없었다. 식당의 여주인은 책 위의 글자를 보더니 갑자기 나를 데리고 식당 밖으로 나갔다. 나는 다소 놀랐지만, 그녀가 이끄는 대로 따라갔다. 10분 가량 걸어가자 '쇠고기밥 전문점'이 눈에 들어왔다. 나는 몹시 허기가 진 상태였지만, 식당주인의 따뜻한 호의에 이미 배가 부른 것 같았다.

　한국에 머문 시간이 길지는 않았지만, 많은 한국 친구들이 도움을 주었다. 이 기회를 빌려 특별히 여기저기 나를 데리고 다니며 많은 것들을 경험할 수 있도록 도와준 이양재에게 감사의 말을 전하고 싶다. 그와 함께 한국의 카페들을 둘러보았고, 맛있는 한우牛와 김치찌개도 먹었다. 그 덕분에 홍콩으로 돌아와서 다이어트를 해야 했다, 하하! (나를 위해 한국어 통역을 해줘서 고마워.)

평양에서 알게 된 한국가톨릭의료협회의 빅토리아 수녀님과 한승돈 씨에게도 감사드린다. 두 분의 배려로 서울에 있는 병원을 둘러봤고, 북한에 짓고 있는 병원의 상황도 알 수 있었다. 그리고 삼계탕도 맛볼 수 있었다.

또 내게 떡볶이와 한국의 새로운 디자인 경향을 알게 해준 이경미와, 〈비원게스트하우스〉에서 만나 한국의 다양한 학교 생활에 대해 소개해주고 노량진 수산시장에도 데려가준 고려대학교 학생 김재원에게도 감사의 말을 전하고 싶다.

많은 한국 친구들이 나의 티벳 생활기를 읽어주었으면 좋겠다. 그리고 그만큼 나도 더욱 많은 한국 친구들의 이야기를 듣고 싶다.

2011년 3월 28일

라싸에서 아깡

티벳이 주는 느낌은 어쩌면 종교와 닮아 있는지 모르겠다.
늘 사람들로 하여금 이 땅을 이해하고 공감하도록 만들고 싶어진다.
티벳 라싸에 있는 〈바람카페〉에서
"당신의 책을 읽고 티벳에 꼭 와보고 싶다는 생각을 했어요!"라는 말을 들을 때마다
나는 정말이지 기분이 좋다.

바람카페

རྒྱ

차례‥

바람카페

제 1 장

여행의 이유

ཅི་མ་

고적古蹟이 된 우리 집

어머니는 내가 태어난 날에 대해 이야기해주시며 이런 말을 하셨다.

"네가 나오기 하루 전날, 침대에 누워서 라디오를 듣고 있었는데 엘비스 프레슬리가 죽었다는 거야. 그날 저녁에 진통이 와서 고추 달린 널 낳았지."

사실 엄마에게는 고추 달린 녀석이 두 명 있다. 하나는 나고 다른 하나는 형이다. 어릴 때 완차이 거리에서 가게를 하던 아주머니, 아저씨들은 우리를 큰 쌍둥이, 작은 쌍둥이라고 불렀다. 1984년 이후에는 그해에 나온 〈Double Trouble〉이란 영화 때문에 가족들은 우리 둘을 '더블 트러블'이라고 불렀다.

나보다 한 살 많은 누나가 있는데, 누나는 아직 운동화 끈을 매는 법도 배우기 전에 정소추가 주연한 〈의천도룡기〉를 본 후, 배운 적도 없는 장난감 실로폰으로 영화 주제곡을 연주해서 아버지와 어머니를 깜짝 놀라게 했다고 한다. 천재라고까지는 생각하지 않았지만, 누나의 재주를 그냥 묵힐 수가 없었던 부모님은 친구 분께 부탁해서 피아노를 배우게 했다. 그때부터 누나는 지금까지 30년 동안 피아노를 치고 있다. 그때는 피아노를 살 형편이 안 되었기 때문에 누나는 매일 피아노 가게에 가서 연습을 했다. 초등학교 몇 학년 때인가 어머니가 피아노를 사주셨는데 그때 우리 집에서 가장 값나가는 물건이 바로 그 피아노였다.

우리 형제들은 어렸을 때 홍콩 완차이 거리에 있는 구식 건물 9층에서 살았다. 당연히 엘리베이터 같은 건 없었다. 아버지는 우리 형제들이 난리를 치면서 뒤섞여 놀고 있으면 쓸데없이 기운 빼지 말라며 재미있는 TV드라마가 가장 많이 할 시간에 우리를 술심부름 보내곤 하셨다.

그 술집의 진짜 이름이 무엇이었는지 지금은 기억이 나지 않지만 우린 그냥 '할아버지 술집'이라고 불렀다. 할아버지가 술집 주인이었는데, 늘 흰색 러닝셔츠에 검은색 쿵푸 신발을 신고 계셨다. 코카콜라가 당첨자에게 요요를 선물로 준다는 광고를 할 때면, 할아버지는 언제나 요요를 챙겨두었다가 우리에게 주곤 하셨다. 그러다가 운이 좋은 당첨자가 찾아오면 할아버지는 "왜 이제야 오셨수? 벌써 다 나갔구먼!"이라고 말했다. 그때는 그렇게 애지중지했던 요요가 지금은 하

완차이 블루하우스. 1층의 하얀색 계단이 린전센 병원으로 들어가는 출입구이다. 이곳의 하얀 계단은 당시 아이들의 아지트였는데 아이들이 앉지 못하도록 의사 할아버지가 계단에 물을 뿌려 놓곤 했다.

옛날에 우리 집이 있었던 곳이 지금은 법정 보존전통가옥으로 지정되어 '완차이 블루하우스' 라는 이름이 붙여져 있다. 어렸을 때 녹색 문들이 달린 이 가게에서 군것질을 하곤 했다.

블루하우스 옆에 있었던 술집. 할아버지가 주인이었기 때문에 우리는 이곳을 '할아버지 술집' 이라고 불렀다. 지금은 '완차이 주민생활관' 으로 바뀌었다.

세 살 때 찍은 사진. 왼쪽부터 나, 형, 누나, 사촌누나, 사촌형.

나도 남아 있지 않다.

여덟 살이 되던 해에 우리 집은 쿤통으로 이사했다. 비록 툭하면 완차이로 달려가긴 했지만 옛날에 살던 집에 가볼 기회는 거의 없었다. 몇 년 전에 신문을 보고서야 나는 정부가 '완차이 살리기' 계획의 일환으로 술집 옆에 있던 푸른색 건물과 완차이 우체국을 고적으로 지정했다는 것을 알았다. 여러 해가 지난 후 캄보디아 앙코르와트에 갔을 때, 나는 내가 어렸을 때 살았던 집도 고적이라는 생각을 하며 혼자 뿌듯해했다!

하지만 할아버지 술집은 이제 성야고보회에서 운영하는 '완차이 주민생활관'으로 바뀌었고, 짙은 술 냄새를 풍기던 대들보와 해묵은 술통이 있던 자리는 플라스틱 판이 대신하고 있다.

여행을 싫어했던 유년기

우리 할아버지는 중국 후조우에서 태어나서 25세에 베트남으로 이민을 가신 후 돌아가실 때까지 한 번도 고향에 가신 적이 없다. 80년대의 홍콩, 그러니까 내가 초등학교 5학년이었던 그때는 베트남 '보트피플' 문제가 심각했었다. 매일 라디오를 켤 때마다 나오는 '부로우뚱나이 베트남어로 '지금부터'라는 뜻이지만, 중국어로는 '구멍 안 나는 우유'라는 말처럼 들린다'라는 말이 그렇게 우스웠다. 난민들에게 다시는 홍콩으로 오지 말라고

경고하는 방송이었다.

열 살 때, 나는 처음으로 비행기를 타게 되었는데 목적지는 베트남이었다. 할아버지를 뵈러 가서 3주 동안 머물렀다.

21일간의 여정은 고난 자체였다. 참기 힘든 무더위와 모기떼, 적어도 하루 세 번의 설사에 한번 변기에 앉으면 세 시간은 족히 있어야 했는데, 약도 주사도 소용이 없었다. 우리가 차가운 사이다를 마시고 싶다며 조르자 할아버지는 한걸음에 사이다를 사가지고 오셨다. 변을 보고 엉덩이를 닦는 종이가 떨어지자 할아버지는 고리궤짝 안에서 할머니가 생전에 남겨 놓은 거라고 하시며 눈처럼 하얀 화장지를 꺼내셨다. 할머니는 이미 10년 전에 돌아가셨다.

할아버지를 뵈러 가는 것은 당연한 일이었지만 우리 세 형제는 학교에 가서 절대로 우리가 베트남에 갔다 왔다는 말을 하지 말자고 약

할아버지 댁에서 찍은 사진. 베트남 남부 미토에 있었는데 할아버지는 이곳에서 차※가게를 하셨다.

속했다. 아이들이 우리를 '보트피플'이라고 놀릴지도 모른다고 생각했기 때문이다. 하지만 홍콩으로 돌아온 후, 어디를 갔다 왔다는 소문이 안 날 리가 없었고 우리는 아이들에게 며칠 동안 '구멍 안 나는 우유'라고 불렀다.

이렇게 어린 시절 베트남이 준 좋지 않은 추억으로 인해, 나는 어려서부터 어디 가는 것을 좋아하지 않게 되었고 외국은 모두 무서운 곳으로 생각하게 되었다.

어느 해 어머니가 며칠간 필리핀에 가서 놀다 왔으면 좋겠다고 말했을 때, 우리 세 명은 안 간다고 펄쩍 뛰었다. 사실 속내는 가고 싶지 않아서가 아니라 홍콩에서 〈성투사 세이야〉일본 만화가 그루마다 마사미의 만화를 보고 싶어서였다.

여행에 맛들이다

90년대 중반 〈전파소년〉이라는 일본 TV프로그램이 있었는데, 예를 들면 홍콩인과 일본인이 실제로 남아프리카 희망봉에서 노르웨이 최남단 등대까지 가는 여정을 보여주는 프로그램이었다. 매일 그 프로그램을 놓치지 않고 보면서 나는 그제야 홍콩이 좁디좁은 항구에 불과하다는 것, 세계가 얼마나 넓은지 눈으로 봐야겠다는 생각을 품게 되었다. 나는 다른 세 명의 중학교 친구와 7일간 태국으로 여행을 가기로 마음먹었다.

당시만 해도 자유여행이 흔치 않은 때라 우리가 할 수 있는 최대한의 사전준비라야 몇 날 며칠 동안 통로완에 있는 여행사 몇 군데를 오가며 여행일정과 숙식을 비교해서 여행사를 고르는 것이 고작이었다.

태국 여행을 하면서 나는 정통 태국 음식을 맛볼 수 있기를 기대했었다. 태국에 도착한 날 저녁, 태국 여행가이드가 후조우 사투리가 섞인 광동어로 "여러분, 태국에 오신 것을 환영합니다. 오늘 저녁에는 광동 음식을 준비했습니다!"라고 말했을 때 나의 작은 기대는 순식간에 날아가고 말았다.

타이거파크 관광, 낙하산 타기, 악어에게 냉동닭 먹이주기, 나이키 매장에 들어가서 운동화 고르기, 마카오음식 먹기 등 이런 일정들 속에서 7일간 오락가락하다가 홍콩으로 돌아왔다.

그때 가본 태국의 여러 곳들은 내게 거의 아무런 인상을 남겨주지 못했다. 그나마 가장 기억나는 일은 방콕의 길가 노점에서 먹었던 간식들과 그곳 사람들이 어떻게 살고 있는지 구경하며 걸어 다닌 기억, 바로 가장 평범하면서도 가장 특별한 정경들이었다.

예전에 나는 여행사가 좀더 안전하면서 가장 볼 만한 곳들과 풍경들을 우리에게 보여줄 것이라고 굳게 믿었던 때가 있었다.

어느 해 나는 대학 친구 두 명과 함께 쓰촨으로 놀러 가는 계획을 세웠다. 우리는 다시 판에 박힌 공식을 따라 통로완으로 달려가서 여행사를 골랐고, 열흘 동안 청두와 주자이거우를 둘러보며 여행했다. 같이 여행단에 섞여 다녔던 한 여선생님이 "나는 티벳하고 신장만 빼고 중국은 다 가봤어요!"라고 했다. 그때만 해도 티벳은 내게 낯설기만 한 곳이었고, 더욱이 몇 년이 지난 후에 내가 그곳에 카페를 열게 되리라고는 생각지도 못했던 때였다.

주자이거우를 여행하던 중에 일행 중 한 사람이 그 선생님에게 여행의 소감을 묻자 그녀가 정색을 하며 말했다.

"제 생각엔 화북 쪽으로는 XX여행사가 좋고, 화남 쪽으로 갈 때는 YY여행사가 가장 좋은 거 같아요."

내가 문득 호기심이 생겨 물었다.

"혼자 여행해본 적이 있으세요?"

그녀가 별걸 다 묻는다는 듯이 대답했다.

"당연히 없죠, 혼자 가는 건 위험하잖아요!"

그해에 친구와 여행 이야기를 하던 중 나는 불현듯 혼자 배낭여행을 가보면 좋겠다는 생각이 들었다.

배낭여행의 준비는 생각했던 것보다 훨씬 간단했다. 실크로드 여행 안내서를 몇 권 사고, 교통편을 예약했다. 시안에서 우루무치까지 가는 동안 유목민의 장막 한 귀퉁이를 빌려 잠을 자고, 말도 타고, 길도 걸었다. 밤에는 모닥불 주위에 모여앉아 카자흐족 가장이 불러주는 노래와 이야기를 들었다. 사방을 둘러봐도 사람 그림자 하나 없는 밤 하늘 아래 조명이라곤 오직 달빛과 별빛뿐이었다. 화장실은 마음 내키는 대로 초원에서 해결하면 되었다. 이전에는 생각지도 못한 단순하고 소박한 나날들이었다.

3주간 실크로드를 따라가는 여행에서 소요된 경비는 7일간의 태국 여행에 들어간 비용의 절반밖에 들지 않았지만 느낌은 훨씬 깊고 강렬했다. 자유롭게 발길이 닿았던 곳, 천천히 감상하며 지나갔던 곳들이 눈앞에 선명하게 펼쳐졌다.

이 여행은 나로 하여금 진정으로 여행을 사랑하도록 만들어주었다.

이후 나는 배낭을 메고 짧게는 며칠에서 길게는 3년에 이르기까지 유럽과 아시아 수십여 나라를 돌아다녔다. 기차역 밖에서 노숙을 하고, 사원에서 명상을 배우고, 태국어와 베트남어를 배우고, 자원봉사를 하면서 영어를 배웠다. 통역을 하면서 돈을 벌기도 했으며, 아프가니스탄에서는 하마터면 지뢰를 밟을 뻔한 순간도 있었고, 파키스탄에서는 절벽 아래로 떨어진 적도 있었다.

하지만 나를 가장 오매불망하도록 만든 곳은 바로 티벳이었다.

바람카페

제 2 장

마음속의 티벳

ཉི་མ་

처음으로 만난 티벳

내가 처음으로 티벳에 간 것은 2001년 8월이었다. 그곳으로 떠나기 전, 내게 '티벳'은 신비였다. 위춘의 《홀로 티벳을 걷다》와 제임스 힐튼의 《잃어버린 지평선》을 읽어본 후 갖게 된 느낌 외에 티벳에 대한 나의 인식은 까마득히 먼 곳, 포탈라궁, 고원증후군, 티벳 불교, 주문 같은 티벳 문자가 다였다.

상하이에 있는 외국 서점에서 책을 읽다가 무심결에 눈에 들어온 티벳 여행서에서 매년 거행되는 '쇼뚠 축제[1]' 사진을 보았다. 산허리에 펼쳐져 있는 거대한 불상화, 개미처럼 작아 보이는 사람들의 무리,

---

[1] '쇼'는 티벳어로 요구르트라는 뜻이고, '뚠'은 파티라는 뜻이다. 쇼뚠 축제는 일명 요구르트 파티로 드레풍 사원에서 시작을 하고 길을 따라 이동을 하며 노불링카에서 끝난다. 거대한 탕카가 내걸리고 사람들이 나눠주는 요구르트를 먹는 행사로, 라마와 승려들의 참춤을 볼 수 있다.

끊임없이 피어오르는 향불, 희미한 햇살, 기회가 된다면 꼭 그곳에 가서 축제를 느껴보고 싶다는 생각이 들었다. 계속 여행책자를 훑어보던 나는 쇼뚠 축제가 2주 후면 시작된다는 것을 알았다. 나는 화동지방으로 가려던 일정을 접고 기차를 타고 상하이에서 거얼무로 가서 다시 티벳으로 들어가기로 마음먹었다.

당시에는 아직 칭짱철도가 없었기 때문에 기차로 거얼무로 가서 거기에서 라싸까지 버스로 1,142킬로미터를 달려가야 했다. 버스표를 사는 것도 쉬운 일이 아니었는데, 홍콩이 중국에 반환된 뒤였지만 홍콩에서 티벳으로 가기 위해서는 외국인과 마찬가지로 회향증^{홍콩 거주민} 이 중국에 들어가기 위해 만드는 여행카드과 소위 '티벳출입증'이 있어야 했다. 티벳출입증이라고 해봤자 종이에 간단하게 여정을 적어 넣은 증서에 불과했다. 여행사면 통하면 이 증서를 얻을 수 있었는데, 그러려면 복잡한 갖가지 명목에 붙는 비용을 지불해야 했다.

그 명목들은 대충 이런 것들이 있다. 거얼무에서 라싸까지 가는 버스차표(210위안), 사흘간 라싸에 머무는 동안 드는 버스비(10위안 조금 못 된다), 포탈라궁(70위안)과 조캉사원 입장료(30위안), 사흘간 여관 침대사용료(30위안), 가이드 관광안내 미포함.

단체여행에 끼여 가고 싶지 않았던 나는 큰맘 먹고 직접 거얼무 장거리 버스표를 샀다. 매표원이 익숙하게 물었다.

"신분증은요? 중국인이 아니면 차표 못 삽니다!"

내가 말했다.

쇼뙨 축제는 티벳에서 여름철에 열리는 가장 성대한 축제이다. 해
마다 티벳력 6월 30일(티벳력은 보통 양력보다 한 달에서 한 달 보
름 정도 늦으므로 양력 8월~9월경임)에 거행된다. 드레풍 사원 바
깥에 있는 산비탈에 높이 30미터, 넓이 20미터의 거대한 비단탕가
가 펼쳐지면 구름처럼 운집한 사람들이 탕카(불상화)를 향해 하다
와 불경이 적힌 오색의 종이를 던지며 소원을 빈다.

"전 홍콩 사람인데요."

매표원은 고개도 안 들고 차갑게 내뱉었다.

"홍콩도 안 됩니다!"

나는 항변했다.

"벌써 반환되었잖아요?"

매표원의 매몰찬 한마디가 곧 대화를 종료시켰다.

"반환되었다고요? 우리가 홍콩 갈 때 밟아야 할 수속은 더 복잡해요!"

티벳출입증을 만들고 싶지 않으면 위험을 무릅쓰고 불법으로 여행객을 티벳까지 실어 나르는 운전기사를 찾으면 된다는 말을 들었다.

나는 버스터미널에서 운전기사를 수소문했는데 하나같이 돌아오는 말이 "지금은 단속이 너무 심해서 더는 그럴 수가 없다!"는 것이었다. 불법으로 여행객을 데리고 들어가다가 공안에게 발각되면 1인당 1천 내지 5천 심지어 1만 위안의 벌금을 내야 한다고 했다. 어쨌든 단속이 심해서 정상 버스비의 네 배를 얹어줘도 나를 태워줄 사람이 없었다.

그때가 2001년 8월 10일이었는데, 한 고위인사가 티벳을 방문하기 때문에(지금까지도 티벳을 방문한 그 높은 양반이 누구였는지 알려지지 않았지만) 티벳 전체의 보안이 강화된 것이 원인이었다. 그래서 운전기사들이 불법으로 여행객을 태우고 들어갈 엄두를 내지 못하고 있었다.

하루 종일 운전기사를 찾아헤매는 동안, 나는 원래의 여행계획을

쇼뚠 축제에 드레풍 사원에서 요구르트를 나눠주는 모습.

요구르트를 딱딱하게 굳힌 섯. 티벳
족의 전통음식이다.

완전히 바꾸어야 하지 않을까 하는 생각이 들었다. 오로지 상하이에서 라싸의 쇼뚠 축제를 보려고 달려왔는데, 일주일만 지나면 축제가 시작될 터였다. 그런데 나는 여전히 천리 밖 거얼무에서 대책없이 헤매고 있었다. 거얼무는 사막의 오아시스 같은 곳이었지만, 정작 내게는 갈증을 풀 '물 한 모금'을 가져다주지 못했다. 먼지가 휘날리는 길 위에서 나는 더욱 의기소침해졌다.

티벳으로 잠입하다

거얼무에서의 이튿날, 나는 불법으로 티벳에 들어갈 수 있는 차를 계속 찾아다녔다. 운전기사들의 대답은 한결같았다.

"못 들어갑니다!"

다음 사람도 "못 들어갑니다!"

그 다음 사람은 그나마 웃으며 말했다.

"지금은 들어갈 사람 아무도 없어요!"

버스터미널에서 한국인 두 명을 만났는데 그들도 티벳으로 들어갈 방법을 찾고 있었다. 우리 사이에 공통된 언어가 없었기에 어렵사리 몇 마디를 주고받고 있을 때, 어디에서 나타났는지 한 운전기사가 오더니 자기 차로 우리를 라싸로 데려다주겠다고 했다. 그가 자신의 가슴팍을 치며 말했다.

"2천 위안 내쇼. 전에 내 차로 외국 사람 몇을 라싸로 데려다준 적이 있으니까 염려는 붙들어 매고!"

우리 세 사람이 2천 위안을 똑같이 나누면 한 사람당 6백 위안이면 되니까 '2천3백 위안에 떠나는 티벳 단체여행'보다 훨씬 저렴했다. 나는 좋아서 어쩔 줄 몰랐다. 드디어 상황 종료, 드디어 라싸로! 어제 온종일 차를 못 구해서 애태우던 문제가 깨끗이 해결되었다.

상세한 여정을 이야기하려는 순간 운전기사가 갑자기 말했다.

"아무리 생각해도 라싸는 안 되겠어요. 발각되면 처벌이 워낙 엄해야지!"

한국인 친구들은 라싸로 가지 않고 란조우로 방향을 바꾸기로 결정했다. 그들은 떠나기 전에 내가 종일 자신들을 위해 통역을 해줘서 고맙다며 몇 번이고 인사를 했다. 한국으로 놀러 오면 꼭 연락하라고 했지만 이제는 그들의 이름조차도 잊어버렸다.

거얼무에서 사흘째 되던 날, 버스터미널에 붙어 있는 '고원교통'이라는 작은 광고가 우연히 눈에 띄었다. 광고에는 낡은 버스 사진이 있고 그 옆에 전화번호가 있었다. 나는 당장 전화를 걸었다. 어떤 남자가 전화를 받았는데, 마 씨 성을 가진 그 남자는 처음에는 "지금은 손님 태우고 티벳에 못 들어갑니다!"라고 하더니 나중에 목소리를 낮추며 물었다.

"얼마 줄 거요?"

상황이 바뀐 것을 느끼며 나는 입에서 나오는 대로 450위안이라고 말했다. 그는 못해도 8백 위안은 줘야 된다고 했다. 내가 500, 550, 560, 700, 750까지 올라가는 동안 그는 800에서 꿈쩍도 하지 않았고, 결국 나는 그가 부르는 대로 줄 수밖에 없었다.

마침내 차를 타게 되었다! 터미널에서 고원교통의 마 씨를 찾아갔을 때, 그는 광고에 찍혀 있던 버스보다도 한참은 더 낡아 보이는 버스를 가리키며 말했다.

"이 차에 타쇼!"

버스는 더도 덜도 안 보태고 고철덩이라고 해도 억울할 게 없어보였다. 한눈에 봐도 저것이 과연 칭짱 고속도로를 달려 해발 5,231미터 탕글라산을 오를 수 있을지 미심쩍었다. 내가 차에 오르기가 무섭게 마 씨가 손바닥을 내밀었다.

"돈은?"

내가 우선 계약금으로 일부만 주겠다고 하자 그는 완불을 해야 한다고 했다.

"안심하쇼, 우린 신용 하나로 밥 먹고 사는 사람들이니까."

영수증을 끊어줄 수 있느냐는 내 질문에 그가 고개를 흔드는 것만으로 부족하다고 생각했는지 손까지 휘휘 내저으며 말했다.

"그런 거 필요 없어요!"

이것은 내게 일방적으로 불리한 거래였고, 이런 상황만 아니라면 당연히 돌아섰을 것이다. 하지만 도박처럼 내게는 선택의 여지가 없었다. 가려면 8백 위안을 고스란히 내던지, 안 가려면 꼼짝없이 '2천3백 위안짜리 티벳출입증'을 만들어야했다. 나는 기차에서 보았던 이 회사의 대형광고와 교차로에 있던 고정매표소를 떠올리며 8백 위안을 주고 차에 올랐다.

운전수가 차비를 덥석 받고 내게 180위안이라고 적힌 차표를 끊어 주었다. 한 회족 원주민이 나를 차로 데려가더니 내가 입고 입던 노란색 고어텍스 점퍼가 사람들 눈에 쉽게 띈다며 외투를 벗으라고 했다.

버스가 90분쯤 달렸을까, 운전수가 택시 한 대를 세우고는 4킬로미터 밖에 있는 검문소를 통과해야 한다며 내게 택시로 옮겨 타라고 했다. 검문소에는 '정지 검문'이라고 적혀 있었고, 화물차 몇 대가 서 있었다. 나는 과연 검문소를 통과할 수 있을까, 공안에 붙잡히면 난민처럼 강제 송환되는 건 아닐까 하는 생각에 몸이 저절로 움츠러들었다.

그런데 택시기사는 차를 멈추려는 기색도 없이 검문소를 통과할 때 오히려 더 속도를 냈다. 놀랍게도 공안도 차를 멈춰 세울 뜻이 전혀 없어 보였다. 모든 차량이 정지할 필요는 없으며 일반적으로 소형 차량은 라싸까지 가는 게 불가능하기 때문에 검문을 받을 필요가 없다는 사실을 나중에 기사로부터 들었다.

검문소를 통과한 후, 3킬로미터쯤 지나자 주유소가 보였다. 기사가 내게 그곳에서 버스가 올 때까지 기다리라고 했다.

오후 4시 10분, 해발 3천2백 미터, 황량한 정적과 불안만이 가득한

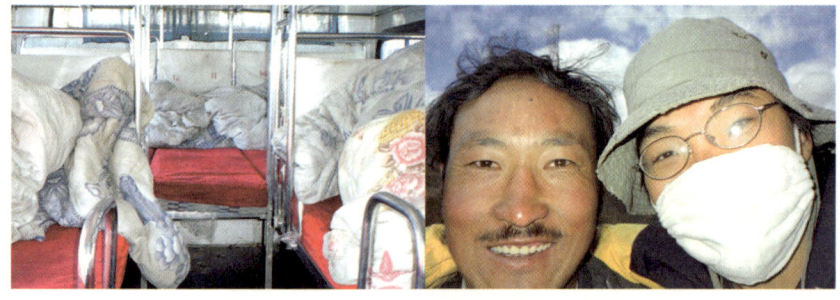

옛날에는 중국 내지에서 티벳으로 가려면 버스가 주요 교통수단이었다. 2006년 7월 칭짱철도가 개통된 후 버스 운송이 예전에 비해 눈에 띄게 줄었다(위). 2002년 전까지만 해도 홍콩에서 티벳으로 가려면 '티벳출입증'을 만들어야 했다. 나는 돈을 써가며 이런 증서를 만들고 싶지 않아서 버스를 타고 몰래 티벳으로 들어갔다. 검문소를 지날 때면 과일껍질, 쓰레기, 가래침 투성이로 변한 침대바닥에 엎드려야 했다(아래 왼쪽). 공짜로 차를 얻어 타고 라싸에서 네팔 수도 카트만두로 갈 때 운전수 아저씨와(아래 오른쪽).

나의 귓가에 멀리서 수시로 폭발음이 들려왔다. 갑자기 경찰차 한 대가 날아갈 듯이 달려오고 있었다. 도둑이 제발 저린 것일까, 나는 주유소 안으로 몸을 감추었다. 경찰차는 그냥 달려가면서 확성기로 "길가로 비켜요, 비켜서요!"라고 말하며 길에 있는 다른 차들을 비켜서게 했다. 경찰차의 뒤를 이어 군용차가 따라왔는데 차에 탱크 한 대가 실려 있었다.

그제서야 사방을 둘러보니 주유소뿐이었다. 나는 기다리고, 기다리고 또 기다렸지만, 내가 타야 할 버스는 오지 않았다. 그보다 늦게 출발한 버스는 이미 한참 전에 지나갔다. 불안해지기 시작할 때쯤, 내가 버스에 탈 때 따라 올라왔던 남자가 택시를 몰고 왔다. 그를 보자 나는 한숨을 돌렸다. 그는 버스가 아직 검문수속을 못해서 검문소를 통과하지 못하고 있다고 말했다. 그는 주유소에 잠시 앉아 있더니 갑자기 돌아가야겠다며 일어섰다. 그리고는 굳이 지갑을 꺼내더니 자신의 운전면허증을 내게 보여주며 말했다.

"내 친구는 운전을 못해서 내가 검문소로 가봐야 해요."

그는 내게 주유소에서 꼼짝 말고 기다리고 있으라고 몇 번이나 말했다.

"해가 져도 다른 데 가지 마쇼."

그가 다시 덧붙였다.

나는 다시 기다리고 기다리다가, 책을 읽다가, 일기를 쓰다가를 반복하며 몇 시간을 보냈다. 7시가 훌쩍 넘어가고 있었지만 여전히 햇

살이 비치고 있었다. 나는 가만히 앉아 있을 수가 없었다. 온갖 어지러운 생각들이 머릿속을 지나갔다. 얼마나 기다려야 하는 걸까? 그 사람들이 오기는 올까? 사기꾼들이 아닐까? 하늘이 어두워지기 시작하자 한기가 느껴졌다. 반팔 셔츠와 반바지 차림이었던 나는 주유소 밖에 쪼그리고 앉아 있다가 주유소 안으로 들어가 앉았다. 기름 냄새가 코끝으로 밀려왔고, 회족 주유원과 그의 아들이 주유소 밖에서 장난을 치고 있었다. 아이가 툭하면 울음을 터뜨렸기 때문에 마음이 여간 불편하지 않을 수 없었다.

밤 9시가 넘어서자 하늘이 칠흑 같이 어두워졌지만 여전히 버스는 오지 않았다. 그렇게 초조, 불안, 안절부절 속에 1분 1초가 지나갔다. 나중에는 초조보다 더한 허기, 심한 허기에 배를 부여잡은 게 한참 전이었지만 무엇을 먹을 만한 곳이 없었다.

회족 주유원이 불쑥 내게 말을 던졌다.

"밥 좀 먹어요!"

이럴 때 대개는 사뭇 사양하는 척이라도 해야 옳겠지만, 그 순간 나의 반응은 기다렸다는 듯이 "네!" 하고 벌떡 일어나서 한마디 덧붙였다.

"실례하겠습니다!"

주유원의 아내가 내게 국수 한 그릇을 덜어주었는데, 내가 그릇을 비우는 데 3분도 채 걸리지 않았다. 한 그릇 더 먹고 싶었지만 염치가 없어서 멀뚱하게 앉아 있자 주유원의 아내가 내게 한 그릇 더 먹겠느냐고 물었다.

"네!"

나의 대답이었다.

어쨌든 배를 채운 나는 그들의 집안에 우두커니 앉아 있었다. 주유원의 아내가 아들의 코에 돋은 부스럼에 연고를 발라주고는 자기도 크림을 바르더니 딱히 할 일이 없는지 소형계산기에 달린 버튼을 눌렀다. 계산기는 계산하는 기능 말고도 음악을 들을 수가 있었다. 〈동방의 명주〉라는 노래가 흘러나왔다. 마치 휴대전화에서 흘러나오는 소리처럼 귀에 거슬렸지만 그들은 아무렇지도 않게 듣고 있었다. 아마 그 집의 유일한 오락수단이었는지도 모른다.

주유원이 무작정 기다리고 있는 나를 보고 거얼무에 가서 상황을 알아보라고 말했다. 나도 그 생각을 안 해본 건 아니었지만, 짐이 모두 그 버스에 실려 있는 마당에 만약 버스가 왔다가 내가 없으면 어쩐단 말인가? 내가 주유원에게 차량이 서류수속을 마치고 검문소를 통과하는 데 시간이 얼마나 걸리느냐고 묻자, 그가 대략 한두 시간 걸린다고 했다. 나는 "근데 왜 이렇게 늦는 거지?"라고 중얼거렸다.

주유원은 내가 자기에게 하는 말인 줄 알았는지 대답했다.

"그 사람들한테 당한 것 같습니다!"

나는 강하게 부인했다.

"그럴 리가요!"

설마 그럴 리 없기를 간절히 바라면서도 나는 그 사람들한테 속은

게 아닐까 하는 생각을 떨쳐버릴 수가 없었다.

주유원의 아내가 계속 밖을 내다보고 있다가 차가 가까이 다가올 때마다 내게 물었다.

"저 차 아니에요?"

처음에 나는 흥분해서 내다보았지만 몇 번 허탕을 치자 나중에는 그녀가 뭐라고 해도 벌벌 떨면서 그 자리에 앉아 있었다. 너무나 추운 날씨였다.

밤 11시 33분, 기다린 지 일곱 시간이 넘어가고 있을 때쯤, 다시 차 한 대가 주유소 쪽으로 다가왔다. 낮에 내가 탔던 버스와는 달리 다소 새것으로 보이는 버스였다. 주유원 아내가 다시 내게 물었다.

"저 차 아니에요?"

나는 여전히 들은 체 만 체 우두하니 앉아 있었다. 차에서 사람이 내렸는데 낮에 만난 그 기사가 아니었다. 그는 내게 차에 타라며 웃었다.

"오래 기다렸죠?"

그 사람들이 온 것이다. 내가 처음에 탔던 차는 결국 검문소를 통과할 수가 없게 되어서 회사가 승객들과 짐을 모두 다른 차로 옮기게 되었다고 했다. 내 짐들은 버스 짐칸에 있다고 했지만 나는 마음이 놓이지 않아서 확인하고 싶었다. 짐이 모두 두 개였는데 짐칸 뚜껑을 열었을 때 한 개 밖에 눈에 띄지 않았다. 기사는 "그 사람들이 이거 하나밖에 안 줬어요"라고만 하며 자기도 어떻게 된 일인지 모른다고 했다.

2001년, 포탈라궁에서 진행된 양자경 주연의 〈터치〉 촬영 장면. 엑스트라 배우들이 승려 분장을 하고 있다(위). 라모체 사원의 승려와(아래왼쪽). 그해 라싸에 도착한 후 사흘째 되는 날이 내 생일이었다. 생일 축하 겸 룽마클럽에서 친구와 놀았다. 티벳족인 그 친구가 생일케이크 크림을 얼굴에 묻혀야 복이 온다며 내 얼굴에 크림을 잔뜩 발라놓았다(아래가운데). 칭하이에서 알게 된 친구들. 지금 그녀들은 베이징 여행사에서 티벳 단체여행 전문 가이드로 일하고 있다. 왼쪽부터 량하이링, 린춘위, 나, 장쥔(아래오른쪽).

가슴이 오그라드는 것을 느끼며 나는 기사에게 제대로 찾아보았느냐고 물었다. 그는 터미널로 돌아가서 알아보라고 했다. 다시 말해서 나혼자 거얼무로 돌아가라는 얘기였다.

돌아가야 할까, 아니면 짐은 포기하고 라싸로 가야 할까? 가방 안에는 겨울옷 전부, 몇 권의 여행서적, 물병, 구급약 그리고 휴대용 산소호흡기가 들어 있었다.

어떻게 해야 좋을지 몰랐던 나는 다짜고짜 옆에서 자고 있는 승객에게 내 가방을 못 보았느냐고 물었다. 그가 성가신 듯 침대 아래를 가리켰다. 가방이 거기에 있었다.

한숨 돌리기는 했지만 나는 쉽게 신경을 가라앉힐 수 없었다. 일곱 시간 동안이나 나를 괴롭혔던 초조, 불안, 허기가 한꺼번에 엄습하며 시계바늘처럼 나의 신경을 곤두세웠다. 몸은 전혀 피곤하지 않았지만 마음은 그렇지 않았다. 마치 금방이라도 바스러질 듯이 말라버린 것 같았다. 너무 무리했다는 생각 외에 아무 생각도 나지 않았다.

티벳은 어디에 있을까

20시간이면 될 길을 이런저런 우여곡절을 겪느라 이틀이 걸려서야 끝이 났다.

옆에 자던 회족 소년도 성이 마 씨였는데, 자기 삼촌이 라싸에서 기넘품 장사를 하고 있으니까 찾아가보라고 했다. 자신은 벌써 몇 번이나 라싸에 와보았기 때문에 라싸를 잘 안다고 잘난 체를 하면서 "한 번만 더 길을 돌아가면 라싸예요"라고 말했다.

그러기를 여러 번, 나중에 나는 아예 듣는 시늉도 하지 않았다.

별안간 차안이 술렁거렸다. 정말로 신성한 땅, 우리의 목적지인 '라싸'에 도착한 것이다.

차에서 너무 흔들린 탓인지 버스가 라싸의 베이징동로에 멈춰 섰을 때도 머릿속이 여전히 멍했다. 고개를 돌리자 햇살이 눈을 찔렀다. 찬란한 햇빛 속에 우뚝 솟아 있는 포탈라궁이 마치 영화의 한 장면 같았다. 순간 알 수 없는 울컥함에 울음이 터질 것 같았다. "라싸에 도착했다!"라고 크게 소리를 지르고 싶었다. 심지어 어느 종교에서 그러듯 이 땅에 입이라도 맞추고 싶었지만 길이 너무 지저분했기 때문에 생각을 접었다.

이렇게 처음 티벳에 온 나는 3개월 동안 머물렀다.

다른 곳들과 달리 티벳은 사람으로 하여금 자꾸 찾아오게 만드는 흡입력이 있었다.

그후 일년쯤 지난 어느 날, 우연히 동화책을 보게 되었는데, 티벳어와 영어로 쓰인 《티벳은 어디에 있을까》라는 책이었다.

이야기는 아주 간단했다. 두 아이가 물었다.

"티벳이 어디 있어요?"

아이들은 이곳저곳을 찾아다녔다. 꽃잎 속, 하늘 위, 구름 속, 저녁

노을 저편, 사방으로 찾아다녔지만 도무지 알 수가 없었다. 아이들이 풀이 죽어 있을 때, 한 고승이 나타나더니 말했다.

"티벳은 찾기가 어렵지 않아, 티벳은 너희 마음속에 있단다!"

책은 10쪽에 불과한 짧은 이야기였지만 "티벳은 너희 마음속에 있단다!"라는 구절을 보는 순간, 티벳에서 보낸 3개월의 기억이 다시 내 눈앞에 떠올랐다.

그때부터 나는 기회가 되면 자전거를 타고 가보리라는 마음을 품게 되었다.

태국, 자전거 그리고 오트

ༀ་མ་

오트, 강제로 출가하다

몇 년 후 나는 태국으로 갔고, 그곳에서 태국어를 배우고 나의 첫 번째 자전거도 구입했다. 이 자전거로 인해 나는 태국자전거협회 구조요원 오트^{Oat}를 알게 되었다.

그해 마침 장기휴가 중이던 오트는 달리 할 일이 없었기 때문에 나와 자전거점에 가서 부품을 사거나 산악자전거에 필요한 기본지식을 가르쳐주었다. 타이어 교체, 브레이크 기술, 자전거 체인 연결법 등 아주 기본적인 것들이었지만 나는 아무것도 할 줄 몰랐다. 결국 오트가 참을성 있게 다음 휴가 때 다시 가르쳐주기로 했다.

처음에 오트는 내게 말을 할 때 예의 바르다 못해 질색할 정도로 경어를 사용했다.

"선생님, 이렇게 하셔야 타이어를 교체할 수가 있습니다."

"선생님, 자전거를 타는 자세를 이렇게 하셔야 합니다."

내가 밥 먹었느냐고 물으면 그는 언제나 한마디로 대답했다.

"예 서!^{Yes sir}"

그럴 때마다 나는 펄쩍 뛰었다.

그런 나를 그는 오히려 의아해했다.

"이게 얼마나 예의 바르고 좋습니까?"

오트와 나는 늘 지칠 줄 모르고 이야기를 나누었는데, 가장 자주 입에 오르내린 화제가 컴퓨터와 자전거였다. 그는 자전거에 대해 이상할 만큼 열광했고, 무엇을 개조했다느니 무엇을 장착했다느니 하는 말들을 자주 하곤 했다. 그는 중고 컴퓨터와 GPS를 장착해서 자전거를 타고 가면서 컴퓨터로 지도도 보고 영화도 볼 수 있도록 만들겠다고 했다. 또 배터리를 자전거백에 장착해서 '1백만 볼트' 슈퍼 충전 배터리를 만든다는 둥 알아들을 수 없는 소리를 했다.

오트의 집은 논타부리에 있었는데, 방콕과 10여 킬로미터 떨어진 곳이었다. 나는 자전거를 타고 친구나 가족들을 만나러 가는 그를 따라다녔다.

어느 날 아침, 그가 어머니와 의논할 게 있다며 집에 갔는데 도착하자마자 그들 모자는 언쟁을 했다. 나는 오트가 하는 말 한 마디를 겨우 알아들었다.

"일해야 한다니까요!"

그의 어머니는 눈물을 흘렸고, 10분이 지나자 둘은 잠잠해졌다. 어

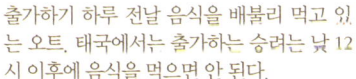

태국에서는 남자가 스무 살이 되면 삭발을 하고 출가를 해야 한다. 이는 일종의 성년식이기도 하고 가족들과 자신을 위해 공덕을 쌓는 의식이다.

출가하기 하루 전날 음식을 배불리 먹고 있는 오트. 태국에서는 출가하는 승려는 낮 12시 이후에 음식을 먹으면 안 된다.

머니가 내게 태국식 닭고기 덮밥을 차려주시면서 눈물을 훔치며 말했다.

"미뻰라이. '아무 일 아니다, 괜찮다'는 뜻으로 태국어 교재 1과만 배워도 할 수 있는 말이다"

그리고는 활짝 웃었다. 나는 무슨 일인지 묻는 얼굴로 오트를 보았다. 그가 통역을 해주었다.

"외할머니가 병이 낫으니, 엄마가 나한테 스님이 되라고 하잖아!"

나는 "와" 하는 탄성과 함께 웃음을 터뜨렸다.

태국에서는 남자가 만 스무 살이 되면 삭발의식을 하고 출가해서 대개 3개월간 스님이 되어야 한다. 하지만 도시에 사는 사람들은 바쁜 생활로 인해 기간을 단축시키기도 한다. 태국에서 삭발의식은 일종의 성년식으로 승려생활을 진정으로 체험한다는 의미를 담고 있다. 그 속에서 불가의 가르침을 배우고, 더욱 중요한 것은 가족과 자신을 위해 공덕을 쌓는다. 오트가 영어로 말했다.

"사실 10년 전에도 출가한 적이 있어. 사미승이 되었다는 의미 그해에 친구가 방콕에서 자전거를 타고 가다 사고로 죽었어. 그 친구를 위해 하루 동안 출가했었어."

오트가 계속 영어로 말했다.

"방금 엄마가 나한테 소리를 지른 건, 내가 출가를 하지 않아서 외할머니의 병이 나아지지 않는 거라고. 내가 스물네 살이나 되었는데도 아직 출가를 하지 않고 있어서 사람들한테도 창피하대."

아들을 출가하도록 만드는 데 성공했다는 것을 알자 오트의 어머니는 울다 웃다를 반복했다. 그리고는 오트를 안고 손바닥을 면도날처럼 펴서 오트의 머리를 이리저리 쓰다듬었다. 마치 "여기도 깎고, 저기도 깎고"라고 말하는 것 같았다. 스물네 살의 오트는 쑥스러워서 어쩔 줄 몰라 했다.

나중에 오트의 말에 따르면 그의 외할머니는 이미 오래전에 몸져누우셨고, 외할머니의 병은 그의 어머니가 아들을 출가시키기 위한 구실이었다. 오트는 일을 한다는 핑계로 줄곧 대답을 미뤄오고 있었는데, 이번에 어쩔 수 없이 삭발을 하고 3주 동안 출가하게 된 것이었다. 오트의 어머니는 채찍과 당근을 교묘하게 응용했다. 눈물과 협박 외에도 돈으로 마음을 움직였다. 어머니가 지폐다발을 꺼내 보이며 오트에게 환속還俗한 후에 새 자전거를 사주겠다고 말했을 때, 잔뜩 찡그리고 있던 오트의 얼굴에 마침내 웃음이 떠올랐다.

원래 오트는 나와 자전거를 타고 태국 서부에 있는 콰이강의 다리에 가기로 했었다. 그런데 지금 어쩔 수 없이 출가를 하게 되자 그가 내 마음을 떠보려는 듯 물었다.

"내가 절에 가면, 너도 같이 갈래? 오후에는 시간이 진짜 많으니까 네가 나한테 중국말을 가르쳐주고, 나는 너한테 태국말을 가르쳐주면 되잖아."

나는 한마디로 접수했다.

상황이 계획대로 혹은 무계획대로 진행되었다. 사흘 후, 우리는 그의 고향으로 출발했다. 차청사오주의 반퍼현이었는데 오트는 어린 시

태국에서는 남자가 만 스무 살이 되면 삭발의식을 하고 출가해서 대개 3개월간 스님이 되어야 한다. 하지만 도시에 사는 사람들은 바쁜 생활로 인해 기간을 단축시키기도 한다. 태국에서 삭발의식은 일종의 성년식으로 승려생활을 진정으로 체험한다는 의미를 담고 있다. 그 속에서 불가의 가르침을 배우고, 더욱 중요한 것은 가족과 자신을 위해 공덕을 쌓는다.

삭발을 하고 있는 오트. 눈썹도 깨끗이 밀어야 한다.

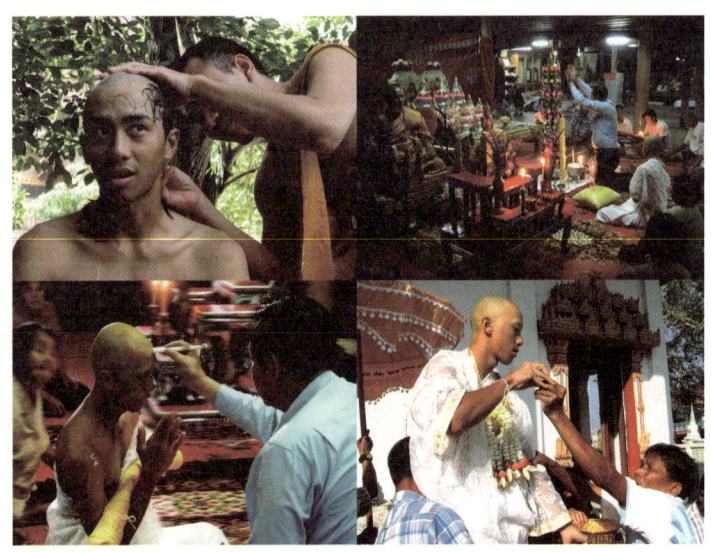

밥을 먹고 난 후, 설거지를 하고 있는 태국 승려들. 나는 오트와 같은 사원에 머물고 있었지만 승려들과 함께 밥을 먹을 수 없었다. 따로 나뉘어 밥을 먹기는 했지만 밥을 먹은 후 몇몇 승려들이 와서 내가 설거지 하는 것을 거들어주곤 했다.

밤에 사원의 문이 닫히면 승려들은 개구쟁이가 되어 사원 안에서
잡기놀이를 했다. 가운데 승려의 손에 장난감 권총이 쥐어져있다.

보시로 얻어온 음식들이 제법 풍성하다.

절을 이곳에서 보냈다. 병원 앞을 지날 때 그는 이곳에서 태어났다고 했고, 작은 강을 건널 때는 물놀이를 하며 놀던 곳이라고 했고, 초등학교를 지날 때는 이곳에서 공부를 했다고 했다. 내가 그에게 어릴 적에 살던 집에 가보자고 하자, 팔아버린 지 오래됐고 기억도 희미하다고 말했다. 자전거를 타고 옛날의 흔적을 찾아서 이리저리 돌아다니고 싶었지만 길을 찾을 수가 없었다. 그는 난감한 표정으로 말했다.

"전부 변한 것 같아."

오트가 여덟 살 때 논타부리로 이사했고, 방콕에서 학교와 직장을 다니다가 16년이나 지나서 갔으니 무리도 아니었다.

오트는 3주간 출가를 했고, 나는 14일 동안 함께 머물렀다. 절에서의 생활은 고생스럽지는 않았지만 무료하기 짝이 없었다. 오트는 자전거로 세계여행을 하는 것이 자신의 꿈이라고 했다. 시간만 나면 컴퓨터로 백과사전의 지도 위에 가상노선을 그리며 자전거로 러시아에서 알라스카까지 가려면 어떻게 가면 좋겠냐며 내게 물었다. 2주간 그곳에 있다가 나는 그를 두고 나의 여행의 꿈을 좇기 위해 길을 나섰다.

나는 그가 꿈에도 그리는 알라스카에 가지 않고, 혼자 자전거로 캄보디아, 베트남 그리고 라오스를 돌아다녔다.

3개월 후, 나는 다시 방콕으로 돌아왔다. 시암 광장 옆에 있는 MBK 쇼핑센터 7층 PC방에서 채팅을 했는데 친구가 물었다.

"어디야?"

내가 방콕이라고 대답하자, 그는 믿기지 않는지 다시 물었다.

"또 방콕에 갔다고? 뭐 하러?"

태국을 떠난 지 6개월쯤 되었을 무렵, 나는 자전거를 타고 라오스의 메콩강을 따라가고 있었다. 강 건너편 태국을 바라보며 '이렇게 가까운데 다시 갈까?' 하는 생각이 들었다. 하지만 마음의 타성 때문인지 아니면 관성 때문인지 원래의 여정을 변경하는 게 선뜻 내키지 않았다. 자전거를 타고 라오스에서 윈난성에 있는 시솽반나로 넘어갈 계획이었지만 태국으로 가야만 하는 이유가 하나 생기고 말았다. 자전거의 뒷 변속기가 변형된 것이었다. 가장 괜찮은 부품점이 방콕에 있었다. 이런 생각이 들자 나는 그럴싸한 구실을 찾아낸 사람처럼 자전거로 중국 대륙을 여행하겠다는 꿈을 잠시 접고 태국으로 돌아가기로 결정했다. 원래부터 확정된 계획이란 건 없었다.

방콕으로 돌아와서는 당연히 다시 오트를 만났다.

스물다섯 살, 불길한 해

구조대 자원봉사자로 일하던 오트는 자전거를 타고 시내를 순찰하다가 사고현장을 발견하면 바람처럼 달려가서 부상자를 구조하는 일을 했다. 내가 머물던 여관이 랏차담넌 끄랑에 있었는데, 민주기념탑과 아주 가까웠다. 어느 날 오트가 일하는 것을 보려고 갔는데, 그날 마침 사고가 없어서 우리는 길가에 있는 벤치에 앉아서 잡담을 했다. 이때 큰 도로에서 갑작스럽게 차에 부딪히는 소리가 들려왔는데 사람의 비명소리는 들리지 않았다. 개 한 마리가 차에 부딪혔고 사고를 낸 차는 그대로 가버렸다.

오트가 길에서 흰 개를 살폈는데 살았는지 죽었는지 알 수가 없었다. 3초 정도 지났을까, 개가 갑자기 짖어댔고 오트는 생각할 겨를도 없이 자전거에 올라타고 길로 달려나갔다. 개를 데려오려는 것이었다.

한밤중에 위험한 대로에서 오트는 자전거 라이트로 지나가는 운전자들에게 신호를 보냈다. 하지만 삼륜차 한 대가 돌진해왔고, 오트가 날렵하게 피하는 바람에 위험천만한 사고를 막을 수 있었다. 나는 길가에 서서 도와줄 생각도 못한 채 멍하게 있다가 그제야 정신이 번쩍 들었다. 달려가서 자전거를 붙잡고 다른 운전자들에게 신호를 보내며 오트와 인도로 나왔다.

인도로 돌아오자 오트가 개를 길에 내려놓았다. 개는 놀란 듯 했지만 일어나서 곧 걸어갔다. 오트의 목소리가 들렸다.

"아, 쟤한테 물렸어!"

살펴보니 오트의 손가락에서 피가 나고 있었다. 상처는 심한 것 같지 않았고 곧바로 소독을 했지만 만약 광견병에 걸린 개라면 큰일이었다.

나는 광견병에 대해 아는 것이 별로 없었기 때문에 다음날 오트가 출근한 후 인터넷에서 관련 자료를 검색했다. 자료들이 하나같이 '광견병은 빠른 시일내에 처치하기만 하면 쉽게 치료할 수 있지만 일단 광견병 증세가 나타나면 치료율이 매우 낮고 생명이 위험할 수도 있다'고 나와 있었다. 만약 오트가 정말로 개를 구하려다 광견병에 걸려 온몸에 독이 퍼져 죽으면 어쩌나 하는 생각에 가슴이 쿵쾅거렸다.

오트도 걱정이 되는지 "광견병일 리가 없어"라고 말하며 스스로를 안심시키는 것 같았다. 나는 그에게 확실히 괜찮은지 그렇지 않은지를 물었다. 그가 말했다.

"확실히 괜찮다고 하기는……."

인터넷에서는 '확실하지 않은' 상황에 취하는 대처방법도 찾을 수 있었다. 만약 당신을 공격한 개가 광견병에 걸렸는지 아닌지 확신할 수 없다면 백신을 접종받아야 한다. 다음날 마침 오트가 비번이어서 오랜 궁리 끝에 결국 얌전히 주사를 맞으러 갔다.

태국 탁신 총리가 재임기간 동안 소위 '50바트 진료' 계획을 내놓았지만 이 공공의료보조금 제도에 광견병 백신은 포함되어 있지 않다. 오트는 자기 지갑에서 1,300바트를 지불해야 했는데 그로서는 적은 금액이 아니었다.

며칠 후 내가 오트에게 물었다.

"그 개를 구해준 거 솔직히 후회하지?"

그가 생각할 것도 없다는 듯 대답했다.

"개를 구하는 것도 좋은 일이야."

여관으로 돌아와서 내가 후조우 출신의 여주인에게 이 일을 말해주
자 그녀가 대뜸 물었다.

"총각 친구 스물다섯 살이지?"

내가 어떻게 알았지? 하는 얼굴로 쳐다보자 그녀가 말했다.

"그냥 감으로 잡은 거지. 태국 사람은 스물다섯에 특히 조심해야 해
요. 총각 친구한테 올해는 일이 많을 거야."

과연 그녀의 예언은 적중했다. 한 달이 못되어 다시 일이, 이번에는
더 큰일이 벌어졌다.

오트, 교통사고를 당하다

한 달이 채 지나지 않아 오트에게 더 심각한 일이 일어났다. 이날
우리는 같이 자전거를 타고 방콕의 밤거리를 돌아다녔다. 자정이 넘
자 오트가 나를 여관까지 바래다준 후, 늘 그랬던 것처럼 논타부리에
있는 자기 집으로 갔다. 그리고 한 시간쯤 지나서 그로부터 전화가 왔
다.

"사고가 났어. 아유, 아파죽겠다. 다리가……."

나는 머릿속이 하얗게 변하는 것 같았다.

"농담하는 거지? 정말이야?"

그가 소리를 질렀다.

"정말이야. 내일 전화할게!"

그리고는 전화를 끊었다. 사고 장소를 말해주었는데 이미 밤 12시가 넘어 가고 있었다. 나는 자전거에 올라타며 텅 빈 교차로를 바라보았다. 마음이 초조해져 왔다. 정말로 무슨 일이 난 건 아니겠지? 그런데 어떻게 찾아가지? 오트의 집에 몇 번 가본 적은 있지만 늘 그를 따라서 갔었기 때문에 특히 길눈이 어두운 나는 논타부리가 방콕에서 북쪽으로 10여 킬로미터 떨어져 있다는 것밖에는 알지 못했다. 다시 오트에게 전화를 했지만 받지 않았다.

나는 일단 찾아가보기로 하고 계속 북쪽으로 달렸다. 눈앞에 꽤 넓은 교차로가 나타났다. 텅 빈 대로는 마치 죽은 도시처럼 빨간 신호등만 혼자 밝히고 있었다. 차가 보이지 않는 것을 확인하고 나는 재촉해서 길을 갔다. 허둥대는 마음을 다잡을 수가 없었다. 길을 잘못 든 것이 아닐까 생각하고 있을 때, 마침 뒤쪽에서 오토바이 한 대가 달려오더니 내게 정지하라는 수신호를 보냈다. 운전자는 평상복이었지만 행동하는 것이 경찰인 듯 보였다.

그가 태국말로 물었다.

"빨간불인데 왜 건넙니까?"

나는 그의 의도를 알 수가 없어서 다급하게 말했다.

"제 친구가 사고가 났어요. 어디에서 사고가 났는지 알 수가 없어서 급히 가는 중이었습니다."

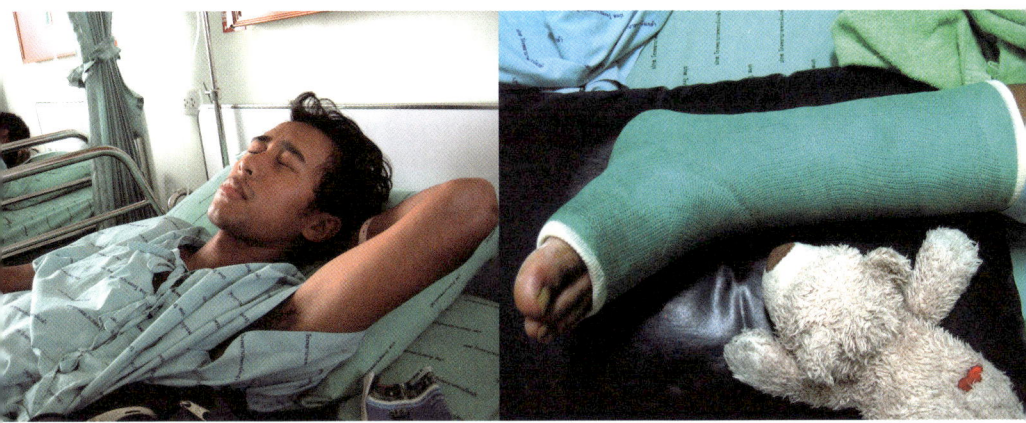

발목이 부서져 수술을 받고 깁스를 하고 있는 오트의 왼발. 그 옆에는 내가 한동안 가지고 다니며 사진을 찍곤 했던 곰인형이 있다. 여기 http://www.pazu.com/kongir로 들어가면 그때의 재미없는 일기를 읽어볼 수 있다.

그 '사복경찰'은 내가 허둥대는 것을 보더니 그냥 보낼 생각이었는지 차가 필요하냐고 물었다. 하지만 나는 어디로 가야 할지, 어떻게 찾아야 할지도 확실히 모르고 있었다. 더욱이 그와 얽히고 싶지 않아서 나는 거듭 말했다.

"친구한테 가봐야 해요. 죄송합니다. 죄송합니다."

나는 그의 반응도 살필 겨를 없이 곧장 다시 자전거에 올랐다.

2분쯤 지났을까, 구급차 한 대가 지나가다가 자전거를 타고 가는 나를 발견하고는 다가왔다. 나를 부상자의 친구라고 짐작했는지 내게 손짓을 했다. 오트는 어느새 구급차 안에서 다리를 붕대로 싸맨 채 부근의 병원으로 후송되고 있었다. 그나마 괜찮아 보이기는 했지만 통증이 몹시 심한 모양이었다. 그가 방금 일어난 교통사고 상황을 설명했다. 오토바이 한 대가 뒤에서 달려와서 오트를 덮치고 운전자는 수 미터 밖에 나가 떨어졌는데 얼굴이 바닥으로 향한 채 아무 소리도 내지 않았다고 했다.

"난 그 사람이 죽은 줄 알았어. 달려가서 일으켜보니까 세상에 술 냄새를 풀풀 풍기며 자고 있잖아!"

운전자는 병원에 와서도 여전히 수면상태였다. 간호사들이 상태를 살피고는 고개를 돌려 쿡쿡 거리고 웃었다. 운전자의 가족들이 달려오더니 미안하다는 말 한마디 없이 오트에게 말했다.

"상태를 보니 2, 3일이면 퇴원해도 별 문제 없겠네요!"

그들은 당연히 일을 빨리 마무리 짓고 싶었을 것이다.

잠시 후 의사가 엑스레이 사진을 살피는 것을 보고, 나는 호기심에 함께 보았다. 의사는 내가 외국인이라는 것을 알고는 알아듣기 힘든 발음의 영어로 설명했다. 결국 오트는 전혀 상황을 모른 채 병실로 옮겨졌다.

내가 오트에게 물었다.

"수술을 해야 될까?"

그는 확실히 모르겠다는 듯 대답했다.

"그래야겠지."

나중에야 우리는 오트의 왼쪽 발목 관절이 부서져서 수술을 해야 한다는 것을 알았다.

이 사고로 인해 오트는 두 달 동안 누워 있어야 했다. 원래부터 마음 내키는 대로 가는 여행이었기에 나는 자전거로 윈난성으로 가려던 계획을 접고, 태국에 남아 다친 오트의 도우미 노릇을 하기로 마음먹었다.

티벳에 카페를 차리다

서로 어울릴 것 같지 않은
다섯 가지 개념

본래 태국에서 두 달 정도만 머물려던 생각이 그곳에서 1년간 태국어를 배우는 것으로 바뀌었다. 나는 태국어 책을 자전거 앞에 달려 있는 바구니 안에 놓아두고, 매일같이 자전거를 타고 교통정체가 심각하기 짝이 없는 방콕 거리를 오가며 태국어를 익혔다.

가끔씩은 오트의 집에 얹혀 지내면서 매일 그의 어머니가 만들어주시는 제대로 된 태국 음식을 먹었다. 또 가끔씩 길가에 있는 노점에서 냉커피를 마셨는데 어느 날 머릿속에 번뜩 떠오르는 생각을 곁에 앉은 오트에게 말했다.

"우리가 카페를 하나 내면 어때?"

"좋지!"

"같이 티벳에다가 카페를 내는 건?"

"좋지!"

그러더니 물었다.

"티벳이 어딘데?"

이야기가 어이없이 마음 내키는 대로, 어이없이 간단하게 흘러간 것일까? 뜬금없이 비현실적으로?

하지만 사실이 그랬다. 태국인, 홍콩인, 티벳, 카페, 자전거, 다섯 가지 어울릴 것 같지 않은 개념들이 이렇게 뭉쳐지게 된 것이다.

나는 이 다섯 가지 어울릴 것 같지 않은 개념들을 완벽하게 결합시켰지만 어머니에게는 그리 위안이 되지 못했다.

어머니가 태국으로 전화를 걸어오셨을 때 내가 말했다.

"엄마, 저하고 오트하고 자전거로 방콕에서 티벳까지 가기로 했어요!"

엄마: "뭐?"

나: "둘이 같이 카페를 열 거예요!"

엄마: "무슨 소리야?"

나: "자전거 타고 티벳에 가서 카페를 연다니까요!"

엄마: "이런, 너희들 바보니?"

그로부터 석 달이 지났을 때 우리는 이미 출발해서 윈난에 도착해 있었는데 어머니가 전화로 물으셨다.

"아들, 티벳은 해발이 엄청 높은 곳이라던데 오래 있으면 건강은 괜

오체투지를 하는 행렬들을 자주 만났다. 그들은 쓰촨성 더거에서 출발하여 한걸음 옮길 때마다 땅에 머리를 조아리고 엎드렸다가 일어나기를 1년, 비로소 신성한 땅 라싸에 도착한다(위). 윈난성 따리에서 리장으로 오는 길에서 만난 바이족族 할머니들. 자오뤄쥐라는 이름의 68세 할머니가 우리에게 노래를 불러주고 있다. 표정이 아이처럼 천진하다(아래).

자전거를 타고 방콕에서 라싸까지, 반년의 시간이 걸렸다(자전거를 탄 시간만으로 따지면 90일이다). 사진은 티벳 참도에 있는 라우 호수에서 야영을 하는 모습이다. 이미 늦가을로 접어든 즈음이라 새벽 서리가 자전거에 하얗게 내려 있다.

찮겠냐?”

나는 당연히 아무 일 없다고 말했다.

라싸에 도착한 후, 나와 오트는 사방으로 가게자리를 알아보고 있었는데 어머니는 늘 이렇게 나를 다독이셨다.

“아들, 가게자리를 못 얻는다 해도 대수로울 것 없어. 어차피 인연이 있으면 되는 거야. 찾으면 좋겠지만 못 찾아도 딱히 나쁠 것도 없어. 매사에 평상심을 가지면 돼!”

어머니는 뜬금없이 부처님 같은 말을 했다.

카페를 연 후, 어머니는 들뜬 목소리로 말했다.

"일요일에 엄마 친구들이 집에 와서 네가 홈페이지에 올려놓은 사진을 봤거든!"

"아들, 사진으로 보니 처음 하는 카페인데 제법 그럴듯해 보이는 게 실감이 나더라!"

"엄마 친구가 언제 라싸에 가는데 너네 보러 가겠단다."

친구 분이 다녀간 후, 어머니가 또 말했다.

"엄마 친구가 너희 카페가 아주 멋지고 근사하다더라!"

어느 날 어머니가 갑자기 전화를 걸어와서 물으셨다.

"아들, 일용품 좀 부쳐줄까?"

오트와 자전거를 타고 리장 근처를 지나다가 해바라기밭에 잠시 멈췄다(왼쪽). 다리고대마을大理古城(오른쪽).

사실 라싸에는 없는 것이 없었지만, 나는 다만 홍콩의 군것질거리가 그리웠다.

어머니가 갑자기 말했다.

"며칠 전에 엄마가 완차이에서 속옷을 봤는데 질도 괜찮고 모양도 지오다노랑 똑같은 게 값이 얼마 안 하던데 좀 부쳐줄까?"

나는 속으로 괜찮겠다 생각했다. 라싸의 내의란 게 어딘지 종이 같았기 때문이다.

"그럼 다섯 벌 보내주세요. 오트 것도 다섯 벌하고요."

어머니가 깜짝 놀라며 말했다.

"너희들은 못 입어, 여자 속옷이야!"

나는 어머니보다 더 놀랐다.

"그럼 부쳐준단 말은 뭐예요?"

어머니가 당연하다는 듯이 말씀하셨다.

"너희들한테 사준단 말이 아니라 너희 가게 안에다 놓고 팔면 어떨까? 아가씨들도 올 것 아니냐, 커피를 마시다가 속옷을 사고 싶어질 수도 있고."

내가 되물었다.

"엄마는 스타벅스에 가서 커피 마시다가 속옷도 사세요?"

어머니가 중요한 사실이라도 깨달으신 듯 말씀하셨다.

"아, 그럴 일은 절대 없겠구나."

어머니는 2차 세계대전이 끝난 후 태어나셨고, 당시 홍콩은 아직

제3세계였다. 어머니는 "내가 열 살이 되어서야 처음으로 새 신발을 신어봤다!"고 말씀하셨다. 어쨌든 그 시대에 어머니는 학교에 갈 기회가 없었고, 간단히 말해서 소위 '딱히 배운 게 없는 세대'였다.

어머니는 어린 시절에 우리가 학교에서 배운 중국어, 영어, 수학 같은 것들을 아무 것도 알지 못했지만 묵묵하고 부지런히 작은 식당을 운영하셨다. 누나, 형과 나는 어머니가 아무것도 모른다고 종종 말하곤 했다.

한 번은 어머니가 몇 번이나 내게 전화를 하셔서 나는 무슨 중요한 일이라도 생긴 줄 알고 전화를 받았다. 그런데 어머니는 오히려 "아유, 전화를 왜 받니? 노래를 들으려던 건데. 전화로 어떻게 하는지 몰라서. 네 그 음악소리 말이다, 네가 전화를 받으니 들리지가 않네"하며 면박을 주셨다.

또 한 번은 어머니가 내게 물으셨다.

"휴대전화로 문자는 어떻게 보내면 되냐?"

나는 귀찮은 듯이 말했다.

"휴대폰에서 메뉴를 열고, 문자메시지 보내기를 누르면 돼요!"

어머니가 또 물으셨다.

"메뉴, 그건 어떻게 여는 건데?"

나는 심드렁하게 말했다.

"휴대폰에서 메뉴 버튼을 누르면 되죠."

어머니는 한참 동안 애를 쓰셨지만 여전히 뭐가 뭔지 이해하지를

못하셨다. 더는 참지 못한 내가 휴대전화를 누나에게 주자 누나가 한
마디했다.

"헤이, 남동생, 너네 어머니께선 어쩜 이렇게 뭘 모르시냐?"

어머니는 그저 웃으며 텔레비전을 보셨다.

티벳에 가게를 연 후, 언젠가 한번은 어머니와 이런저런 얘기를 하
다가 음식재료를 손질하는 방법에 관해 이야기를 나누었다. 본래 다
소 엉뚱해서 주위를 웃기시던 어머니는 갑자기 제갈공명신이라도 강
림한 듯 첫 손질부터 재료 분량, 보관방법, 냉동과정에 이르기까지 일
사천리로 설명하며 내게 실제로 해보라고 하셨다.

내가 말했다.

"내가 만든 '아삭오이'는 색깔이 거뭇거뭇한데 왜 그래요?"

어머니가 잠시 생각하더니 말씀하셨다.

"이런 건 차가운 물에 담가줘야 파릇한 색이 나오면서 색깔이 예뻐.
네가 지금 라싸에 있으니 우선 오이를 냉장고에 넣어. 냉장고가 없으
면 수돗물로 해. 라싸 물은 홍콩보다는 찰 테니 얼음을 넣지 않아도
될 거야. 물을 곧바로 오이에다 부어서 1, 2분 놔두면 돼."

나는 시키는 대로 했고, 과연 어머니가 예상했던 대로 오이는 숲의
나무처럼 파릇하게 초록색이 살아났다.

머나먼 티벳에서 이렇게 카페를 열었다.

부동산중개소가 없는 라싸

"가게 할 자리 좀 알아봐주세요!"

이 말은 내가 카페를 연 후 자주 듣는 소리였다.

티벳에서 가게를 하고 싶어 하는 친구들이 우리에게 물었다.

"어떻게 이 자리를 찾았어요? 우리도 하나 찾아줘요!"

시장에서 물건 사는 것만큼이나 쉽게들 말했다. 그러면 나는 늘 이렇게 대답했다.

"운이죠, 나도 다시 찾으라면 못해요."

나와 오트는 방콕에서 자전거를 타고 6개월을 걸려서 2006년 11월 9일에 라싸에 도착했다. 우선 조캉사원 광장 맞은편에 있는 여관에 방을 얻고 며칠 쉰 뒤 가게 자리를 찾아나섰다. 가게 자리를 찾을 때 당연히 가장 먼저 부동산 중개소로 찾아가는 것이 보통 홍콩 사람이 하는 방법이다.

탕카[2]를 파는 누오부와 치옹종 부부는 라싸 현지인이어서 이곳의 부동산 상황에 대해 비교적 잘 알고 있을 터였다. 나는 그들의 탕카 가게로 달려갔다.

"라싸에 부동산중개소가 어디 있는지 알아요?"

---

[2] Thanka, 라마교 사원의 벽과 본당 정면에 게양해서 승려나 신도의 일상 예배에 사용한 불상화.

누오부가 무슨 말인지 모르겠다는 표정으로 되물었다.

"부동산중개소가 뭡니까?"

"사람들 대신 집을 구해주는 곳이 부동산중개소죠."

누오부가 깜짝 놀라며 말했다.

"아, 내지에는 그런 곳이 많은가 보네요! 근데 라싸에는 없어요!"

"그럼 아저씨 가게는 어떻게 구했어요?"

"친구가 구해줬죠. 친구한테 도와 달라고 하면 돼요."

이렇게 말하며 그가 내게 넌지시 한마디 했다.

"사실 직접 찾는 게 제일 좋아요. 집을 내놓는 사람이 있는지 알아보고 전화도 걸어 봐요!"

라싸는 면적이 50평방킬로미터가 조금 넘는 도시다. 그러므로 카페를 하기에 적합한 거리를 다 합쳐도 홍콩의 헤네시로드보다도 작다.

베이징동로는 배낭여행객들이 가장 많이 찾는 곳이기 때문에 이곳에 카페를 차린다면 틀림없이 잘될 것 같았다. 나와 오트는 매일 자전거를 타고 베이징동로를 돌며 큰 길과 작은 골목들을 헤집고 다녔다.

한번은 '임대'라고 적힌 작은 광고를 발견하고 전화번호를 적어놓았는데, 이튿날이 되자 그곳을 어떻게 찾아가야 하는지 기억이 나지 않았다.

내가 오트에게 물었다.

"어제 그 골목 안에 있던 임대한다고 했던 가게, 어느 찻집 옆이었던 것 같은데……."

오트가 몽롱한 표정으로 말했다.

"어제? 어디? 어…… 기억이 안 나."

나는 오트처럼 방향감각이 좋은 사람도 위치를 기억하지 못한다면

포탈라궁. 붉은 언덕이라는 뜻의 마르포리산 위에 자리 잡고 있다. 송첸캄포왕 이 문성공주를 왕비로 맞이하기 위해 지은 궁이다. 1994년에 포탈라궁은 세계문화유산으로 지정되었다.

시네다짱의 폐허 주변으로 민가들이 들어서서, 이제 시네다짱은 아이들의 놀이터가 되었다.

티벳 농가의 화장실. 림트리 루랑 마을에서 찍었다.

손님들도 절대로 못 찾아오겠구나 하는 생각이 들었다.

바가지를 쓸 뻔하다

2주 후에 우리는 마침내 비교적 괜찮은 자리를 찾았는데 티벳병원 옆으로 난 작은 골목의 공중화장실 맞은편이었다. 그곳은 새로 문을 연 여관이었는데 주인은 광시 출신이었다. 그는 난닝 사투리가 섞인 마카오어로 말했다.

"이 여관이 이래봬도 2백만 위안이 들어갔어요. 기차가 개통되었으니 관광객들이 몰려들 게 확실하거든!"

여관은 3층 주택을 리모델링한 것이었는데 실내가 허름했다. 하지만 주인은 몇 번이나 "2백만 위안을 투자했다!"는 말을 강조했다. 마치 경전이라도 읽듯이 '2백만 위안'을 되뇌었다.

"우리가 2백만 위안이나 들인 건 틀림없이 수익성이 있다고 보기 때문이지, 큰돈이 된다고 본 거죠. 여기다 세를 얻는 게 젊은이들한테도 이로울 거요!"

"우리가 2백만 위안이나 들인 건 이제 기차가 개통되었으니까(칭짱철도가 2006년 7월 1일에 개통되었고, 우리가 그를 만난 건 2006년 11월경이었다) 여행객들이 틀림없이 밀려들 거란 말이지!"

"우리가 2백만 위안을 들인 건 내가 광시에 아는 사람이 엄청 많아요, 틀림없이 사람들이 여관에 올 거 아니겠어!"

하지만 그가 까다롭기 짝이 없는 임대조건을 내놓아서 나를 놀라게 했다. 탕카 가게를 하는 누오부 부부의 의견을 물었더니 그들이 웃으며 말했다.

"뭐요? 그 골목이 그렇게 비싸다고요? 아, 광시 사람이 하는 여관요? 그 사람들이 라싸에 온 지 얼마 안 돼서 여기 시세를 모르나 보네, 바가지 제대로 쓸 뻔했네요, 허!"

누오부가 당부하듯 말했다.

"아무나 믿으면 안 돼요. 총각이 홍콩에서 왔다는 걸 알고 터무니없이 값을 올려 부른 거예요."

우리는 광시에서 온 그 여관주인과 그후 한 번 더 얘기를 해보고는 그만두었다. 그의 '2백만 위안의 투자'와 그렇게 자주 내뱉었던 '틀림없는' 자신감은 6개월 후에 흔적도 없이 사라졌다. 리모델링을 했다고는 하지만 낡고 허름했던 그 여관은 시작한 지 두 달도 못 되어 문을 닫았고, 그후로 그를 다시 볼 수 없었다.

무성한 철거 소문

일주일 후, 베이징동로의 또 다른 작은 골목에서 새 자리를 찾았다. 집은 아주 낡았지만 20미터가 채 안 되는 골목길에 술집 세 곳이 벌써 자리를 잡고 있었고, 그 중 한 곳의 옛 주인이 내가 여러 해 전에 윈난성 리장에서 알게 된 친구 YY였다. 몇 사람의 손을 거쳐 현재 그녀의 술집은 다른 사람이 맡아 하고 있었다.

나는 당연히 예전의 친구가 왜 라싸를 떠나기로 했는지, 왜 술집을 넘기기로 했는지, 왜 장사를 계속 하지 않았는지 무척 궁금했다. 상당히 애를 쓴 끝에 마침내 그녀와 연락이 닿았는데 그녀는 2년 전에 라싸를 떠났다고 했다.

YY가 말했다.

"사실 라싸에서 술집이 괜찮았어요. 수입도 좋았고, 티벳 사람들도 잘해줬고, 공기도 좋고!"

내가 물었다.

"근데 왜 그만뒀어요?"

YY가 잠시 말을 끊고 생각을 하더니 입을 열었다.

"우리 가게에서 집단싸움이 벌어졌는데 한 사람이 얼굴을 심하게 다쳤어요. 우린 여자들이니까 괴롭히지는 않았지만 툭하면 찾아와서 자기를 때린 사람을 찾아내라고……."

내가 되물었다.

"그 사람들한테 신고를 하라고 하지 그랬어요?"

그녀가 말했다.

"신고하라고 했죠. 안 들어요. 자기들이 직접 해결하겠다나. 나는 여자인 데다가 겁이 났어요. 그래서 아예 가게를 다른 사람한테 넘기

참도에 있는 갸다크 곰빠 사원에 부속매점을 지은 후에 이를 축하하기 위해 모인 사람들을 카메라에 담았다(위). 나와 오트. 티벳 전통복장 차림으로 조캉사원 앞에서 찍었다(아래).

고 들어와 버렸어요."

YY가 시작했던 그 술집의 현재 주인도 가게를 넘기고 싶어했다. 나는 가서 상황을 알아볼까 하는 생각이 들었다.

어느 날 상황을 알아보기 위해 새 주인을 찾아간 나는 다짜고짜 이렇게 물었다.

"이 집이 헐리면 어쩝니까?"

그녀가 단호하게 대답했다.

"그럴 리 절대 없어요!"

나도 그럴 리 없다고 생각했지만 라싸는 좁은 곳이었다. 진위를 알 수 없는 온갖 소문들이 무성했다. 친구가 전해준 말에 따르면 베이징 동로 일대의 건물들이 전부 철거되고, 지진 기준에 맞추어서 재건축될 것이라고 했다.

주인은 스스로를 안심시키려는 듯 말했다.

"몇 년 전에도 철거 소문이 돌았지만 지금도 안 되고 있잖아요. 그럴 리 없어요!"

내가 오트에게 물었다.

"네 생각엔 어떨 것 같아?"

오트도 단호하게 말했다.

"당연히 안 돼야지, 만약 진짜로 철거되면 어떻게 해?"

처음 가게를 열자니 생각해야 할 것이 너무 많았다. 무턱대고 투자하기에는 위험이 컸다. 다른 곳을 찾아보기로 했다.

2007년 설 하루 전, 베이징동로에 면해 있는 가게들이 약속이나 한 듯이 '매매' 표지판을 내걸었다. 베이징동로는 라싸에서 가장 번화한 거리 중 한 곳이다. 만약 어느 날 란콰이펑홍콩의 번화가에 있는 점포들이 모두 매물로 나온다면 이게 보통으로 넘길 일이겠는가? 그해 4월 17일, 몇몇 건물이 순식간에 헐렸다. 작은 골목에 있던 술집들도 벽돌 더미로 변해버렸다.

나는 운이 좋게도 이곳에 집을 얻지 않았지만 이렇게 철거되어버릴 곳을 '매매'해서 들어온 운 없는 사람도 있겠지 생각했다. 과연 그런 사람이 있었다. 그는 신장위구르 자치구에서 온 한족이었는데, 몇 달 전에 라싸에 온 사람이었다. 자리가 괜찮다고 생각했던지 그는 베이징동로에 있는 쓰촨 음식점이 임대로 나오자 덥석 잡았다. 철거 소문이 자자하던 때에 7만 위안을 주고 그 건물에 들어온 것이었다.

그는 3월 말에 대금을 치르고 정식으로 계약을 했는데 4월 1일에 철거일이 14일이라는 통보를 받았다. 7만 위안이 불과 17일 만에 집과 함께 날아가버리고 말았다.

나중에 주위 사람들이 더 분개하며 이전 식당주인을 '계약사기'로 고소해야 한다고 말했지만 식당주인이 다시 라싸로 돌아올 리 만무했다. 드넓은 중국 대륙에서 사람을 찾는 것이 그리 쉽겠는가?

천둥이 잦으면 비가 온다는 말이 있다. 나와 오트는 가슴을 쓸어내렸다.

"철거될 거라는 소문이 파다할 때 믿었어야지!"

나중에 우리는 베이징동로의 거의 모든 건물들에 대해 '철거 소문'이 돌고 있다는 것을 알았다.

각도를 달리해 최근에 이미 재건축된 건물을 고른다면 십중팔구 틀림없을 것 같았다. 이때, 작년에 재건축된 '탕보웬'이라는 건물이 우리 눈에 들어왔다.

건물주 찾아 3만 리

탕보웬은 라싸 시내의 베이징동로에 면한 작은 골목에 있었는데 부근에 야크호텔, 키추호텔 같은 유명 호텔들이 있었다. 새 건물은 아직 비어 있었고, 롱 씨라고 불리는 한족 남자와 가족들이 살고 있었다.

내가 그들에게 온 이유를 설명했다.

"가게를 빌려서 카페를 해보려고 하는데 여기 건물주가 누군지 아세요?"

롱 씨가 말했다.

"하도급을 받아서 여길 짓긴 했는데 주인이 누군지는 우리도 몰라요!"

나는 전화번호를 건네주며 건물주를 만나면 알려달라고 했다. 이 롱 씨만 믿고 있을 수가 없어서 다른 방법으로도 건물주를 수소문했다.

4백여 년 전, 티벳을 통치하던 간덴 왕국은 라싸를 네 개의 '린^{구역}'으로 나누었는데, 린은 각각의 사원과 왕조 세력의 근거지가 되었다. 오늘날 네 개의 린은 여전히 중요한 행정구역이다. 우리가 염두에 두었던 탕보웬은 이 중 단지에린에 자리해 있다. 이 구역 내에 단지에린 사원, 단지에린 주민위원회 등이 있다. 나는 단지에린 주민위원회의 진메이 서기를 찾아갔다.

쉰 살이 넘어 보이는 진메이 서기가 사무실에 앉아 담배를 피우며 호기심 어린 눈으로 물었다.

"거기에 카페를 연단 말이지요?"

내가 말했다.

"네, 근데 건물주가 누군지 몰라서요."

진메이 서기가 말했다.

"사실 우리도 건물주가 누군지 몰라. 그 건물은 아직 분배가 안 됐거든. 먼저 현^縣 부동산국에 가봐요."³

나는 부동산국의 위치를 알아본 후, 그에게 인사를 하고 다시 자전거를 타고 부동산국을 찾아갔다. 내가 자리에서 일어나려 할 때, 진메이 서기가 의미심장한 표정으로 말했다.

"대단하군. 홍콩과 태국에서 라싸까지 와서 가게를 하겠다니!"

---

³ 라싸는 8개의 현으로 나뉘어 있고 재건축을 하기 전에 주민이 그 건물 내의 집을 구입할 수 있는 우선권을 갖지만 추첨으로 '분배' 해야 한다.

부동산국은 라싸체육관 부근에 있었다. 그곳에 도착했을 때는 이미 오후 4시 반이었고 모두 퇴근하고 없을 시간이었다. 다음날 다시 올 수밖에 없었다.

다음날 낮에 다시 부동산국에 갔을 때는 모두 점심을 먹으러 가고 없었다. 오후에 다시 올 수밖에 없었다.

마침내 어렵사리 청소부 아주머니를 만나서 단지에린의 부동산 분배 책임자가 누구냐고 물었다. 아주머니는 한참 듣고 나더니 말했다.

"전부 회의에 가고 없어요. 요즘은 툭하면 회의를 해서. 며칠 있다 다시 와봐요!"

어쨌든 라싸에서 내게 다른 할 일이 없었기 때문에 청소부 아주머니는 며칠 후에 와보라고 했지만 우리는 매일 자전거를 타고 그곳에 갔다. 청소부 아주머니가 우리를 보더니 말했다.

"내일 다시 와요! 그 사람들 요즘에 출근 안 해요!"

며칠 후, 여전히 같은 말이 돌아왔다.

"내일 다시 와요! 회의하러 가고 없어요!"

다시 부동산국에 갔을 때 드디어 눈물겹게도 직원 한 명을 만났다. 니마라는 이름의 그 직원은 탕보웬이라는 말을 꺼내자마자 딱딱한 어조로 물었다.

"단지에린 그쪽의 탕보웬을 말하는 거예요?"

나는 마침내 사람을 찾았구나 하는 생각에 심장이 쿵쾅거렸다.

"맞습니다. 단지에린의 탕보웬 맞습니다! 그 건물이 누구한테 분배

되었는지 아세요?"

"아, 분배가 누구한테 되었는진 주민위원회가 알 거예요. 거기 가서 물어보세요!"

"주민위원회는 모른다고 했어요. 부동산국에 가보라고 해서……."

"음, 아직 일러요. 설 전쯤에야 분배가 될 거예요. 그때 다시 와보세요!"

설까지 아직 두 달이 남아 있었다.

그로부터 2주가 지난 후, 옆에 있는 건물들이 분배되기 시작했다. 어느 날, 단지에린 주민위원회 관할 내에 있는 새 건물 주변에 사람들이 몰려 있었다. 나는 달려가서 부유해 보이는 티벳족 아주머니에게 물었다.

그녀는 정신없어 보이는 와중에 겨우 한마디를 해주었다.

"오늘 배분을 한다네요! 다른 건물도 전부!"

나는 다시 탕보웬으로 달려갔지만 건물주의 그림자도 보이지 않았다.

탕보웬 옆에 새 여관이 들어섰는데, 후베이에서 온 여관주인은 덥수룩하게 수염을 기른 얼굴이 흡사 일본의 옴진리교 교주 '아사하라 쇼코'를 연상시켰다. 그는 나와 오트가 자주 들락거리는 것을 보고는 냉랭하게 물었다.

"당신들 하루 종일 여기서 뭐하는 거요?"

내가 단도직입적으로 말했다.

새로 지은 탕보웬 건물. 카페가 자리하고 있는 곳이다(왼쪽). 탕보웬의 내부(오른쪽).

야크의 똥을 담벼락에 붙여서 말리면 훌륭한 연료가 된다(왼쪽). 티벳 찻집. 쑤요우차가축의 젖을
발효시켜 만든 차와 티엔차를 주로 판다. 티엔차는 밀크티와 맛이 비슷하다(오른쪽).

황혼에 물든 포탈라궁.

"저흰 이 옆에서 카페를 할 생각입니다. 건물주를 아세요?"

아사하라 쇼코가 수염을 쓰다듬으며 말했다.

"흠. 당연히 알지. 근데 요 며칠 동안 어디 갔는지 모르겠네. 오면 연락해줄 테니까 가 있어요!"

며칠 후, 우리는 다시 탕보웬으로 갔다.

아사하라 쇼코가 우리를 보더니 반갑게 말했다.

"총각들! 안심해요, 내가 잘 처리해놨으니까!"

나는 속으로 의아했다.

'며칠 새 왜 이렇게 친절해졌지?'

아사하라 쇼코가 이어서 말했다.

"사실 내가 건물주하고 잘 알거든. 그 사람이 이걸 나한테 세주기로 했어요. 아, 그러니까, 나도 여기에서 카페나 술집을 해볼까 생각 중이었는데 두 젊은이를 보니 아주 성실해 보이고 해서 여기를 자네들한테 재임대해 줄까 생각 중인데 말이야!"

나는 어리둥절해서 물었다.

"재임대라구요? 이렇게 새 건물을……. 재임대를 할 필요까진 없을 텐데요."

아사하라 쇼코가 과장스럽게 놀라며 말했다.

"필요가 없다니! 당연히 필요가 있지!"

내가 탐색하듯 물었다.

"그럼 임대료는 얼마래요?"

아사하라 쇼코가 자르듯이 말했다.

"못 해도 2, 3만 위안은 줘야지."

이렇게 말하며 그가 입가를 씰룩거렸다.

그리고는 신신당부라도 하듯이 덧붙였다.

"절대로 다른 사람들한테 말하면 안 돼요. 안 그러면 내가 총각을 도와줄 수가 없어!"

돌아온 후, 나는 오트와 이 일을 의논했다.

"그 아사하라 쇼코가 우리한테 사기를 치려는 게 분명해!"

오트도 분한 듯 말했다.

"내 생각에도 그래. 여관을 한다면서 옆에다가 가게를 차린다는 것도 이상해!"

내가 말했다.

"근데 주민위원회하고 부동산국이 아직 정식으로 분배가 되지 않았다고 말했는데 아사하라 쇼코가 무슨 수로 주인하고 계약을 해? 틀림없이 사기야!"

우리는 탕보웬에서 건물주가 나타나기를 기다렸다가 직접 얘기하기로 결정했다.

그후 일주일 동안 나는 탕보웬 밖에 있는 작은 계단에 앉아서 책을 읽고 오트는 자전거 묘기를 부리며 무료한 긴 기다림의 시간을 보냈다. 여덟 시간을 계단에 죽치고 앉아 기다린 적도 있었다.

아사하라 쇼코는 우리가 자기를 미심쩍어하는 걸 눈치챘는지 슬그머니 다가와서 말했다.

"이래도 아무 소용이 없으니까 가봐요! 내가 벌써 주인하고 얘기 다 끝냈다고 했잖아, 틀림없이 자네들한테 재임대를 해준다니까 그러네!"

나는 그와 말을 섞고 싶지 않았지만 그래도 예의를 갖추어 말했다.

"괜찮습니다, 다른 할 일도 없는걸요. 이렇게 놀면서 사람 구경도 하죠 뭐!"

아사하라 쇼코는 기어이 우리한테 가라며 채근했고 말투도 점점 거칠어졌다. 하지만 그곳이 자기 땅도 아니고 우리가 있겠다고 하는 이상 어쩌겠는가.

일주일 후, 검은색 옷을 입은 얼굴에 홍조를 띤 30대 초반쯤 되어 보이는 여자가 탕보원의 문을 열었다. 나는 화들짝 놀라서 달려 나가 그녀에게 물었다.

"이곳 주인이세요?"

그녀가 약간 놀라는 기색을 띠며 물었다.

"그런데……, 왜 그러세요?"

그녀의 이름은 비엔바였는데 토요일에 태어났다는 의미였다.[4]

내가 이곳에 세를 얻고 싶다고 하자 그녀가 말했다.

---

[4] '비엔바'는 토요일이라는 뜻으로 티벳인들은 남녀 구분 없이 요일로 이름을 짓는 경우가 흔하다.

"안 될 것 같은데요, 여기를 옆에 여관주인한테 세주기로 했거든요."

나는 당장 그녀를 누오보가 하는 탕카 가게로 데려갔다. 그에게 대신 설명 좀 해달라고 부탁하기 위해서였다.

비엔바가 말했다.

"옆에 여관주인이 세를 얻고 싶다고 하긴 했지만, 아직 계약은 안 했어요."

누오보가 말했다.

"그 사람은 집을 임대해서 다시 이 홍콩 청년하고 태국 청년한테 세 놓으려고 그러는 거예요!"

비엔바가 놀라며 말했다.

"그럴 리가요, 그 사람들이 직접 가게를 한다고 했어요. 내가 재임대는 안 된다고 이미 말도 했고……."

그후 비엔바와 누오보는 한동안 티벳말로 이야기를 나누었는데 나는 한마디도 알아듣지 못했다. 누오보는 시시각각 표정이 바뀌며 이야기를 했고, 건물주인은 연신 고개를 끄덕이며 "니쉐…니쉐…니쉐…… _{티벳말로 '예, 알겠어요'라는 뜻이다}"라고 했다.

이야기가 끝났는지 비엔바가 나와 오트에게 중국어로 말했다.

"좋아요, 당신들한테 세를 줄게요. 그 여관주인은 믿을 수가 없겠네요."

나는 혹시 변동이라도 생길까 봐 재빨리 계약서를 쓰자고 했다. 홍

티벳의 순례자와 함께 조캉사원 앞에서. 순례자의 모습이 만화영화 〈전설의 마법 쿠루쿠루〉에
나오는 북북노인을 닮았다.

콩에서는 계약을 할 때 변호사나 공증사무소의 도움을 받는 것이 일
반적이었다.

　나는 건물주인 비엔바에게 말했다.

　"변호사나 공증사무소에 같이 가서 셰약을 하시죠!"

　건물주가 의아한 표정을 지었다.

"공증사무소? 누가 그런 데 가서 계약해요?"

나는 여관주인을 찾아가서 처음에 어떻게 계약을 했는지 물어보았다. 언젠가 그가 1만 위안이 넘는 돈을 투자했다고 말하는 것을 들은 기억이 있었다.

여관주인이 말했다.

"네? 그런 거 없었어요. 아는 사람 몇 불러다 앉혀놓고 서명했지, 공증사무소에 가는 게 맞기는 하지만 성가시게 그렇게 까지야……."

내가 물었다.

"문제가 생기면요?"

여관주인이 말했다.

"흠, 공증을 세운다 해도 진짜로 문제가 생기면 도리가 없어요!"

공증인을 세우면 실제로 골치 아픈 문제가 생겼을 때 공증인의 도움을 받을 수가 있다. 나는 그의 말이 앞뒤가 맞지 않는다고 생각했지만 더 묻지 않았다. 그렇다고 공증인이나 변호사를 찾아가고 싶지도 않았다. 어쨌든 그의 조언을 따르기로 했다. 인터넷에서 계약서 양식을 다운받아서 약간 수정을 한 후 건물주인 비엔바에게 가져갔다. 그녀는 중국어를 잘 모른다며 자신의 오빠를 오게 했다. 계약서에 이런 조항이 있었다.

"임차인은 반드시 법에 따라 경영해야 하며 라싸시의 관련 규정을 준수해야 한다."

비엔바의 오빠가 이 조항을 보더니 말했다.

"몰라요? 라싸는 아주 민감한 곳입니다. '라싸시의 규정'이라고 하지 말고 '국가 규정'으로 고쳐요."

임대기간을 정해야 했는데 나와 오트는 당연히 기간이 길면 길수록 유리하다고 판단했다.

비엔바의 오빠가 말했다.

"1년으로 해요."

내가 소리를 질렀다.

"안 됩니다, 최소한 12년이라야 됩니다!"

비엔바의 오빠가 말했다.

"임대 계약을 12년씩이나 하는 사람이 어디 있어요? 3년으로 합시다!"

내가 재빨리 말했다.

"안 됩니다, 11년 11개월로 해주세요!"

비엔바의 오빠가 말했다.

"한 번 계약하면서 11년 11개월이라니……, 4년으로 해요!"

나는 물고 늘어졌다.

"11년 10개월!…… 11년 9개월로 해요!…… 아니면 11년 8개월!…… 11년 7개월로 해주세요!"

비엔바의 오빠가 갑자기 소리를 버럭 질렀다.

"이런! 시장에서 떨이로 장사를 하는 것도 아니고, 누가 계약을 이렇게 해요? 좋아, 11년으로 해요! 더이상 딴 소리 말아요!"

결국 계약서에 11년이라고 적어 넣게 되었다. 서명을 하고 다시 인주를 묻혀 지장을 찍음으로써 정식으로 계약이 이뤄졌다. 그날이 2007년 1월 18일, 2주만 있으면 티벳설이었다.

나와 오트는 설 전에 커피원두, 커피메이커 같은 필요한 물건을 들여오기 위해 홍콩과 베트남으로 갔다. 집주인 비엔바가 가족들에게 갖다 주라며 직접 만든 야크고기 육포 한 꾸러미를 가져왔다. 티벳인들이 설날에 먹는 음식이었다.

야크 육포는 내가 제일 좋아하는 티벳 음식 가운데 하나이다. 육질이 부드럽고 다른 맛을 첨가하지 않아서 고기향이 은은하게 나고 짭짤한 맛이 난다. 보통 최상급 야크 육포는 티벳설 하루 전날에 시장에 나온다. 나와 오트가 기차에 오르기도 전에 육포는 어느새 우리 둘의 뱃속에 얌전히 들어가서 소화되고 있었다.

라싸를 출발하기 전, 탕보웬을 도급받아 지었다고 했던 롱 씨로부터 전화가 왔다. 최근에 그는 자주 집주인을 만나러 찾아왔고, 그러다 보니 그와 자주 만나게 되었다.

롱 씨가 수화기 너머에서 물었다.

"집에 간다면서요? 3월에나 돌아온다고요? 우리가 아직 새 집을 못 구해서 그러는데 3월까지 우리한테 좀 빌려주면 안 될까 해서……."

어쨌든 집수리를 해야 하고 집이 더럽혀질 걱정도 없다는 생각에 나는 그러라고 대답했다.

그 '아사하라 쇼코'는 우리가 개점하고 두 달 후에 하이난에서 온 사람에게 여관을 넘기고 사라졌다.

맨땅에 헤딩하기

첫 번째 집수리

  홍콩으로 돌아와서 1개월 남짓 되는 기간 동안 나는 먼저 닷새간 베트남에 가서 커피원두 등 필요한 재료를 구입하고, 소고백화점에서 세일가로 커피메이커를 한 대 사고, 통로완에 있는 페이지 원 서점과 중앙도서관에서 칵테일 만드는 법과 카페 인테리어에 관한 '참고서적'을 뒤적이고, 중국과 홍콩의 접경지역에 있는 면세점에서 몇 종류의 양주를 샀다. 그리고 3월 초에 기차를 타고 꼬박 사흘이 걸려 라싸로 다시 돌아왔다.

  나는 라싸로 돌아오기 전에 미리 롱 씨에게 전화를 걸었다.

  "아저씨, 가게를 곧 수리해야 하니 조만간 비워주셔야겠어요."

  그가 사뭇 겸손하게 대답했다.

  "당연히 그래야죠, 신경 안 쓰게 할게요!"

라싸로 돌아온 다음날, 아침 9시가 막 넘어가는 시간에 롱 씨로부터 전화가 왔다. 그는 잔뜩 들뜬 목소리로 이것저것 살뜰히 안부를 챙기더니 물었다.

"가게를 수리해야 한다고 했죠? 내가 좀 거들 수 있지 않을까 해서요!"

나는 속으로 그에게 맡겨도 괜찮겠다는 생각이 들었다. 우선 도급을 받아서 이 집을 지은 사람이고, 또 우리 가게에서 두 달을 지냈으니 터무니없는 가격을 부르거나 속이지는 않겠다는 생각이 들었다.

그는 수리를 맡기겠다는 내 대답을 듣자마자 어떻게 수리를 할 것인지 우리 계획을 들어볼 생각도 하지 않고 한달음에 건축자재를 사 가지고 왔다. 나는 내색은 하지 않았지만 지나치게 적극적인 그의 행동이 마뜩지가 않았다.

그날 나는 우선 비용문제를 이야기해야겠다는 생각에 몇 번이나 물었지만 그는 대답을 하는 둥 마는 둥 했다.

"아는 처지에 뭐, 너무 걱정 말아요."

너무 순진했던 것일 수도 있고, 너무 쉽게 사람을 믿은 것일 수도 있고, 또 어쩌면 그때 머릿속에 생각해야 할 일들이 너무 많았기 때문일 수도 있겠지만 나는 더 묻지 않았다.

하루가 지난 후, 나는 생각할수록 석연치 않아서 다시 비용문제를 물었고 그는 마찬가지로 얼버무렸다. 나도 수방과 화상실의 위치를 어디로 할 것인지 간단하게 말하고 입을 다물었다.

다시 하루가 지난 후, 가게로 들어선 나는 눈이 휘둥그레졌다. 인부들이 배수로를 파고, 바닥을 뜯고, 벽에 붙은 것들을 뜯어내면서 벌써 공사가 시작되고 있었다.

나는 조급한 심정으로 다시 물었다.

"아저씨, 말 좀 해주세요, 얼마에 해줄 거예요?"

그가 웃으며 말했다.

"아는 처지에, 걱정하지 말아요!"

나는 이번에는 물러서지 않았다.

"그래도 비용을 얘기해줘야죠!"

그가 다른 할 말을 못 찾았는지 같은 말을 반복했다.

"아는 처지에, 걱정하지 말아요!"

나는 같은 말들이 계속 오가는 것이 짜증스러웠다. 그의 말을 자르며 참을 수 없다는 듯이 물었다.

"아유, 그 아는 처지라는 말 좀 그만하세요. 사실대로 값을 말하면 될 걸, 비용도 정하지 않고 공사를 시작하면 어떻게 해요?"

내 말이 떨어지기가 무섭게 그가 값을 불렀다. 화장실을 만들어야 한다, 뭘 어째야 한다며 못해도 몇 만 위안이 든다고 했다!

나는 화가 치밀어서 말했다.

"관두세요, 아저씨가 안 해주셔도 돼요."

그가 어깃장을 부리기 시작했다.

"반나절 동안 일을 했으니 그 비용은 쳐 줘야지."

"누가 공사 시작하랬어요, 혼자 벌려놓고 비용을 쳐 달라니요?"

"나한테 두 달 동안이나 집을 봐달라고 부탁해놓고, 수고비 한 푼 안 쳤잖아."

나는 갈수록 그가 괘씸하다는 생각이 들었다.

"아무 것도 없는 텅 빈 집인데 뭘 봐달라고 부탁했다는 거예요?"

그가 말도 안 되는 이유를 갖다 붙였다.

"만약 내가 집을 안 봐줬으면 벌써 다른 사람이 들어와서 차지했을 거야!"

나는 기가 막혔다.

"그날 아저씨가 전화로 잠 잘 곳이 없다고 그랬잖아요. 그래서 불쌍해서 우리 집에서 그냥 지내라고 한 건데, 지금 와서 오히려 아저씨가 우리 집을 봐줬다고요? 어떻게 그렇게 말하세요?"

그는 스스로 생각해도 변명이 궁색했던지 웅얼거리듯 말했다.

"돈 안 쳐주면 못 나가!"

쉰이 넘은 나이의 사람이 어린아이처럼 억지를 부렸다. 나는 그가 괘씸하면서도 한편 우스웠지만 더이상 사정을 봐줄 수는 없었다.

"원래는 오늘 나가라고 할 생각이었지만 날이 어두워졌으니까 내일은 무슨 일이 있어도 나가세요. 만약 내일도 막무가내로 나오시면 공안, 주민위원회, 집주인에게 모두 연락할 테니 두고 보세요!"

다음날 아침에 일어나자마자 우리는 낭보웬으로 달려갔다. 그는 이미 자취를 감추고 없었다.

두 번째 집수리

당시 티벳병원 쪽에 타이완에서 온 형제가 운영하는 발마사지점이 있었다. 3월 17일에 문을 열었는데 실내 인테리어가 제법 근사했다. 그들이 장 씨라는 기술자가 제법 솜씨가 괜찮다며 소개해주었다.

장 씨는 쓰촨 출신이었는데 티벳에 와 있는 지방인 중 쓰촨 사람이 80퍼센트 이상이었다. 쓰촨 사람들은 티벳 사람들과 얘기할 때도 습관처럼 쓰촨 사투리를 썼다. 발마사지점에서 장 씨를 만났을 때에도 그는 쓰촨 사투리를 사정없이 쏟아냈다. 그가 내부수리에 관해 자세하게 이야기했고 나는 한참 동안 듣고 있었지만 한마디도 알아들을 수 없었다.

고개를 돌려 도와 달라는 표정으로 발마사지점 주인을 바라보자 그가 웃으며 말했다.

"아저씨가 쓰촨 사투리가 좀 심하죠? 근데 며칠 듣다 보면 알아듣게 돼요."

며칠이 지났지만 나는 장 씨의 말을 여전히 잘 알아듣지 못했다. 한번은 오트에게 말했다.

"장 씨 아저씨한테 저 전선들을 어떻게 설치할 건지 네가 좀 물어봐."

나는 맥이 빠져서 말했다.

"저 사람은 내 말을 알아듣는데 나는 저 사람이 하는 말을 도대체

우리의 설계에 따라 원래 있던 창틀을 뜯어내고 큰 유리 창문으로 바꿨다(맨 위). 조리대가 들어설 자리(가운데 왼쪽). 카페의 내부벽면에 나무판자를 붙이고 있다. 오트의 고향 태국의 차청사오에서 흔히 볼 수 있는 목조 가옥에서 아이디어를 얻었다(맨 아래 왼쪽). 단조로운 출입문 외부 벽면에 화가가 직접 한 획 한 획 라싸의 푸른 하늘과 흰 구름을 그려 넣고 있다(가운데 오른쪽). 창고(맨 아래 오른쪽).

알아들을 수가 없어."

장 씨는 도급업자였다. 그가 데려온 목공과 전기공들의 손놀림이 민첩하고 부지런해질수록 나와 오트는 텅 빈 실내를 바라보며 수리 후의 모습이 우리가 상상하는 모습과 동일할지 종잡을 수가 없었다. 회색으로 칠한 벽을 향해 눈을 감고 완공된 후의 모습을 상상해 보았다. 천장과 바닥은 어떻게 만들고, 책꽂이와 양주병 진열대는 어디에 둘지……

2주가 지난 후, 카페의 한쪽 면으로 긴 나무판자들이 줄지어 붙여졌다. 오트의 태국식 나무가옥에서 영감을 얻은 것이었는데 사우나실 같다고 말하는 사람들도 있었다. 어쨌든 마침내 기본적인 윤곽이 드러나면서 카페가 조금씩 모습을 갖추기 시작했고, 나 자신도 따라서 성장하는 것 같아 가슴이 울렁거렸다.

오트에게 나는 짐짓 태연한 척하며 물었다.

"너도 성장한 것 같은 기분이 들어?"

오트는 매일 스케치북을 들고 한 장 한 장 제법 그럴싸해 보이는 도안을 그렸지만 장 씨와 그의 기술자들은 가끔 흘끗 쳐다볼 뿐 그가 그린 도면에 별로 신경을 쓰지 않았다.

쓰촨 사투리 vs 홍콩 중국어[5]

수리가 끝날 때가 가까워질수록 차츰 문제가 드러났다.

나는 벽을 가리키며 장 씨에게 물었다.

"제가 전에 말씀 드렸던 것하고 틀리네요?"

장 씨가 말했다.

"나한테 확실하게 이야기를 했어야지요!"

나는 아랑곳하지 않고 다시 해 달라고 했다.

내가 다시 천장을 가리키며 똑같은 질문을 했다.

"제가 전에 말씀 드렸던 것 하고 틀리네요?"

장 씨도 똑같은 대답을 했다.

"나한테 확실하게 이야기를 했어야지요!"

나는 오트의 도면을 가져다가 그에게 보여주었다.

"여기 분명히 그려져 있잖아요! 도면도 볼 줄 모르면서 어떻게 공사를 하세요?"

그가 도면을 보고는 너털웃음을 짓더니 다시 공사를 했다.

다음날, 나는 천장이 여전히 제대로 되지 않은 걸 보고 다소 신경질적으로 물었다.

---

[5] 중국은 각 성마다 독특한 사투리가 있는데 각 지방 사투리는 표준어인 중국어와 전혀 다른 말이라고 해도 좋을 정도이다. 그래서 사투리로 이야기하면 다른 지방 사람들은 알아듣기가 어렵다.

개업 준비가 완료되기 직전! 간판에 조명을 설치하고 있다.

카페를 열기 위해 우선 베트
남에 가서 커피원두를 비롯
해서 필요한 물건들을 구입
했다. 사진은 구입한 물건들
을 라싸로 부치기 위해 어머
니와 호치민 중앙우체국에
갔다가 찍은 것이다.

"그렇게 여러 번 말했는데 천장을 또 이렇게 해놓으면 어떻게 해요?"

장 씨가 소리를 버럭 질렀다.

"그럼 미리 분명하게 말을 했어야지, 나한테는 중국말로 좀 해요!"

이 말을 할 때에도 그는 여전히 쓰촨 사투리로 말했다.

나도 이에 질세라 소리를 버럭 질렀다.

"아저씨가 하는 말 중국말 아니거든요! 저는 홍콩 억양이 섞인 중국말로 하는데 아저씨는 완전히 쓰촨 사투리잖아요!"

전기공이 옆에 서서 듣다가 "하하!" 웃음을 터뜨렸고, 장 씨는 천장을 다시 손질했다. 문화적인 차이 혹은 의사소통의 문제인지 아니면 장 씨가 고의로 엇나가는 것인지 알 수가 없었지만 사소한 부분에서 자주 문제가 생겼다. 어느 날 건자재 시장에 같이 갔을 때 내가 장 씨에게 말했다.

"화장실 벽은 타일로 해주세요."

이 말이 어디 못 알아들을 구석이 있는가? 건자재를 구입하고 화장실 벽을 붙이던 날, 장 씨가 뜬금없이 말했다.

"내가 확실히 좀 말해달라고 했잖소, 화장실 벽에 타일을 붙인다고 했지 화장실 천장까지 붙인다고는 안 했잖아요. 그러니까 벽에 1.5미터까지 붙인다는 거 아니었어요?"

그가 화까지 내며 말했다.

"천장 저 높이까지 붙여야 했으면 분명히 말을 해줬어야지!"

그가 내게 돈을 더 줘야 한다고 말했지만 나는 안 된다고 했다.

나는 쓰촨 말투를 흉내내며 그에게 달려들었다.

"이 아저씨가 정말 강호를 모르네!(의리가 없다는 뜻으로 짐작할 뿐이지만 어쨌든 장 씨는 매일 이 말을 달고 살았다)"

그가 반박했다.

"내가 왜 강호를 몰라?"

나는 순간 말문이 막혀서 겨우 한마디 했다.

"스스로 생각해보세요, 당연히 강호가 부족하죠!"

장 씨도 가만히 있지 않았다.

"티벳에서 화장실 천장까지 타일 붙이는 사람 있으면 나와 보라 그래, 못 믿겠으면 총각이 직접 가서 보던가!"

나도 궁금해서 밖으로 나와서 몇 군데 화장실을 둘러보니 과연 벽면의 타일이 1.5미터까지만 붙여져 있었다.

비록 작은 문제들이 끊이지 않았지만 대체적으로 인테리어가 만족할 만했다. 공사는 2007년 3월 16일에 시작되어 4월 15일에 끝이 났다. 꼬박 1개월이 걸렸다. 4월 중에 공사를 끝마친 것은 5월 1일 노동절 황금연휴 기간에 개업을 하고 싶었기 때문이다.

라싸 세관 통과하기

가게 인테리어가 뒤죽박죽 진행되고 있는 동안 홍콩과 베트남에서 구입한 커피원두와 용품들이 속속 라싸에 도착하고 있었다. 어느 날 우체국으로부터 전화가 걸려왔다.

"굉장히 큰 소포가 하나 와 있어요, 어서 와서 가져가세요!"

나는 급히 포탈라궁 우체국으로 달려가서 우편물 보관창구로 갔다. 직원이 화물번호를 보더니 말했다.

"이건 국제우편물이네요, 세관 쪽으로 가서 물어보세요."

세관 사무실도 우체국 내에 있었다. 직원은 화물번호도 보지 않고 물었다.

"베트남에서 부친 물건 맞아요?"

내가 베트남 사람처럼 생긴 구석이 전혀 없는데 이 사람이 어떻게 화물이 베트남에서 온 걸 알았을까 하는 생각을 하고 있을 때, 직원의 말이 들려왔다.

"짐 속에 커피원두 이런 게 들어 있네요, 이건 세금을 내야 해요!"

나는 깜짝 놀랐다. 왜 미리 이 문제를 생각 못했지, 커피원두를 부치는데 세금을 내야 한다니 얼마나 내야 하지? 등, 여러 생각들이 머릿속을 지나갔다.

티벳 직원이 물었다.

"커피원두로 뭘 하려는 거죠?"

나는 어물거리며 나오는 대로 말했다.

"어……, 제가 마시려고요!"

직원이 웃으며 물었다.

"혼자 이걸 다 마신다고요?"

내가 생각해도 말도 안 되는 소리였다. 혼자 어떻게 이 많은 커피를 다 마신단 말인가. 직원이 소포를 다시 보더니 나를 아래위로 훑어보았다.

"좋아요, 이번에는 넘어가죠, 다음엔 이렇게 많이 부치면 안 됩니다!"

나는 연신 고맙다며 인사를 한 후 오트와 함께 커피원두가 든 커다란 상자를 삼륜차에 싣고 돌아왔다.

우체국에서 또 전화가 왔다.

"여보세요, 또 소포가 왔네요. 이번에는 홍콩에서요!"

소포가 너무 많이 와서 우체국 직원들이 모두 나를 알아보는 게 아닐까 싶을 정도였다. 나는 다시 포탈라궁 우체국으로 달려가서 우편물 보관창구로 갔다. 이번에는 다른 직원이 앉아 있었는데 역시 티벳인이었다. 그녀가 물었다.

"안에 든 게 뭐예요?"

사실 나도 뭐가 들어 있는지 확실히 모르고 있었다. 포장을 뜯어보고 나서야 커피메이커 비슷하게 생긴 물건이 있는 것을 알았다. 커피메이커를 본 여직원이 갑자기 물었다.

"이런 물건은 세금을 물어야 하나요?"

직원이 이렇게 물으니 나로서는 당연히 "안 물어도 돼요"라고 대답했다. 그녀가 웃으며 내게 사인을 하라고 했다.

오트와 커피메이커를 가게로 옮겨 와 열어보니 커피메이커 뒤편에 꽤 커다란 금이 가 있는 것이 보였다. 우리는 황급히 커피를 뽑아서 마셔보았는데 다행히 기계의 성능에는 문제가 없었다.

물건을 붙일 때 테이프와 신문지로 몇 겹씩 싸서 포장을 꼼꼼히 한다고 했지만 운반해오는 과정에서 파손되는 경우가 많았다. 나중에 나는 이것은 티벳에서 장사를 하려면 피할 수 없는 문제라는 것을 경험을 통해 알게 되었다.

〈바람카페〉 개업하다

나와 오트가 2006년 11월 9일 자전거를 타고 티벳에 도착해서 2007년 1월 18일에 정식으로 가게 계약을 했고, 2007년 3월 16일에 집수리를 시작해서 2007년 4월 18일에 문을 열었으니 이래저래 5개월이라는 시간이 걸렸다.

이 몇 개월 동안에 티벳에서 많은 친구들을 알게 되었다. 티벳 사람, 한족 그리고 외국인도 있었다. 우리는 개업 며칠 전부터 많은 사람들에게 빠짐없이 초청장을 보냈다.

라싸에서 살고 있는 외지인들의 활동모습을 소개하는 프로그램을 만들기 위해 티벳 TV방송국에서 카페를 취재하러 왔다.

호주에서 온 벤(좌)과 안나(우). 무척이나 유쾌했던 친구들.

나는 니마에게 전화를 걸었다.

"요즘 바빠?"

니마는 가무단에서 일하는 티벳 청년인데 우리가 막 티벳에 왔을 때 알게 된 친구였다.

니마가 말했다.

"아니, 형은?"

나는 쭈뼛거리며 말했다.

"내가 카페를 열었는데……."

니마가 깜짝 놀라며 물었다.

"와! 정말이야? 완전 축하해요!"

"우리가 모레 개업을 하는데, 올래?"

"꼭 갈게요! 내가 더 기분이 좋다!"

그때부터 라싸에 있는 친구들에게 전화를 돌렸고, 모두들 오겠다고 약속했다.

개업하는 날, 로마에 가면 로마법을 따르라는 말처럼 티벳 사람이든 아니든 모두가 손에 '하다[6]'를 들고 와서 나와 오트의 목에 둘러주었다. 나중에 몇몇 티벳 친구들이 가게에 걸어두라며 탕카[불상화] 두 점을 가져왔다. 그들이 탕카는 입구 정면에 걸어놓아야 재물을 부르는 효과가 있다고 했다.

---

[6] 티벳 사람들이 축하할 때 선물하는 기다란 비단 스카프. 대개 흰색이다.

이날 카페 안은 사람들로 가득 찼다. 나와 오트가 처음으로 카페의 주인 노릇을 하는 날이었다. 갑자기 누가 소리쳤다.

"주인장! 맥주 한 병!"

또 누가 소리쳤다.

"잔은 없나?"

"스트로는?"

"냅킨은?"

"화장실 스위치가 어디 있지?"

나는 바쁘게 오가며 소리쳤다.

"오트, 물리지 않게! 얼음! 오트, 뜨거운 물이 떨어졌어!"

새벽 2시경이 되어서야 손님들이 돌아가고, 카페는 평온을 되찾았다. 우리는 정신없이 바쁘다가 그제야 한숨을 돌리게 되었다.

나는 들떠서 오트에게 말했다.

"피곤하지?"

"피곤하긴!"

"기분 좋지?"

"기분 좋아!"

그날 너무 피곤해서 우리는 간단히 하루를 정리하고 카페에서 잤다.

마침내 카페가 문을 열자 나는 한숨을 돌린 기분이었다. 모든 것이 운이 좋았다는 생각을 하면서 이후의 일들도 지난 몇 개월처럼 순조롭기를 바랐다.

떠나는 건 돌아오기 위함이다

우물에 가서 숭늉 찾기

카페를 여는 날, 음식을 함께 먹으며 축하하기 위해 친구들을 초청한 것이었지만 그들은 50위안, 100위안으로 '마음'을 표시했다. 이것이 티벳의 풍습인지 알 수 없었지만 나와 오트는 그 돈을 받을 때 다소 쑥스러웠다. 우리는 그저 친구들과 함께 음식도 먹고 놀려던 것뿐이었다.

유스호스텔에서 일하는 샤오왕과 그의 여자친구 샤오마가 왔다. 샤오왕은 깐수 출신, 샤오마는 쓰촨 출신이었다. 샤오왕은 내가 라싸에서 알게 된 가장 절친한 친구이다. 최근 몇 달 동안 그는 우리 가게의 일을 여러모로 도와주었다. 그는 늘 그렇듯 문을 열고 들어서자마자 검은 뿔테 안경을 쓴 얼굴에 사람 좋은 웃음을 지으며 개업을 축하해주었다.

"두 사람이 정말로 이곳에 정착할 줄은 생각도 못했어!"

그리고는 내 손을 잡더니 100위안을 쥐어 주었다.

나는 겨울철에 여관의 월급이 그리 많지 않다는 것을 알고 있었기 때문에 돈을 돌려주며 말했다.

"샤오왕, 오늘은 내가 대접하려고 부른 거야!"

"아깡, 받아둬. 얼마 되지도 않아!"

"오늘은 너하고 여자친구하고 한잔 해, 나중에 돈 내고 사 먹어!"

샤오왕이 성가시다는 듯 소리를 버럭 질렀다.

"우리 고향에는 '예교禮敎'라는 말이 있어, 너 몰라?"

'예교'는 대략 '인정人情'이라는 뜻일 것이다. 그가 한사코 받아두라고 하는 바람에 나는 받아두는 수밖에 없었다. 그 뒤로 친구들마다 소위 '예교'로 통하는 것들을 주었는데, 나는 고맙기도 하면서 한편으로 어색했지만 모두 받았다.

카페를 연 다음 날, 몇 군데 수리가 끝나지 않은 곳이 있어서 오전 내내 수리를 하느라 오후 4시가 되어서야 문을 열었다.

한참이 흘러서야 손님이 가뭄에 콩 나듯 들어왔다. 문을 열자마자 손님이 밀려들 거라고 생각하지는 않았지만 몇 시간이 지나서야 겨우 두세 명이 들어왔다. 나는 약간 초조해져서 오트에게 물었다.

"왜 손님이 없는 거지?"

오트는 오히려 태평했다.

"우린 어제 막 문을 열었어, 우리 카페를 아는 사람이 몇이나 된다

카페 한쪽 귀퉁이의 모습. 선홍색 소파와 어울리도록 붉은 벽돌을 붙여 벽을 만들었다.

깐수에서 온 샤오왕(좌)과 쓰촨에서 온 샤오마. 카페가 문을 연 첫날, 이 두 연인은 마다하는 우리 손에 100위안의 '마음'을 쥐어주었다.

고!"

그날 문을 닫을 때까지 겨우 몇 명이 와서 콜라와 맥주를 마셨다. 휴업에 가까운 하루였다.

카페를 연 지 5일째 되던 날, 점점 초조해져서 가만히 있을 수가 없게 된 나는 다시 오트에게 물었다.

"광고가 잘 안 된 걸까? 손님이 너무 없잖아! 어떻게 하지?"

오트는 여전히 같은 말을 반복했다.

"우린 이제 막 문을 열었어. 우리 가게를 아는 사람이 몇이나 된다고!"

늘 그렇듯 그의 양미간에 '모든 것은 인연대로 되는 법'이라는 표정이 살짝 떠오르더니 이내 컴퓨터 화면에 있는 태국 신문으로 눈길을 돌렸다.

그런 그의 표정은 몇 년 전에 출가할 때의 그의 모습과 태국 방콕에서 있었던 일들을 떠오르게 했다. 어느 날 오트가 갑자기 무언가를 찾고 있길래 내가 물었다.

"뭐 찾아?"

"캠코더."

그 캠코더는 그가 몇 달치 월급을 모아서 장만한 것이었다.

내가 물었다.

"며칠 전에 택시 탔을 때 놔두고 내린 거 아냐?"

오트가 그제야 생각난 듯한 표정으로 말했다.

"그런 거 같아!"

내가 택시회사에 전화를 걸어서 물어보아야 할지 궁리하는 동안 오트는 오히려 득도한 사람처럼 말했다.

"어차피 못 찾을 물건, 찾을 필요 없어."

그리고는 아무렇지 않게 자리에 눕더니 이내 잠이 들었다. 어쩌면 카페를 경영하는 것도 일종의 수양修養이 필요할지도 모르겠다. 조급해하지 말고, 매사에 천천히, 천천히……

샤오지아와 샤오미

나와 오트는 여관에서 월세 8백 위안짜리 방을 하나 빌려서 지내고 있었다. 여관에는 샤오지아라는 스무 살 남짓한 종업원이 있었는데 그녀는 충칭에서 라싸에 왔다가 어쩌다 보니 여관에서 일하게 되었다고 했다. 샤오지아는 동그스름한 얼굴에 늘 헤죽헤죽 잘 웃었다. 카페를 시작한 후, 우리는 매일 여관에 돌아오면 방에 들어가기 바빠서 그녀와 인사를 나눌 겨를도 없었다.

어느 날 샤오지아가 대뜸 물었다.

"요즘은 왜 매일 새벽 1시가 되어서야 들어와요?"

"나하고 오트가 카페를 열었거든!"

내심 아직 광고가 충분치 않은 건가, 왜 여관 프런트에서도 모르고

카페의 친선대사가 되어 여러 명의 한국 여행객들을 데려와 준 샤오지아(왼쪽). 태국에서 라싸로 출발하기 전에 찍은 사진. '우리는 태국 국왕을 사랑해요'라고 쓰인 스티커를 자전거에 붙였다. 태국 국왕 즉위 60주년을 기념하여 나온 스티커였다(오른쪽).

있지 하는 생각이 들었다. 샤오지아는 나보다 더 놀란 반응을 보이며 일본 애니메이션에 나오는 등장인물들처럼 과장스럽게 물었다.

"정말이에요? 정말이에요?"

그리고는 다시 물었다.

"카페가 어디예요? 내일 놀러 갈게요!"

이튿날, 과연 샤오지아는 오후에 카페에 모습을 드러냈다. 검은 뿔테 안경을 낀 얼굴로 입구에서 화장실까지 사방을 두리번거리며 다니는 모습이 흡사 시골에서 막 상경한 시골뜨기 같았다. 이리저리 살피더니 갑자기 호들갑스럽게 소리를 쳤다.

"너무 예뻐요, 정말 너무 예뻐요! 정말 부럽다!"

그녀는 한잔에 15위안 하는 레몬주스를 마셨다. 그녀의 월급이 얼마 되지 않는다는 생각을 하며 내가 한잔 사겠다고 말하려는 순간 그녀가 이미 돈을 내놓으며 "나중에 손님을 많이 데려올게요"라고 말했다. 그리고는 만약 여관에 새 손님이 들어오면 한 장씩 나눠주겠다며 명함을 잔뜩 집어갔다. 그때부터 샤오지아는 마치 카페의 명예대사로 임명되기라도 한 듯, 오후에 한국인 관광객들을 잔뜩 데리고 왔다.

"오빠, 이 손님들이 오빠네 카페에 어떻게 오는지 모른다고 해서 내가 데려왔어요."

내가 들어와서 좀 앉으라고 하니 그녀가 숨이 턱까지 차서 말했다.

"안 돼요, 얼른 여관에 가봐야 돼요. 좀 있다 주인이 와서 내가 자리를 비운 걸 알면 또 월급을 깎으려고 할 거예요!"

그리고는 바람처럼 사라졌다.

샤오지아의 호객행위 덕분인지 알 수 없었지만 며칠 동안 저녁에 카페를 찾는 손님이 갈수록 늘어났다. 몇 명의 한국인 손님이 모이더니 그 손님들이 또 한 무리의 한국인 손님을 데려왔고, 그 한 무리의 한국인 손님이 라싸에 있는 모든 한국사람들을 데려왔다. 샤오지아가 한국말을 할 줄 아는 것은 아니었지만 그들에게 꽤나 인기가 있는 모양이었다.

샤오지아가 일하고 있는 여관에 스물 몇 살의 홍콩에서 온 친구가 한 명 있었다. 이름은 샤오미였다. 그는 크지 않은 키에 얼굴에 큼지막한 여드름이 드문드문 나 있었다. 제법 잘생긴 외모였지만 썰렁한 개그를 무척이나 좋아했다. 대개의 경우 샤오미가 소위 '개그'를 하면 웃는 사람은 한 명뿐이었다. 바로 샤오지아였다.

샤오미가 말했다.

"옛날에 성냥이 하나 있었거든, 근데 머리가 너무 가려운 거야. 그래서 손을 뻗어서 긁었는데 긁자마자 제 몸에 불이 나서 죽었대."

듣고 있던 내가 심드렁하게 말했다.

"수준 좀 높여! 바보도 아니고!"

샤오지아가 오지랖 넓은 여자처럼 한참 동안 숨이 넘어갈 듯이 웃어대더니 말했다.

"와하하하하! 진짜 웃긴다!"

샤오미는 자신의 썰렁한 농담이 샤오지아를 깔깔거리며 넘어가도록 만든 것을 보자 더욱 신이 나서 한층 더 썰렁한 개그를 연이어 쏟아냈다. 그후 샤오미는 늘 샤오지아가 퇴근하면 같이 카페에 와서 음료수 잔을 사이에 놓고 이야기를 했다. 이야기가 시작되면 새벽 한두 시가 넘어서야 돌아갔다. 나는 처음에는 그들이 한 사람은 홍콩에서, 한 사람은 충칭에서 왔기 때문에 우리 카페에서 친구가 되었나 보다 하고 생각했다.

어느 날 주방에서 나오던 나는 샤오지아가 샤오미의 어깨에 머리를 기대고 앉아 있는 모습을 보았다. 내가 나온 것을 보고 둘은 아무 일 없었다는 듯이 자세를 바로잡고 앉았다. 나는 오트에게 말했다.

카페 내부의 나무 벽에 만들어진 방명록. 아래쪽에 있는 불상 사진은 태국의 고도古都 아유타야 에서 찍은 것이다.

"샤오미하고 샤오지아하고 연애하는 것 같아."

사실 나는 샤오미와 샤오지아가 정말로 연애를 하는지 어쩌는지 마음먹고 관찰해본 적이 없었다. 단지 두 사람이 찰싹 붙어 다니면서 아침에는 같이 장을 보러 다니고, 낮에는 바라사원에 가서 향을 피우고, 저녁에는 우리 카페에 오는 것을 보았을 뿐이다. 우리 카페의 남의 말하기 좋아하는 몇몇 손님들은 두 사람이 틀림없이 그렇고 그런 사이라며 의견이 분분했다.

어느 날 샤오지아가 말했다.

"오빠, 함부로 말하지 마!"

내가 발뺌했다.

"난 아무 말도 안 했어, 사람들이 다들……."

샤오지아가 왠지 사정하는 투로 말했다.

"부탁이야. 남의 말이라고 함부로 하지 말아줘. 나하고 샤오미는 아무 사이도 아니란 말이야! 그럼 내가 나중에 손님 더 많이 데려올게."

나는 이렇게 말하는 그녀의 입언저리에 알 듯 모를 듯한 미소가 번지는 것을 보았다. 겸연쩍고 쑥스러운 미소였다.

나는 오트에게 말했다.

"그 애들 연애하는 게 틀림없어."

오트는 들었는지 못 들었는지 여전히 태국 신문에 시선이 멈춰 있었다.

언젠가 나는 샤오미와 홍콩과 관련된 얘기를 하다가 샤오지아에게는 별로 흥미가 없을 것이라 생각하고 자연스레 마카오말로 이야기하게 되었다. 충칭이 고향인 샤오지아가 무슨 말이 오가는지 못 알아듣자 투덜거리며 말했다.

"오빠, 샤오미, 중국말로 해. 나는 하나도 못 알아듣겠잖아!"

우리는 일부러 광동 사투리로 그녀를 놀려댔다.

무슨 소리를 하는지 알아들을 수가 없게 되자 샤오지아는 가수 콘서트에 온 소녀 팬 같은 눈으로 나와 샤오미가 나누는 얘기를 가만히 듣고 있었다. 한번은 내가 그녀에게 농담으로 "너도 마카오말을 배워! 잘 모르면 샤오미한테 물어, 너라면 틀림없이 가르쳐줄 텐데!"

샤오미는 웃기만 하고 아무 말도 하지 않았다. 샤오지아가 웃음을 거두며 힘없이 말했다.

"샤오미가 곧 홍콩으로 돌아가요."

샤오미가 5월 1일 항공권을 예약해놓았고, 사흘 후면 두 달간의 티벳여행을 끝내고 홍콩으로 돌아 갈 예정이라고 했다.

샤오미가 라싸를 떠나기 며칠 전날 밤, 카페는 한산하고 조용했다. 컴퓨터에서 뜻밖에도 린이펑의 〈떠나는 건 돌아오기 위함이죠〉라는 노래가 흘러나오고 있었다. 샤오지아가 물었다.

"이 노래 참 듣기 좋다, 여자 목소리야?"

나는 린이펑은 남자라고 말해주고 그녀에게 가사를 번역해주었다.

내일이면 가요 / 친구들의 유쾌한 축복 속에서 / 안녕 / 내 삶
속을 오고 간 많은 사람들 / 계절이 바뀌고 하늘도 땅도 변해
가죠 / 세월이 흘러

샤오지아가 번역을 다 듣고 배시시 웃기만 하더니 갑자기 뜬금없이
물었다.
"오빠 또 날 속였지, 이 노래 가사 그런 거 아니잖아."
내가 말했다.
"가사가 네 마음을 꼭 맞췄지?"
샤오지아는 마치 가을바람 속에 앉아 있는 소녀처럼 말없이 건초더
미로 만든 소파 위에 앉아 있었다. 무슨 생각이 난 듯 무슨 말인가를
하려다가 금방 다시 삼켜버렸다.
나는 인터넷으로 그 노래의 가사를 찾아냈고, 샤오지아는 음악을
들으며 가사를 보고 있었다. 언제나 입가에 걸려 있던 헤실 대는 웃음
은 온데간데 없었다.

내일이면 가요 / 잘 가라는 친구들의 유쾌한 축복 속에서 / 남
는 것은 선택이죠 / 떠난다고 해서 모든 걸 내려놓을 순 없죠 /
한 사람을 사랑하고 / 함께 길을 떠났어요 / 그제야 문득 깨달
았죠 / 어디로 가야할지 알 수 없는데 / 돌아갈 길이 멀기만 해
요

린이펑의 노래만 실내를 맴돌고 있었다.

내가 샤오미에게 물었다.

"너하고 샤오지아 어떻게 되는 거야?"

샤오미의 얼굴에서도 웃음기가 사라졌다.

"내일이면 떠나는데 어쩌겠어요?"

사랑을 기념하며

샤오미가 떠난 후, 지금까지 언제나 신이 나서 여관 일을 하던 샤오지아로부터 어느 날 전화가 걸려왔다.

"여기서 일하기 싫어졌어!"

내가 이유가 뭐냐고 물었지만 아무 말도 하지 않았다.

샤오지아는 곧바로 새로운 일을 찾았다. 라싸에서 살고 있는 프랑스인 파비스의 집에서 전화를 받아주는 일이었다. 파비스는 샤오지아에 대해 성격 좋고, 참을성 있고, 언제나 웃는 얼굴이라며 침이 마르도록 칭찬했다. 심지어 월급을 올려주겠다고까지 했다.

내가 그 말을 전해주자 샤오지아는 오히려 풀이 죽은 얼굴로 대꾸했다.

"그럼 뭐해?"

며칠 후, 샤오지아가 말했다.

라싸를 떠나기 전에 카페를 찾은 샤오지아(우측 첫 번째). 그녀는 한국에서 온 재와 함께 충칭으로 돌아갔다. 좌측은 말레이시아에서 온 차이이와 한평. 지금 상하이에서 일하고 있다.

"파비스 집에서 아르바이트 못할 것 같아. 엄마가 아파. 충칭으로 돌아가야겠어."

돌아가야겠다는 말에 나는 어딘지 석연찮아서 물었다.

"파비스는 네가 일하는 게 무척 마음에 드는 모양이던데, 왜 이렇게 빨리 그만두려는 거야? 일이 많이 힘들어?"

그녀가 고개를 저었다. 나는 문득 스쳐가는 생각이 있어서 물었다.

"샤오미 때문이야?"

그녀는 이번에도 아무 말 없이 건초더미로 만든 소파에 엎드려 있었다. 조용한 밤중에 그녀는 혼자 말없이 얼음을 넣은 우메슈^{일본 매실주}를 마셨다. 집으로 돌아간 후, 그녀에게서 문자가 왔다.

'며칠 전에 혼자 조캉사원에 가서 경전을 읽는데 문득 샤오미하고 같이 바라사원에 갔던 생각이 왜 자꾸 나는지 나도 모르겠어. 그 애가 떠나고 나서 정말 힘들어. 샤오미가 떠나고 없으니까 나도 이 가슴 아픈 곳을 떠나고 싶어.'

그후 그녀는 가슴 아픈 라싸를 떠나 충칭으로 돌아갔다.

샤오지아가 떠난 후에도 우리는 전화나 문자로 어떻게 지내고 있는지, 라싸에서 알았던 친구들이 어떻게 살고 있는지 소식을 주고받았다. 어느 날 내가 물었다.

"옛날에 우리가 자주 너하고 샤오미를 놀렸잖아, 그때 싫었어?"

샤오지아가 말했다.

"싫긴? 사실 오빠들한테 많이 고마웠어."

나는 왜 고마웠느냐고 묻지 않았다. 공짜로 음료수를 마실 수 있게 해줘서 고마웠을 수도, 마음속의 얘기를 들어줘서 고마웠을 수도, 어쩌면 샤오미와 함께 우리 카페에 와서 보낸 시간들이 고마웠을 수도 있을 것이다.

그녀의 이야기를 원고에 쓰기 전에 나는 샤오지아에게 전화를 걸었다.

"네 이야기를 적으려고 하는데 괜찮아?"

내 말이 떨어지기가 무섭게 그녀는 마치 린야전^{호들갑스러운 개그우먼}에 빙의되기라도 한 것처럼 야단스럽게 떠들었다.

"하하, 뭐라고 쓸 건데? 다 쓰고 나서 나한테 꼭 보여줘야 돼. 정말 라싸로 다시 돌아가고 싶다. 오빠들 생각이 너무 나는 거 있지!"

그러더니 금방 목소리를 가다듬고 머뭇거리며 말했다.

"오빠, 고마워!"

나는 이번에는 뭐가 고마운 걸까 생각했다. 몇 줄의 글자를 통해 그때의 사랑을 기념할 수 있어서일까.

떠난 지 2년 후, 샤오지아는 다시 소식도 없이 라싸로 돌아왔다. 2주간 여행을 왔다고 했다. 이전과 별로 달라지지 않은 모습이었다. 늘 부끄러운 듯 헤실거리는 웃음도, 그녀의 표현대로라면 '갈수록 귀여워지는' 얼굴도……. 여전히 혼자라고 했다.

처음 일주일 동안 우리는 마치 약속이라도 한 것처럼 샤오미에 관해 한마디도 하지 않았다. 가능하다면 이 '금기'를 깨뜨리지 않겠다는 결심이라도 한 것 같았다. 어느 날 한 손님이 내 책 《바람카페》를 보다가 갑자기 샤오지아에게 물었다.

"이 사람이 그 아가씨예요?"

그녀가 어색한 듯 큰소리로 웃었다.

어느 하루, 끝도 없이 이야기를 주고받다가 샤오지아가 문득 물었다.

"오빠, 샤오미하고 연락해?"

나는 그와 연락 못한 지 오래 되었다고 대답했다. 그녀가 말했다.

"라싸를 떠난 후에 티벳에서 지내던 생각을 많이 했어. 늘 마음이 아팠어! 어떤 때는 연락이라도 해볼까 하는 생각도 들었지만 서로 다른 세상에 사는 사람이라는 생각이 들어서 그만뒀어. 쓰촨에서 대지진이 있었을 때 딱 한 번 전보가 왔었어. 나는 괜찮으냐고……."

"언젠가 파비스의 아이디로 샤오미한테 '친구가입' 초청장을 보내봤는데 곧바로 답장이 왔어. 그 애 블로그에서 최근에 올린 사진들을 보다가 문득 그런 생각이 들었어. 사실은 그 애를 그렇게 그리워한 건 아닐지도 모른다는……. 그 애의 최근의 모습이 보고 싶었던 것뿐이라는 생각이 들었어!"

나는 이 책의 간체자 버전을 출판할 때에도 샤오지아에게 전화를 걸어서 덧붙이고 싶은 이야기가 있느냐고 물었다. 그녀는 잠깐 생각하다가 불쑥 한마디 했다.

"나에 대해 좀 예쁘게 말해줄 수 없어? 시집도 못 가도록 만들어놓지 말고!"

어쨌든 이제 2년도 더 지난 이야기이고 결과가 달라질 리도 없는데 몇 마디를 덧붙이고 말고가 무슨 대수이겠는가 하는 생각이 들었다. 티벳은 그녀에게 평생토록 잊지 못할 기억이 될 것이다.

나의 친구 헤이무 야주

화가 친구

〈바람카페〉의 벽면들은 모두 나무판자로 꾸며져 있는데 이것은 태국의 시골 나무가옥에서 따온 콘셉트였다. 나는 나무로 된 벽면이 아무 것도 없이 텅 비어 있어서 무척 단조로워 보인다는 생각이 들었다. 그래서 낯 두꺼운 부탁인 줄 알면서도 화가 친구인 헤이무에게 전화를 걸었다.

"여기에다 네 그림을 좀 걸어놓으면 안 될까?"

헤이무가 웃었다.

"좋지, 내가 몇 개 골라서 보내줄게!"

말이 떨어지기가 무섭게 그녀가 몇 점의 연필화를 들고 카페를 찾아왔다. 티벳 풍경과 네팔인을 그린 인물화였다. 나는 돈 한 푼 안 주고 그림을 걸어놓자고 한 게 면목이 없다는 생각이 들어서 말했다.

"그림을 벽에 걸어놓고 값을 적어서 붙여놓으면 어떨까, 손님들이 살지도 모르잖아."

헤이무가 말했다.

"좋아, 그림이 팔리면 돈을 나누면 되겠다!"

돈을 나누자고 한 말이 아니었기에 나는 황급히 말했다.

"아니, 그게 아니라, 정말로 그림이 팔리면 돈은 네 꺼지. 돈 한 푼 안 들이고 네 그림을 벽에 장식해놓은 것만으로 이미 충분해."

헤이무가 웃으며 어쨌든 내가 좋을 대로 하라고 말했다.

나는 헤이무의 연필화 아래에 '판매. 모든 수익은 화가에게 지불됩니다' 라는 글귀를 써 붙였다. 손님이 화가가 누구냐고 물을 때마다 나는 적극적으로 헤이무에 대해 소개했다. 가게가 문을 연 후, 겨우 몇 점 밖에 팔리지 않은 것을 내심 미안해하는 내게 헤이무가 말했다.

"사실 전에도 가게 몇 군데에서 내 이름을 알려 준다 어쩐다 하면서 그림을 걸어놨었어. 근데 다들 공짜로 가져가려고 했어. 어쩌다 손님이 값을 물어도 가게 주인이 파는 그림이 아니라고 말하는 경우도 있었고."

그러더니 헤이무가 말했다.

"내 그림을 여기에다 걸어놓고 몇 년씩 안 팔린대도 괜찮아. 네가 진심으로 내 그림을 팔아주고 싶어하잖아! 새 그림으로 바꿔놓고 싶으면 말해!"

헤이무는 쓰촨 출신이다. 아이디가 '헤이무 야주' 이지만 친구들은 그녀를 모두 헤이무라고 불렀다. 언젠가 내가 그녀에게 본명을 물었

쓰촨 출신의 여류화가 헤이무가 그린 연필소묘가 카페의 한쪽 벽을 장식하고 있다. 중간에 있는 그림은 네팔에서 '살아 있는 여신' 으로 추앙받는 쿠마리Kumari를 그린 작품이다.

카페에 있는 와인보관대. 장식으로 만들어 둔 것일 뿐 모두 빈병이다.

지만 그녀는 가르쳐주고 싶어하지 않았다.

"말 안 해줄래!"

그리고는 웃음으로 얼버무렸다. 그녀를 처음 알게 된 날은 1월 7일, 마침 그녀의 생일이었다. 나는 호기심이 동해서 점쟁이처럼 물었다.

"올해 몇 살이에요?"

그녀는 그때도 당연한 듯이 말했다.

"말 안 해줄 거예요!"

진짜 이름이 무엇인지, 몇 살인지도 모르지만, 최소한 여자라는 사실은 알고 있는 사람과 나는 라싸에서 가장 친한 친구가 되었다. (그녀를 알게 된 지 1년 후쯤, 내가 우편물을 대신 받아준 적이 있었는데 그때 그녀의 진짜 이름을 알게 되었지만 금방 잊어버렸다.)

태국 방콕에서 자전거를 타고 라싸에 온 지 얼마 되지 않아 나는 같은 여관에 묵고 있던 샤오위를 알게 되었고, 샤오위는 또 우연히 조캉 사원에서 헤이무를 만나게 되었다. 게다가 무슨 연유 때문인지 샤오위는 그날이 헤이무의 생일이라는 것을 알게 되었고, 저녁에 우리는 생일을 축하하기 위해 같이 훠궈^{중국식 샤브샤브}를 먹었다. 이것이 나와 헤이무가 알게 된 과정이다.

헤이무가 나중에 이렇게 말했다.

"그날 우리가 처음 만난 날, 너하고 오트가 먹는 거 보고 내가 입이 딱 벌어졌잖아. 두 사람 정말 무섭게 먹더라. 식당주인이 틀림없이 손해 봤을 거야!"

그때는 우리가 태국에서 티벳까지 자전거 여행을 끝마친 지 얼마되지 않은 때여서 먹는 양이 평소의 다섯 배는 되었다.

예전에 내가 홈페이지에 적어 놓은 여행일기를 보고 누군가 "아는 사람이 정말 이렇게 많아요?"라고 물은 적이 있었다. 사실은 그렇지 않다. 나는 내향적이고 수줍음을 타는 성격 때문에 오히려 생활범주 밖의 사람들은 잘 모른다. 여행을 할 때 알게 되는 사람들은 모두 그 범위 내의 친구들이다. 어떤 사람들은 길을 걷다가도 금방 친구를 사귀는 사람들도 있는데 나는 그렇지 못하다.

당시에 나는 샤오위와 헤이무에게 물었다.

"너희 둘은 어떻게 알게 되었어?"

샤오위가 말했다.

"우린 조캉사원에서 사진을 찍다가 알게 됐어."

나는 여전히 이해가 안 돼서 물었다.

"그러니까 조캉사원에서 사진 찍다가 어떻게 알게 되었는데?"

두 사람은 잠시 말을 잇지 못했다. 만약 홍콩에서라면 길을 가다가 모르는 사람에게 먼저 말을 걸었을까? 언젠가 중학교 동창과 홍콩에서 지하철을 타고 가면서 노래에 대해 이야기를 하고 있는데 옆에 앉은 사람이 갑자기 끼어들었다.

"그 노래? 아, 장징쉰엔 노래잖아요, 노래 정말 최고예요!"

나와 친구는 알지도 못하는 사람에게 말을 거는 그 사람이 조금 이상하다고 생각했다. 대도시에서는 말을 걸지 않아야 정상인 취급을 받는다.

티벳에서는 길에서 마주치는 모르는 사람에게 마치 친구라도 되듯이 먼저 말을 거는 것을 용기와 친화력의 상징으로 본다. 이곳에 와서 나도 '먼저 말을 거는 철학'을 배우려고 애써 낯선 사람에게 아는 체를 하며 말을 걸었다. 홍콩에서 티벳으로 여행을 온 친구가 내게 물었다.

"아는 사람이 꽤 많은가 보네, 방금 그 아저씨하고는 어떻게 아는 사인데?"

내가 대답했다.

"저 아저씨 이름도 몰라!"

그림을 통해 연인이 되다

내가 헤이무와 친구가 된 무렵에 그녀의 남자친구 아량은 고향인 간수에 가고 없었다. 혼자 라싸에 남은 헤이무는 매일 사진을 찍고, 블로그에 글을 올리고, 〈라싸완보〉에 기고를 하며 나날을 보냈다. 덕분에 나와 오트도 인터뷰를 하는 행운을 누렸다. 겨울철 티벳여행에 관한 기사였는데 몇 명의 여행객들이 신문을 보는 사진도 함께 실렸다. 이 사진 속에 우리도 끼여 있었는데 우리 카페가 배경으로 등장했다.

헤이무는 아랑을 그리워하면서도 아랑이 없는 동안 혼자 무엇을 하느냐고 물으면 늘 딴청을 떨었다.

"아랑이 없으니까 길에서 꽃미남하고 데이트하기에 딱이지!"

하지만 그녀의 입에 가장 많이 오르내리는 이름은 늘 아랑이었다. 헤이무가 말했다.

"그 사람이 2002년에 라싸로 왔는데 그때 돈을 100위안 정도 밖에 갖고 있지 않았대. 여관에 갈 형편이 안 되니까 길에서 잠을 자고 그랬대. 그때 나는 그냥 여행하려고 라싸에 왔거든. 근데 아랑이 그림을 너무 잘 그리는 거야. 그래서 사귀어 보기로 했지."

내가 호기심이 동해서 물었다.

"그러니까 아랑이 그림을 잘 그리는 걸 보고 사귀기로 했단 말이야?"

헤이무가 쑥스러운지 웃으며 말했다.

"맞아, 아랑이 그림 그리는 걸 보고 사귀게 됐어. 왜 묻는 거야?"

이렇게 말해놓고 자기도 킥킥 거리며 웃더니 덧붙였다.

"아랑은 당연히 내가 너무 예쁘니까 반한 거지!"

사람들의 말에 따르면 아랑도 상당히 잘생긴 인물이라고 했다.

헤이무와 아랑 두 사람 모두 화가지만 그림의 분위기는 상이했다. 예술을 사랑하는 두 사람이 연인이 된 것은 어쩌면 당연한 일이었다. 티벳이 신성한 땅이기 때문일까. 티벳의 눈 덮인 산과 신비한 호수는 줄곧 많은 예술가들의 동경의 대상이 되어 왔다.

두 달 후, 아량이 고향 깐수에서 라싸로 돌아왔다. 그는 긴 머리에 커다란 눈을 가진 어딘지 우울함과 외로움이 느껴지는 얼굴을 하고 있었다. 아량이 몇 살인지 알 수는 없었지만 헤이무하고 비슷해 보였다. 기뻐하는 헤이무의 얼굴을 보며 나는 아량에게 농담처럼 말을 건넸다.

"형씨가 아량입니까? 형씨가 없으니까 헤이무가 어찌나 보고 싶어 하던지! 하하!"

아량이 눈을 가늘게 뜨며 웃었고, 헤이무는 짐짓 화난 체를 하며 말했다.

"아깡, 정말!"

헤이무와 아량은 자주 카페에 왔다. 아량은 정해놓고 버드와이저를 마셨고, 헤이무는 영원히 코카콜라만 마셨다. 콜라를 너무나 사랑한 나머지 그녀는 집에서 기르는 개 이름도 '콜라'라고 지었다. 두 사람과 개 한 마리가 늘 바라산^{라싸 북쪽 교외에 있는 바라사원 뒤에 있는 산}에 올라 그림을 그리다가 다시 집으로 돌아와서 예닐곱 시간 동안 밥을 먹는다고 했다.

내가 헤이무에게 물었다.

"어떻게 밥 한 끼 먹는데 예닐곱 시간이나 걸릴 수 있어?"

헤이무가 되물었다.

"안 될 건 뭐야? 탕 끓여서 좀 먹고, 잠 좀 자고, 그림 좀 그리다가 인터넷 좀 하고, 또 뭐 좀 먹고, 다음날 아침에 또 밥 먹고!"

단순하기 그지없는 생활이었다.

후에 헤이무는 〈라싸완보〉의 일을 그만두고 자유의 몸이 되었다. 가끔 호주澳洲재단비정부기구으로부터 의뢰를 받아 '콘돔 사용으로 에이즈를 예방하자'는 홍보용 그림을 그리거나 출판사에 여행 지도를 그려주기도 했다. 또 시간이 나면 소소하게 채소를 가꾸어서 먹었다.

아량은 그림 그리는 일에만 몰두했다. 라싸에 있는 몇 군데 화방에서 그의 그림을 걸어놓고 팔았다. 라싸 북쪽 교외에 있는 그들의 집은 조용하고 어지러웠다. 계단에서 침대에 이르는 공간이란 공간은 모두 아량의 유화들이 차지하고 있었다. 어느 날 나는 화장실에 들어갔다가 깜짝 놀라서 소리쳤다.

"어떻게 화장실에도 온통 그림이네요?"

아량이 웃으며 말했다.

"둘 데가 없어서요."

어느 날, 같이 TV를 보고 있었는데 마침 어느 정부기관에서 기자 브리핑을 하고 있었다. 헤이무가 화면을 가리키며 자랑스럽게 말했다.

"저 뒤에 나오는 그림이 아량이 그린 거야. 완성하는 데 2, 3주 걸렸어!"

그것은 티벳의 풍경화였는데 넓은 회의실에 걸어두기에 충분할 만큼 큰 그림이었다. 아량이 말했다.

"저 그림을 그릴 때 양하고 야크를 얼마나 많이 그렸는지 세밀하게 그려야 해서 엄청 애를 먹었어요."

헤이무와 아량, 나와 오트는 모두 올빼미족이다. 나와 오트는 밤에 카페 문을 닫은 후, 자전거를 타고 거리를 돌아다니거나 전화도 없이 헤이무의 집으로 찾아갔다. 새벽 두세 시에도 헤이무는 익숙하게 훠궈 솥을 꺼내어 기름을 두르고 이것저것 넣어서 어느 식당보다도 맛있는 훠궈를 한소끔 끓여 내놓았다.

헤이무는 사람들이 배고파하는 걸 참을 수 없어 하는 것 같았다. 혹은 우리가 자신이 만든 훠궈를 배불리 먹는 모습을 보고도 우리의 배부르다는 말이 믿기지 않는 것 같았다. 그녀는 우리가 훠궈를 다 먹고 나면 라면을 가지고 나왔다.

"라면 먹을래?"

나와 오트가 안 먹겠다고 하면 이번에는 콜라 한 병을 가지고 나왔다.

"콜라 마실래?"

이어서 과쯔^{해바라기씨, 호박씨 등에 소금이나 향료를 넣어서 볶은 것}, 땅콩 같은 군것질거리가 한가득 앞에 쌓였다. 그것들을 보며 앞으로 열흘간 이 집밖에 나가지 않고도 굶어죽지는 않겠구나 하는 생각이 들 정도였다.

언젠가 그들이 어단가에서 '티벳식 훈제 양고기 다리'를 하나 사가지고 왔다. 조미료를 가미하지 않은 양다리를 마로 만든 줄로 동여매어 바람이 드는 그늘진 곳에서 두세 달 말려서 만든 것이었다. 이런 훈제고기의 보존기간이 얼마나 되는지는 알 수 없었지만, 그 후 우리

헤이무가 티벳 전통찻집 '광밍'에 앉아서 티엔차밀크티를 마시고 있다. 티벳의 정취를 느끼고
싶다면 이런 전통찻집에 꼭 들러 보아야 한다(위). 새벽 두세 시에 헤이무의 집에 가면, 그때마
다 헤이무는 김이 모락모락 오르는 휘궈 한 솥과 버터를 내놓았다. 그녀의 휘궈는 다른 어떤
식당에서 먹어본 휘궈보다 훨씬 맛있었다(아래).

가 갈 때마다 헤이무는 신이 나서 양다리의 한 귀퉁이를 큰칼로 잘라서 반찬 몇 가지와 함께 내왔다.

헤이무를 안 지 1년이 되었을 무렵, 그러니까 2008년 2월에 헤이무에게서 전화가 왔다.

"우리 이사 갈 거야! 아주 큰 집이야!"

내가 놀라서 물었다.

"지금 사는 집이 좁아?"

그들은 지금까지 살던 집 맞은편에 새집을 얻었다. 방 3개, 부엌, 화장실, 있어야 할 것은 다 갖춘 월세 7백 위안의 집이었는데 집 앞에 작은 마당까지 딸려 있었다. 헤이무와 아량은 새집에 대해 이야기하면서 점점 기분이 좋아지는 듯 마당의 흙을 가리키며 말했다.

"여기에 채소를 심고, 울타리를 쳐서 닭도 몇 마리 기르고, 그네를 매달아서 저녁에는 별도 보고, 여름에는 고기도 구워 먹고."

이렇게 말하더니 아량이 갑자기 큰소리로 말했다.

"생각만으로도 즐겁다!"

헤이무가 말했다.

"그래, 아깡, 닭을 두 마리 길러서 한 마리는 아깡, 다른 한 마리는 오트라고 이름을 지을 건데, 어때? 암탉을 기르면 계란도 먹을 수 있겠다!"

이렇게 말하고는 둘이서 박장대소를 했다. 집에서 닭을 기른다는 것이 도시에서 자란 내게는 너무나 낯선 이야기였다.

"뭐? 여기에다 '채소를 기르고 닭을 심는다'고?"

너무 빨리 말하느라 말이 헛나왔다.

그들은 계속 웃어대며 내 말을 따라했다.

"그렇다니까, 여기에다 채소를 기르고 닭을 심을 거야!"

헤이무와 아량은 툭하면 "홍콩 사람들 중국어는 정말 형편없다"며 나의 중국어를 가지고 놀렸다. 어느 날엔 밑도 끝도 없이 이렇게 말했다.

"아깡, 〈상야上邪[7]〉 한번 외워봐!"

나는 자세를 가다듬고 외우기 시작했다.

"나는 장강 상류에 살고 / 님은 장강 하류에 사네. / 날마다 님을 그리워하며 만나지 못하고 / 같은 장강의 물만 마실 뿐이네. / 이 물이 언제 그칠까 / 이 한이 언제 끝날까. / 님의 마음이 내 마음과 같기를 바랄 뿐 / 그리운 마음 진정 저버리지 못하리." (사실 이것은 이지의의 시 〈복산자卜算子〉이다)

헤이무가 소리를 질렀다.

"하, 아깡, 우스워 죽겠네, 그건 〈복산자〉잖아. 〈복산자〉하고 〈상야〉

---

[7] 〈하늘이시여〉라는 뜻의 한시. 지고지순한 사랑을 맹세하는 시다.

오트는 중국어를 잘 못하지만, 자전거로 라싸 구석구석을 자신만만하게 돌아다녔다.

를 헷갈리는 사람이 어딨어? 홍콩 사람은 정말 못말린다니까!"

나는 얼굴이 홍당무가 되어 같이 따라 웃었다. 오트는 우리가 무슨
얘기를 하고 있는지도 모르면서 웃고 떠드는 우리를 보며 따라서 웃
었다. 내가 그에게 왜 웃느냐고 묻자 그의 입에서 중국어가 터져 나왔
다.

"어어어, 취! 취! 취!"

우리는 다시 눈물까지 찔끔거리며 웃어댔다. 헤이무는 오트가 무척 좋은 모양이었다. 무료할 때면 한두 마디 중국어로 그를 놀렸고, 또 그에게서 한두 마디 태국어를 배웠다(한 주만 지나면 잊어버렸지만). 그 무렵 오트도 중국어를 배웠는데 어느 날 헤이무가 농담을 하다가 오트에게 말했다.

"오트가 아깡보다 중국어를 더 잘 해!"

오트가 씩 웃으며 헤이무를 보더니 고개를 끄덕이며 동의한다는 시늉을 했다. 그리고는 "니하오!" 하고 말했다. 우리가 우스워 죽겠다고 웃는데, 오트는 더욱 고무된 듯 자신 있게 한 마디 더 날렸다.

"따쟈하오!"'안녕하세요'라는 뜻의 중국 인사말"

나의 보디가드들

헤이무는 여전히 그녀의 콜라를, 아량도 여전히 그의 버드와이저를 마시며 카페에 앉아 있었다. 이때 라싸에서 일하던 한 한족이 안으로 들어왔다. 나와 몇 가지 문제를 의논하려던 것이 얘기가 이어질수록 의견이 충돌했다. 결국 나를 말로는 설득할 수 없다고 생각했는지 그가 버럭 소리를 질렀다.

"중국어 좀 똑바로 해요!"

그가 소리를 지르거나 말거나 나는 하던 얘기를 계속했다.

'탕카'는 원래 소나무라는 뜻이지만 지금은 천이나 종이에 그린 불상화를 이렇게 부른다. 부처, 불법의 수호자, 종파의 창시자 외에도 역사, 의학, 생활의 모든 내용들이 탕카의 주제가 될수 있다. 이 때문에 탕카는 '티벳백과사전'이라고 불리기도 한다.

"이건 원측이……."

그가 말을 자르고 끼어들었다.

"칙! 칙!"

아마도 '측' 발음을 바로잡으려는 것 같았다. 나는 아랑곳하지 않고 계속 말했다.

"마닉에 당신이 보기에 문제가……."

그가 또 "만약에! 만약에!"라고 소리쳤다.

내 중국어 발음이 엉망이라는 말을 하고 있는 자리였다면 뭐라고 해도 상관이 없을 테지만 문제를 의논하는 자리에서 내 발음을 가지고 자꾸 꼬투리를 잡으니까 언짢은 생각이 들었다. 원래 매사에 서두르는 법이 없는 아량이 옆에서 맥주를 마시고 있다가 갑자기 끼어들었다.

"이 사람, 중국어 제법 표준인 편입니다!"

헤이무가 거들었다.

"맞아요, 우린 아깡이 무슨 말을 해도 다 알아들어요!"

아량이 또 말했다.

"웬만한 홍콩 사람들보다 훨씬 잘 합니다!"

헤이무가 또 끼어들었다.

"성조도 다 정확해요!"

두 사람은 평상시에 나의 중국어를 가지고 놀리곤 했다. 하지만 이때는 마치 좌우의 보디가드처럼 이쪽에서 한마디, 저쪽에서 한마디씩

거들며 내 중국어 수준을 높여주고 나섰다. 그들의 말대로라면 이 순간 나의 중국어는 이미 HSK^{중국어능력시험}의 최고등급인 11급에 도달해 있었다.

그 남자는 씩씩거리며 연신 음료수를 들이키면서 말 한마디 못했다. 나, 아량, 헤이무 세 사람은 몰래 눈웃음을 주고받았다.

헤이무와 아량은 새로운 집주인과 1년 계약을 했지만 세를 얻은 지 보름쯤 되었을 무렵, 세상을 뒤흔든 '3·14 소요[8]'가 발생했다. 소요 사태가 발생한 후, 우리는 곧바로 전화로 서로의 안부를 물으며 소식을 주고받았다. 그들의 집은 소요의 중심지가 된 조캉사원 일대와 4킬로미터 떨어진 라싸 북쪽 외곽에 있었기 때문에 아무 탈 없이 '3·14'를 넘길 수 있었다.

나와 오트는 두오썬거 북쪽 거리에 있는 여관에서 지내고 있었는데 사건의 중심지와는 도보로 겨우 5분 거리에 있었다. 시내 전체에 계엄이 선포되었기 때문에 우리는 여관에서 줄곧 머물러 있어야 했다. 여관주인의 생각인지 아니면 계엄사령부의 생각인지 알 수 없었지만 여관주인은 한사코 우리를 밖에 나가지 못하도록 단속했다. 그 며칠 동안 우리는 건조식품으로 견뎠는데 허기로 고생하지는 않았지만 식품이 바닥이 날까봐 불안했다.

내가 헤이무와 아량에게 안부전화를 했을 때 그들이 놀라서 말했

---

[8] 2008년 3월 14일 티벳의 수도 라싸에서 일어난 반중국 시위(혹은 독립운동).

다.

"응? 이쪽은 아무렇지 않아. 길가의 가게들도 다 문을 열어놓았어!"

그리고는 말했다.

"아니면 내가 먹을 걸 좀 가져갈게!"

하지만 밖으로 나가지도 못하는 상황에서 그쪽에서 여기로 오는 게 수월할 리가 없었다.

사태 발생 나흘이 지나자 점차 계엄이 해제되고 시민들에게 가게로 가서 일용품을 살 수 있도록 허용해주었다. 여관 밖을 나선 지 얼마 되지 않아 우리는 뜻밖에도 헤이무와 마주쳤다. 나와 오트는 마치 죽었다가 다시 살아온 사람들처럼 그녀를 와락 끌어안고 번갈아가며 그간에 있었던 일들을 말해주었다.

"오늘 아침에야 밖에 나갈 수 있다는 걸 알았어. 나선 김에 시내까지 나왔는데 경찰이 신분증 검사를 한 것 말고는 아무 말도 안 했어."

말을 마친 그녀가 내게 자루 하나를 내밀었다. 안에는 후추로 양념한 닭발, 순대, 자차이_{갓에 고추와 향료를 넣어서 만든 장아찌} 과쯔 같은 쓰촨 사람들이 즐겨먹는 간식거리들이 잔뜩 들어있었다.

"이쪽 가게들이 문을 안 열었을까봐 방금 그쪽에서 오면서 사왔어!"

다 같이 라싸에 있고 고작 4킬로미터 떨어져 있을 뿐인데, 말하다 보니 마치 두 개의 다른 세계에서 살고 있는 것 같았다.

    사실 그때쯤엔 일부 시내의 가게들이 이미 문을 열고 일용품 공급
이 정상적으로 이루어지고 있는 편이었다. 사태가 수습된 후, 카페는
전혀 피해를 입지 않았지만 열흘간 문을 닫아야 했다. 그 시간 동안에
우리는 거의 매일 헤이무의 집으로 달려갔다. 휴대전화 수신도 차단
되어 있었기 때문에 세상과 단절된 채로 한가롭게 지냈다. 지금과는
전혀 다른 나날이었다. 때가 되면 밥을 먹고 야참도 먹고, 새벽에도
닭다리로 얼큰한 탕을 끓여 먹기도 했다. TV를 보고, 인터넷을 하고,
음악을 들으며 더없이 한가한 시간들이 지나갔다. 너무 한가해서 이

티벳력 10월 25일에 거행되는 연등절. 겔룩파의 창시자 총카파가 1419년에 원적한 날인데 이 날이 되면 모든 사원과 집들이 등을 달고 향을 피우며 복을 빈다.

상할 정도였다.

내가 오트에게 말했다.

"말 안 하면 소요 사태가 일어났었단 사실도 잊어버리겠어!"

오트는 그저 "어" 한마디 하고는 아무 말 없이 PDA로 태국 사이트를 들락거렸다.

일주일 전에 아랑의 어머니가 깐수에서 배추, 청경채, 홍당무 등 채소씨앗을 부쳐왔는데 그들 두 사람은 흙을 일궈서 그 씨앗들을 뿌리며 '농촌놀이'를 했다.

"두 달만 지나면 우리가 키운 채소를 먹을 수 있겠다! 하하하!"

한 달 후, 집주인이 헤이무에게 전화를 걸어왔다.

"아유, 정말 미안한데 3월 14일에 그날, 집들이 불이 나고 그랬잖아요. 다른 집 하나는 내지에서 온 사람들한테 세를 주려고 했는데 그 사람들이 14일 일로 너무 놀라서 애가 지금도 잠을 못 자고 울기만 한다네요. 그래서 그 사람들이 중국으로 돌아가겠다고 자꾸……."

한참동안 긴 사설을 풀어놓던 주인이 마침내 본론을 꺼냈다.

"지금 집을 급히 팔아서 현금을 좀 마련해야 해서……. 정말 미안해요, 정말 미안해요!"

그러니까 나가 달라는 말이었다.

헤이무와 아량은 힘없이 얼마 전에 씨를 뿌린 마당을 바라보았다. 그들은 이사를 해야 한다면 헤이무의 부모님이 계신 쓰촨으로 돌아가는 게 좋겠다는 결론을 내렸다.

돌아가는 일도 쉽지 않았다. 짐이 많아서가 아니라 그들이 기르던 개 '콜라'도 함께 데려가려고 했기 때문이다. 헤이무가 애완동물 운반에 관한 질문을 정성스럽게 써서 인터넷에 올렸는데 악의적인 댓글이 하나 붙어 있었다.

"간단하게 개를 통조림으로 만들어서 데려가면 되잖아!"

헤이무가 기차역과 항공사에 전화를 걸어서 알아본 바에 따르면 개집을 하나 장만하고, 전염병 백신을 맞히고, 수의사증명서를 떼고, 그리고 개에게 수면제를 먹여야했다. 인터넷을 계속 뒤지고 다닌 결과

남이 채 밝기도 전에 한 신부가 티벳 불교의 중심지 조캉사원 문에 하다를 걸어놓고 기도를 하고 있다.

다행히 지프차를 몰고 쓰촨으로 가는 사람과 우연히 연결되어서 콜라를 고향으로 데려갈 수 있게 되었다.

헤이무가 말했다.

"콜라를 고향에 계신 엄마한테 데려다 놓았다가 짝을 지어서 새끼를 낳으면 다시 라싸로 데려올 거야."

그러고 보니 요즘 콜라는 청춘의 정력을 억제하지 못하고 툭하면 오트의 다리를 부둥켜 안는가 하면 발정이 나서 아래위를 문질러댔다. 헤이무는 그런 꼴을 볼 때마다 "콜라, 이 망할 녀석!" 하고 소리를 질렀다. 오트는 그런 콜라를 쓰다듬으며 입으로 "쯧쯧쯧" 하고 소리를 냈다.

쓰촨으로 돌아가기 며칠 전날 밤, 우리 네 사람은 저녁만찬으로 갈비와 대하를 넣어서 만든 훠궈 한 솥을 다 먹고, 야참으로 이것저것 넣어서 다시 훠궈를 만들어 먹은 후 또 카페로 와서 한잔씩 하면서 놀았다. 하지만 떠나기 전날 밤에는 오히려 내내 아무 말이 없었다. 각자 생각들이 많아서 마음을 수습하기가 쉽지 않았기 때문일 것이다. 두 사람은 몇 달 후에 다시 라싸로 돌아오겠다고, 못 오면 내년에라도 오겠다고 했지만 사실 언제 다시 만나게 될지는 아무도 알 수가 없었다.

새벽 4시에 인터넷에서 만난 그 지프 친구로부터 전화가 왔다. 나와 오트 그리고 헤이무와 아량은 이별의 말을 주고받았다. 시간이 촉박하기도 했지만 이별의 포옹은 하지 않았다. 어쩌면 포옹 같은 건 필요 없었다. 서로의 마음을 알고 있으면 그뿐이었다.

출발하기 전에 두 사람은 내게 텐트와 침낭을 쓰촨으로 부쳐달라며 맡겼다. 내가 궁금해서 물었다.

"쓰촨 집에 가면 텐트하고 침낭을 어디다 써?"

헤이무가 말했다.

"사실 필요도 없어. 가져가서 여동생한테 주고, 나하고 아량은 나중에 새 걸로 사야지."

행운은 연이어 오지 않고 화는 혼자서 오지 않는다는 말이 있다. 헤이무와 아량이 쓰촨으로 돌아간 지 한 달 후에 이 야영용품들을 사용해야 할 일이 벌어졌다.

쓰촨 대지진

2008년 5월 12일, 베이징 시간으로 14시 28분, 중국 쓰촨성 원추안에서 진도 8.0의 강진이 발생했다. 사망자가 9만 명이 넘는 건국 이래 최악의 지진이자 탕산 대지진 이후에 가장 많은 사망자를 가져온 재난이었다. 그날 우리는 카페에 앉아서 손님과 이야기를 나누고 있었다. 오후에 갑자기 차이나모바일에서 날아온 문자메시지를 통해 지진이 발생했다는 것을 알고 곧바로 인터넷에 들어갔다. 사망자가 수십 명이 넘는다는 보도가 올라와 있었다. 우리는 "이런, 수십 명이 죽었네, 심각한가 보군!" 하고 말했다.

티벳 사람들은 아이들에게 무척 관대한 것 같다. 우리 카페 바깥에 있는 작은 골목은 늘 아이들의 놀이터다. 아이들이 아무리 개구쟁이 짓을 해도 심지어 불을 붙인 폭죽을 마당 안에 있는 화장실 안으로 가지고 들어와도 어른들이 나무라는 걸 본 게 한두 번에 불과했다. 그것도 말로 나무라는 게 전부다.

새벽에 신도들이 조캉사원 앞에서 사원의 문이 열리기를 기다리고 있다. 이 중에는 멀리 쓰촨성과 맞닿아 있는 황취에서 온 사람들도 있다.

고원의 강한 자외선으로 인해 두 볼이 발그레
하게 변한 아이들. 예전에는 '고원홍'고원의 붉은
색이라는 뜻이라 하여 건강과 활력의 징표로 받
아들여졌지만 지금은 자외선 차단제로 이를
피하고 있다.

인터넷 뉴스가 계속 업데이트되었다. 베이징, 태국에서도 지진이 감지되었다고 했다(라싸는 전혀 느껴지지 않았다). 나와 오트는 쓰촨에 있는 헤이무와 아량 생각을 하며 점점 불안해졌다.

내가 오트에게 물었다.

"문자를 보내보는 게 좋겠어, 전화가 수도 없이 걸려올 테니까." (3월에 라싸 소요사태가 발생했을 때에 우리는 엄청난 전화폭격을 겪어야 했다.)

나는 곧바로 문자메시지를 보냈지만 20분이 지나도록 회신이 없었다. 나는 초조한 마음을 다잡으며 오트에게 말했다.

"30분이 다 되어가는데 왜 아직 소식이 없는 거지, 일이 난 걸까?"

늘 그렇듯 오트가 득도한 사람처럼 대답했다.

"일어날 일이면 일어나게 되어 있어, 초조할 필요 없어."

30분이 지나서야 헤이무로부터 답신이 왔다.

"우린 괜찮아. 벽에 크게 균열이 가고 물건들이 온통 쏟아져 내렸어. 사람들이 다 운동장으로 나와 있는데 텐트를 치고 사흘은 운동장에서 지내야 할 것 같아."

우리는 가슴을 쓸어내렸다. 헤이무에게서 온 문자메시지를 통해 우리는 그녀와 아량이 재난지역에서 자원봉사를 하고 있다는 것을 알았다.

"정말 힘들고 무서워."

우리는 무슨 끔찍한 상황이 그들의 눈앞에 벌어지고 있는지 자세히

헤이무와 아량이 쓰촨으로 돌아가기 전에, 라싸에 있는 그들의 집 앞에서 찍은 기념사진. 오른쪽 두번째는 탕카를 파는 푸치웅이다.

묻지 않았다. TV 뉴스에 비친 화면을 통해 그들이 지금 끝날 것 같지 않은 악몽을 겪고 있다는 것을 이미 알고 있었기 때문이다.

카페에 몇 가지 바쁜 일이 있기도 했고 헤이무와 아량 그리고 그들의 가족들이 모두 무사하다는 사실을 안 후에는 서로 연락이 뜸해졌다. 가끔 엿보는 심정으로 그들의 블로그에 들어가 보았지만 내내 그대로였기 때문이다.

쓰촨 대지진이 발생한 후, 2주일간 계속된 여진과 폭우, 홍수 속에서 드디어 헤이무의 블로그에 몇 편의 일기가 올라와 있었다. 이미 이전의 '닭을 심고 채소를 기르겠다'던 쾌활한 자유로움은 어디에도 없었다. 문장 곳곳에 무겁고 우울한 한숨이 묻어났다.

어제 오후에 또 비교적 강한 여진이 있었다. 그때 나와 아량은 4층에서 인터넷에 접속하고 있었다. 나는 라싸에이즈협회에 보낼 만화를 그리고 있었고, 아량은 우리가 티벳에서 찍은 사진들을 보면서 컴퓨터로 쑤양의 노래를 틀어놓고 있었다. 아량이 말했다.

"지진 같은 건 잊어버린 사람들 같다, 우리."

말이 끝나고 2분도 채 안 되어 컴퓨터 모니터가 흔들리기 시작했다. 점점 더 심하게. 맞은편 건물의 창문에 우리가 있는 건물이 흔들리는 모습이 비쳤다. 황급히 아래로 내려왔을 때 건물 아래쪽에는 이미 놀라서 어쩔 줄 모르는 사람들로 가득했다.

운동장에 텐트가 점점 늘어났고, 텐트를 칠수록 경험도 생겨서 나름대로 질서도 잡혔다. 어머니가 1976년의 그 난리^{탕산 대지진을 가리킨다}에도 우리 형제들은 텐트 안을 이리저리 쫓아다니며 큰 놀잇감이라도 만난 듯이 뛰어놀았다고 하셨다. 어려서부터 어른이 될 때까지 여러 번 크고 작은 일들을 겪었지만 지금처럼 속수무책인 적은 없다. 하지만 이런 건 아무 것도 아니다. 우리 가족들이 모두 텐트 안에 있고 '콜라'를 포함해서 아무 일 없이 안전하기만 하다면 이것이 가장 중요하다.

헤이무는 자신과 아랑이 재난지역에서 자원봉사를 하는 상황도 적어놓았다.

관주앙 마을에서 폭우가 쏟아져 내리던 밤에 처음으로 아무 데도 달아날 곳이 없는 공포를 경험했다. 우리는 폭우와 강풍이 몰아치는 속에서 강 하류에 있었고, 우리보다 조금 위쪽은 이재민들의 대피장소가 있었다. 사방이 산으로 에워싸여 있었다. 송롼산 쪽에서 끊임없이 돌덩이가 굴러 내리는 소리가 들려왔다. 상류 쪽으로 몇 킬로미터 지점에 지진으로 인해 만들어진 거대한 둑과 호수가 있었는데 언제든 무너져 내릴 위험이 있었다.

하늘은 칠흑같이 깜깜했다. 우리를 데리고 돌아가기로 한 차가 이미 당도했어야 하는 시간이었다. 우리 10여 명은 버려진 것처럼 고립되어 있었다. 머릿속으로 온갖 생각들이 스쳐갔다. 공포를 쫓기 위해 애를 썼지만 흙더미가 밀물처럼 쏠려 내려오는 장면이 자꾸 뇌리를 번뜩이고 지나갔다.

다른 텐트 안에는 여덟 명의 군인이 있었다. 부대에서 명령받은 시간을 놓친 모양인지 그들 몇 사람만 남아 있었다. 아이 같은 얼굴을 한 군인이 말했다.

"아직 죽고 싶지 않아요."

나는 더듬거리며 아량의 곁으로 가서 앉았다. 그가 손을 뻗어 내 손을 꼭 쥐었다. 나중에 아량이 이렇게 말했다.

"그때 나는 한 가지 생각 밖에 없었어. 홍수가 밀려 내려오면, 사람들이 멀리서 빨리 피하라고 외치는 소리가 들리면, 네 손을 잡고 무조건 산 쪽으로 뛰어가야지, 홍수에 쓸려가지 않도록 무조건 뛰어야지 하는 생각. 나머지는 운명에 맡기고."

그녀는 이 글을 쓰고 있는 동안에도 심장이 튀어나올 것처럼 쿵쾅거린다고 적었다. 나는 여기까지 읽는 동안 눈시울이 붉어졌다. 카페에 앉아 있는 손님들이 볼까 봐 애써 눈물을 참았다. 내 마음을 울컥하게 만든 것은 위험 속에서 자원봉사를 하고 있는 헤이무가 아니라 아량의 이 말이었다.

"홍수가 밀려오면, 멀리서 사람들이 빨리 피하라고 외치는 소리가 들리면, 네 손을 잡고 무조건 산 쪽으로 뛰어가야지, 홍수에 쓸려가지 않도록 무조건 뛰어야지 하는 생각, 나머지는 운명에 맡기고."

나는 아량과 헤이무가 함께 있어서 정말 잘 됐다는 생각을 했다. 비록 시시때때로 닥치는 공포 속에서 지내고 있지만 그들은 서로 기대며 함께 어려움을 이겨나가고 있었다.

이상과 현실의 거리

고향인 쓰촨 마을에서 그대로 살 수가 없었기 때문에 그들은 대지진이 발생한 후, 한 달 만에 충칭에 있는 친척집으로 거처를 옮겼다. 그곳에서 새로운 일자리도 찾고 '정상적인 안정'을 되찾았다. 헤이무는 TV방송국에서 미술디자인 일을 하게 되었고, 아량은 영화 촬영과 관련된 컴퓨터 작업 일을 맡게 되었다.

헤이무가 말했다.

"아량이 참 대단하다는 생각이 들어. 요즘은 매일 8시가 조금 넘으면 일어나. 그것도 8개월이나 됐어." (이전에 아량은 저녁 8시에 일어나서 '아침'을 먹고 그림을 그렸다.)

지진이 일어난 후, 반년이 지났을 무렵 헤이무에게 전화를 했을 때 그녀가 말했다.

"아량하고 헤어져야 할 것 같아."

나는 두 사람이 말다툼을 했나 보다 생각하며 그냥 흘려 들었는데 헤이무가 말했다.

"말다툼 같은 건 없었어. 아량은 아직 젊잖아. 바깥세상으로 나가보고 싶을 거야……"

마니차는 일반적으로 천, 비단, 소나 양의 가죽, 나무로 만든다. 표면에 '옴마니반메훔'이라는 글자가 새겨져 있고 안에는 동그랗게 말린 경전이 가득 들어 있다. 마니차를 한 번 돌리면 안에 있는 경전을 한 번 읽은 것으로 간주된다.

나는 전화로 헤어지지 말라고, 그렇게 많은 일을 함께 겪어왔는데 쉽게 포기해서는 안 된다고 설득했다.

어느 날 라싸에서 탕카를 팔고 있는 푸치웅이 내가 헤이무와 친하다는 것을 알고, 나를 붙잡더니 물었다.

"아깡, 요즘 아량하고 헤이무가 어떻게 지내는지 알아요?"

내가 뭐라고 해야 할지 몰라서 우물거리자 푸치웅이 먼저 말했다.

"말해줘요, 괜찮아요. 두 사람 상황이라면 나도 잘 알아요. 두 사람 사이가 안 좋죠?"

나는 고개를 끄덕였다. 푸치웅이 웃으며 말했다.

"올해 너무 큰일들을 겪어서 아마 형편이 안 좋다 보니 둘 사이가 틀어진 것 같아요. 하, 아무 일 없을 거예요, 안 헤어져요. 내년이면 다 괜찮아 질 겁니다."

푸치웅의 말처럼 헤이무와 아량은 한동안 삐걱거리다가 다시 합쳤다. 사실 처음부터 헤어진 적도 없었다.

후에 아량은 영화 일을 그만두고 다시 라싸로 돌아와서 팔 요량으로 그림 그리는 일에만 열중했다. 헤이무는 여전히 방송국에서 일하면서 베이징으로 출장도 갔다. 헤이무가 전화로 말했다.

"요즘 일하는 시간 빼고는 아량하고 같이 충칭의 옛 거리로 나가서 사진 찍으러 다녀. 오래된 집들, 가난한 사람들의 살아가는 모습, 도시로 과일을 팔러 온 농민들, 짐꾼들이 일하는 모습을 찍고 다녀. 아량하고 같이 걸어 다니며 사람들이 살아가는 모습을 찍으면서 마음이 정리되는 것 같다는 생각이 들어."

"가끔 그런 생각이 들어. 부모님이 평생 엄청난 일들을 겪고 사셨는데, 나까지 역사의 한 장면이 될 시간들을 겪게 되리라고는 생각지도 못했어. 이전에 티벳에서 살 때는 눈에 보이는 모든 것들이 빛나고 아름다웠는데, 너무도 단순하다고 생각했는데……. 올해 엄청난 일들을 겪고 다시 도시로 와서 지내고 있으니까 많은 모순된 모습들이 눈에 보여. 한 사람 한 사람의 인생이 시련 아닌 게 없는 것 같아."

가만히 듣고 있다가 내가 물었다.

"그럼 너도 이전의 자신이 '너무 바보 같고 순진했다' [9]고 느끼는 거야?"

헤이무가 큰소리로 웃더니 물었다.

"그럼 누군 약삭빠르고 발랑 까졌니?"[10]

그리고는 전화기 옆에서 웃고 있는 아랑에게 말했다.

"아깡이 나한테 이전에는 너무 바보 같고 순진했다고 생각하네"

그녀가 갑자기 물었다.

"여보세요, 내가 하는 말 이해해? 아무래도 네 머리로는……."

내가 짐짓 바보처럼 대답했다.

---

[9] 홍콩 영화배우 천관시의 섹스 스캔들이 터졌을 때 질리안 청이 한 유명한 말이다.
[10] 한 네티즌이 '너무 바보 같고 순진했다'라는 질리안 청의 말에 달아놓은 유명한 댓글이다.

"반만 알아들어!"

헤이무가 다시 킥킥거리며 웃었다. 생활이 정상을 회복한 모양이었다. 얼마나 큰 모순이 있든, 또 삶 속에 얼마나 많은 어려움이 있든, 웃음으로 덮어나가는 걸 보면 모든 게 제자리로 돌아오고 있는 것 같았다. 헤이무가 주저하듯 물었다.

"아깡, 2008이라는 숫자가 어딘지 바퀴 같다는 생각이 들지 않아?"

나는 그녀가 무슨 말을 하는지 몰라서 어, 하는 소리로 받았다.

헤이무가 말했다.

"2008년이 바퀴처럼 얼른 굴러가 버렸으면 좋겠어!"

이렇게 말하고는 전화기 옆의 아량과 햇살 같은 웃음소리를 내며 웃었다! 누가 일부러 말해주지 않는다면, 올해 지나온 시련과 역사의 한 페이지 같은 일들은 모두 잊은 듯했다.

헤이무와 아량은 바람도 불고 비 내리는 시간들을 함께 겪은 후, 드디어 결혼식을 올렸다. 두 사람은 원래 2009년에 라싸로 돌아올 생각이었지만 결국 고향인 쓰촨성 장위안으로 돌아가서 '적벽유화점'이라는 작업실을 열었다. 그들은 작업실 입구에 종이 한 장을 붙여놨다고 했다.

"영업시간은 오후 5시부터 밤 11시까지입니다. 중요한 일이 아니면 저희를 방해하지 말아주셨으면 합니다."

내가 여전히 라싸로 돌아올 생각이 있느냐고 물었다. 그들은 단언하듯 말했다.

"당연히 돌아갈 거야. 하지만 상황을 봐야겠지."

티벳은 이상이고 장위안은 현실일까. 두 곳은 그리 멀지 않은 거리에 있었지만 고려해야 할 상황들이 많았다. 이상과 현실, 늘 떨어져 있을 수밖에 없는 것일까.

마술하는 카페

ཅེ་མ

마술공연을 하다

나는 어렸을 때 만화영화나 TV를 보다가 마술공연이 나오면 흥분
으로 들뜨곤 했다. 당시에 통로완에 있는 소고백화점 9층 장난감 코
너에는 작은 마술무대가 있었다. 나는 용돈이 생기는 족족 그 마술사
에게 갖다 바치고 마술카드 몇 장을 사가지고 와서 놀았다. 그리고는
자신감이 붙을 만큼 연습을 한 후에 학교로 가서 아이들 앞에서 공연
을 했다. 중학교 1학년 때 있었던 일이다.

카드를 꺼내어 혼자서 연습한 기술을 현란하게 선보이려는 순간,
담임선생님이 교실로 들어오셨다. 나는 놀라며 도구들을 숨겼지만 선
생님의 미심쩍어 하는 눈을 피할 수 없었다.

"아깡, 너 방금 감춘 게 뭐니? 카드야? 전부 가지고 나와!"

나는 수업이 끝나고 교무실로 불려가서 선생님 앞에 고개를 숙이고
섰다.

티벳력으로 새해가 되면 시장에 나오는 설맞이 용품을 넣는 상자들. 축복을 기원하는 뜻으로 상자 안에 감람나무 열매를 넣어둔다(위). 버터로 만든 조각품들. 불상, 인물, 산수, 갖가지 동물, 꽃 등을 조각한 것이다. 새해가 되면 집집마다 몇 개씩 사서 수개월씩 집안에 둔다(아래).

나와 오트가 '추바푸르' 라고 불리는 양털을 덧댄 옷을 입고 포탈라궁 앞에 서 있다. 사실은 하의를 잘못 맞춰 입었는데 치마처럼 긴 두루마기가 아닌 무릎까지 오는 두루마기를 입어야 한다.

예전에 내가 홈페이지에 적어놓은 여행일기를 보고 누군가 "아는 사람이 정말 이렇게 많아요?" 라고 물은 적이 있었다. 사실은 그렇지 않다. 나는 내성적이고 수줍음을 타는 성격 때문에 오히려 생활범주 밖의 사람들은 잘 모른다. 여행을 할 때 알게 되는 사람들은 모두 그 범위 내의 친구들이다. 어떤 사람들은 길을 걷다가도 금방 친구를 사귀는 사람들도 있는데 나는 그렇지 못하다.

"이 간 큰 녀석, 카드를 가지고 학교에 와서 포카라도 할 생각이었니?"

내가 웅얼거렸다.

"아니에요, 이건 마술할 때 쓰려고……."

선생님이 더욱 언성을 높였다.

"마술 같은 소리 하네, 이건 누가 봐도 카드잖아! 이번에는 그냥 넘어가겠지만 다음에는 학생 주임선생님께 보내버릴 거야."

말을 마친 선생님이 카드를 압수해 서랍 속에 던져 넣었다.

내가 애원했다.

"에이미 누님(담임선생님은 우리가 이렇게 부르면 조금은 사정을 봐주셨다), 제 카드 돌려주세요, 오랫동안 용돈을 모아서 겨우 산 거예요."

나는 머리를 굴린답시고 한마디 더 덧붙였다.

"카드로 책갈피하실 건 아니잖아요."

기가 막혀하는 에이미 누님.

"책갈피? 책갈피를 50장이나 갖고 다니는 사람도 있니?"

내가 당장 바로잡았다.

"52장이에요, 블랙 조커하고 화이트 조커를 합치면 54장이구요!"

에이미 누님이 웃음을 거두며 소리를 버럭 질렀다.

"엄마 모시고 와, 카드를 어머니께 돌려드릴 테니까!"

마술을 아주 잘 한다고는 할 수 없지만 카페를 시작한 이후, 다년간

축적해온 손놀림이 손님을 불러 모으는 데 일조하고 있는 것은 사실
이다. 내가 하는 마술을 보고 울음을 터뜨리는 티벳 아가씨들도 있었
다. 그것은 내가 가장 바라마지 않는 반응이었고 그럴 때마다 나는 티
벳말로 아가씨를 놀렸다.

　"Kherang hasang-gi-du-geh?많이 놀랐어요?"

그러면 그녀들은 언제나 이렇게 말했다.

"놀라서 기절하는 줄 알았잖아요. 귀신 같아요!"

손님들은 블로그에 이렇게 적었다.

"아깡이 소소하면서도 신기한 마술을 보여주었다. 정말이지 감쪽같았다. 양심을 걸고 말하지만 마술들을 눈으로 보면서도 그가 어디에서 눈속임을 하는지 알 도리가 없었다."

"운이 좋게도 라싸 여행을 하면서 카페 두 번에 갔었어요, 재미있는 카드마술 덕분에 우리 여행이 한층 더 즐거웠어요!"

"분위기가 무르익으면 주인장이 재미있는 마술 공연을 보여 줍니다!"

사실, 내가 아무 때나 손님들 앞에서 마술공연을 보여주는 것은 아니다. 천기, 땅의 기운, 인화도 살펴야 하고, 또 분위기가 무르익었다고 해서 공연을 보여주는 것도 아니다.

샤바이롱은 장시성에서 라싸로 와서 일을 하고 있었다. 크지 않은 키에 발그레한 얼굴을 하고, 늘 흰색 셔츠를 입고 다녔다. 여기에 더하여 흰색 외투, 흰색 모자, 흰색 목도리까지. 라싸에서는 옷을 흰색으로 유지하기가 사실 여간 힘이 드는 일이 아니다. 그녀가 언제 처음으로 카페에 왔었는지는 기억나지 않지만 어느 날엔가 내 카드마술을 보고 나서 했던 말은 기억하고 있다. 그녀는 처음에 눈을 동그랗게 뜬

채 말이 없더니 곧이어 마치 약이라도 먹은 것처럼 흥분해서 소리를 쳤다.

"와와와! 어떻게 한 거예요? 진짜 신기하다!"

그리고는 잠시 조용하더니 당연한 듯이 요구했다.

"좋아요, 이제 어떻게 한 건지 말해봐요!"

비밀을 보여줄 생각 같은 건 아예 없던 나는 대신에 영화 〈프레스티지〉에 나오는 마이클 케인이 했던 말을 해주었다.

"마술은 세 가지 부분으로 나뉘죠. 첫째는 거짓으로 진실을 대신하는 경지, 둘째는 진실을 왜곡하여 사람을 속이는 경지, 그리고 셋째는 신의 경지에 오르는 기교입니다! 그럼 관중들은 모두 박수갈채를 보내죠."

샤바이롱이 알아들었는지 못 알아들었는지 가만히 있다가 갑자기 물었다.

"오……, 그럼 지금 마술의 비밀을 저한테 가르쳐줄래요?"

내가 다시 말했다.

"마술의 마지막은 관중들이 박수를 보내는 것, 당연히 가르쳐줄 리가 없겠죠!"

내게 마술을 가르쳐달라며 조르기를 30분, 내가 꿈쩍도 하지 않으니까 이어서 협박을 했다.

"이제는 여기 카페에 안 올 거예요!"

나는 조금 성가신 생각이 들어서 말했다.

"맘대로 하십시오!"

그후에도 그녀는 카페에 왔고, 게다가 더 자주 왔다. 올 때마다 말했다.

"아깡, 이번에 내가 제일 비싼 커피를 주문할게요. 나한테 마술 한 번만 더 보여줘요."

나는 기분이 좋으면 한두 가지 보여주고, 기분이 안 좋으면 내 할 일만 하면서 카페 종업원에게 주문을 받으라고 시켰다.

'손님들의 소비를 장려하기 위해' 카페 안에서 구슬 뽑기 이벤트를 했다. 1회에 100위안 이상 먹으면 구슬 한 개를 뽑을 수 있고, 상품은 독일 니키 동물열쇠고리나 탁상 위에 놓아두는 작은 장식품 같은 것들이었다. 샤바이룽이 지난번과는 다른 외투를 입고 다시 왔다. 여전히 흰색이었다. 이번에는 차와 콜라를 마셨는데 합쳐서 22위안, 그러니까 100위안 이상이 아니었고 구슬을 뽑을 자격은 없었다.

그녀가 종알거리 듯 말했다.

"구슬 한 번 뽑게 해줘요!"

나는 안 된다고 말했다.

그녀가 따지듯 덤볐다.

"지난번에 그렇게 자주 왔는데 왜 100위안이 안 넘는다는 거예요?"

내가 강조하듯 말했다.

"1회에 100위안 이상 구매해야 구슬을 뽑을 수가 있어요!"

샤바이룽이 물러서지 않고 또 협박했다.

"이번에 뽑게 해주지 않으면 다음에는 여기 안 올 거예요!"

나는 아랑곳없다는 듯 같은 말을 했다.

"맘대로 하십시오!"

이번에는 소프트한 공격이 들어왔다.

"아깡, 그러지 말고 89번 상품이 뭔지 말해줘요. 난 상품 같은 건 필요 없어요, 정말로 안 가져가요, 그냥 89번이 무슨 상품인지 알고 싶어서 그래요!"

이 무슨 터무니없는 요구인가? 89번이 무슨 상품인지가 자기하고 무슨 상관이 있다고? 짜증! 나는 들은 척도 않고 계속 영화를 봤다. 그녀는 친구와 앉아서 경이라도 읽는 것처럼 중얼거렸다.

"쫌생이쫌생이쫌생이쫌생이."

내가 여전히 들은 척도 하지 않자 잠시 앉아 있다가 "흥" 하는 콧방귀 소리를 남기고 카페를 나갔다. 오투가 방금 무슨 일이냐고 물었다. 나는 "몰라, 그 여자 아무래도 맹한 거 같아"라고 대답했다.

오투가 고개를 끄덕이더니 진지한 목소리로 말했다.

"그렇지만 그 아가씨도 손님이잖아……."

이렇게 말하고는 다시 PDA를 손에 들더니 태국의 자전거포럼 홈페이지에 들어가서 리플을 달았다.

어느 날 오후, 카페가 정전이 되었다.

이때 샤바이롱이 새로운 친구와 들어오더니 음료수 두 잔을 주문했다.

"아깡, 나하고 친구한테 마술 좀 보여줘요!"

그녀가 겨우 들릴 만한 목소리로 말했다. 정전으로 계량기를 살펴보고 전기공도 불러야 하는 어수선한 상황에서 내가 그녀에게 마술을 보여줄 정신이 있을리 없었다. 바쁜 걸 보고서도 그런 소리가 나오는지 나는 화가 치밀었다. 나는 얼굴에 땀을 비 오듯 흘리며 그녀들의 요구에도 아랑곳하지 않았다. 20분쯤 지났을 무렵, 샤바이롱이 일어서서 계산을 하고 나가다가 내게 원망 어린 한마디를 던졌다.

"아깡, 좋아요, 일 보세요, 우린 갈게요!"

뜻밖에도 샤바이롱이 저녁에 다시 왔다. 나는 그녀가 이번에는 또 무슨 뜬금없는 소리를 할지 약간 겁이 났다. 그런데 이번에는 뭔가 좀 달랐다. 그녀는 들어와서 줄곧 한 마디도 하지 않았다. 레몬주스와 아이스티를 주문해 놓고 멍하게 앉아 있었다. 두 시간 후, 그녀가 계산을 하면서 혼잣말처럼 중얼거렸다.

"오늘 정말로 마지막으로 한 번만 구슬 뽑기를 해보고 싶어요."

더없이 애절한 갈망이 묻어 있는 목소리로. 솔직히 말해서, 마치 약물중독자가 감금되기 전에 "오늘 정말로 마지막으로 한 번만 하게 해주세요"라고 말하는 것처럼 병적으로 보였다.

나는 우스운 생각마저 들었다.

"참나, 뽑고 안 뽑고가 무슨 대수라고, 왜 아침부터 하루 종일 뽑기를 못해서 안달이에요?"

그녀가 말했다.

라싸에 있는 노란 흙벽돌로 만든 집.

"주문을 하려고 얼마나 애썼는데요, 징밀로 뽑아보고 싶었거든요, 구슬을 한 번만 뽑아보고 싶어서……. 근데 아무리 마셔도 100위안이 안 되잖아요."

금방이라도 눈물이 뚝뚝 떨어질 것 같았다.

그녀가 머뭇거리다가 말했다.

"내일 기차로 돌아가거든요."

그러니까 오늘이 그녀가 라싸에서 지내는 마지막 날이었다. 나는 어쩐지 안쓰러우면서도 한편으로 코미디 같다는 생각을 하며 말했다.

"좋아요, 한 번 뽑게 해줄게요."

그녀는 날아갈 듯이 기뻐하며 포도주 빛깔 같은 표정으로 큰 상이라도 받은 듯 구슬기계를 이리저리 굴렸다. 장식용 미니치약이 당첨되었다. 샤바이롱은 상품을 받아들더니 고마워서 어쩔 줄 몰라하며 말했다.

"저기 독일 니키 동물열쇠고리를 뽑을 줄 알았는데 이것도 괜찮아요. 어쨌든 정말 고마워요! 너무 좋아요!"

어쨌든 그녀가 다음날 라싸를 떠날 터였기에 나는 동물열쇠고리로 바꿔주었다. 이별의 선물인 셈이었다. 동물열쇠고리가 상품 중에서 가장 좋은 것이었다. 그녀가 열쇠고리를 받아들고 고개를 들더니 마치 영화 〈희극지왕〉에서 장바이즈가 겨자를 먹고 나서 폭포 같은 눈물을 쏟는 장면처럼 갑자기 울음을 터뜨렸다. 나는 웃음이 나오려는 것을 참으며 생각했다.

'바보야, 뽑기 하나 되었다고 이렇게 유난을 떠니!'

샤바이롱이 마음을 가라앉히고 말했다.

"아깡, 오늘 나 기분이 정말 엉망이에요. 원래 오후에 남자친구랑 같이 와서 마술공연도 보고 놀려고 했거든요. 근데 오늘 남자친구랑 헤어졌어요."

남자친구? 그녀가 오늘 오후에 데려왔던 짧은 머리에 옅은 파란색 셔츠를 입고, 얼굴이 곱상하고 갸름했던 그 사람은 틀림없이 여자였다. 내가 곧바로 물었다.

"오늘 데려온 친구는 여자였잖아요!"

"아니에요! 남자예요!"

"틀림없이 여자였는데!"

"남자라니까요!"

"여자예요!"

"남자라니까요!"

"여자예요!"

하늘이 두 쪽이 나도 틀림없이 여자였다. 갑자기 샤바이롱의 기세가 누그러졌다.

"맞아요, 여자예요. 사실 나는 라라예요."

'라라'라는 말을 처음 들었던 나는 그때 레즈비언이라는 뜻일 것이라고 짐작했다. 나중에 동성애 작가 추먀오진의 소설 〈악어일기〉에서 작가가 동성애자인 자신을 '라쯔'라고 불렀던 데서 나온 말이라는 것을 알았다.

샤바이롱이 말했다.

"그녀하고 헤어질 거예요. 정말로 그녀를 사랑하지만 나도 뭐라고 말해야 할지 모르겠어요, 정말 힘들어요. 어서 집에 돌아가고 싶은 생각밖에 없어요!"

내가 궁금해 하며 물었다.

"그 친구하고 사귄 지 얼마나 되었어요?"

"열흘요!"

나는 그녀가 나를 놀리고 있다는 생각이 들었다. 열흘의 사랑, 헤어지고 말고 할 게 뭐가 있는가. 나는 입에서 나오는 대로 위로라는 걸 했다.

"하지만 내일이면 집으로 가야 하잖아요, 돌아가서 새로운 여자친구를 찾아봐요. 열흘의 애인은 더이상 생각하지 말고."

그녀가 놀란 얼굴로 나를 바라보았다.

"내일 집에 가서 필요한 거 몇 가지 사가지고 2주 있다가 라싸로 다시 올 거예요!"

"……."

내 뽑기 상품도 사기 친 것?

샤바이롱은 고향에 다녀온 후에도 올 때마다 다른 남자를 데리고 카페에 자주 왔다. 어느 날 그녀가 내게 목소리를 낮추며 말했다.

"아깡, 이 남자가 나한테 한 잔 사겠다고 해서 내가 데려왔어요, 장사에 보태줄려고! 라싸에 있는 술집들 중에서 여기가 최고예요!"

내가 곧바로 바로잡았다.

"여긴 카페지 술집이 아니에요!"

그녀가 잠시 생각하는 듯 가만히 있더니 말했다.

"에이, 난 저 남자한테 요만큼도 관심 없어요."

그리고는 해골바가지 얼굴을 해보이고는 얌전히 자리에 가서 앉아서 그 '요만큼도 관심 없는' 남자와 함께 몇 차례의 단편 마술공연을 관람했다.

1년이 지나도록 그녀가 데리고 오는 남자는 매번 다른 사람이었고 미남이었다. 남자들은 득의양양했지만 여주인공은 인연을 만들 생각 따위는 없이 함께 위스키를 마셨다. 동상이몽.

그녀의 성격이 감상적이기 때문인지, 아니면 고원지대의 특이한 반응인지, 그도 아니면 성스러운 땅의 무장해제인지, 어쨌든 라싸에서는 갖가지 인연들이 쉽게 만들어진다.

기분이 좋아지는 칵테일

추운 밤, 섭씨 3도, 흩날리던 눈발도 자취를 감추었다.

긴팔 셔츠, 눈 꼬리가 치켜 올라간 눈, 얇은 입술을 한 서른 살이 좀 넘어 보이는 얼굴의 여자가 카페 밖에서 안을 들여다보고 있었다. 내가 문을 열자 그녀가 물었다.

"여기 술 있어요?"

카페이기는 하지만 맥주, 양주, 칵테일 웬만한 것들은 다 갖추고 있었다.

그녀가 또 물었다.

"칵테일 한 잔 만들어줄래요?"

오트가 진토닉을 만들어서 주자 그녀가 단번에 들이키고 말했다.

"좀 쓴 걸로 한 잔 더 주세요."

쓴 칵테일? 가게에 있던 캄파리는 얼마 전에 떨어졌다. 오트가 잠시 생각하다가 드라이 마티니에 올리브 하나를 얹어서 주었다. 예전에 오트 몰래 한 잔 마셔본 적이 있는데 나는 도저히 마실 수가 없을 만큼 맛이 썼다.

근데 그 여자는 "오……, 내 마음하고 똑같네요"라고 말했다.

그녀가 마티니를 들더니 그대로 잔을 비우고 또 한마디 했다.

"한 잔 더 줘요, 드라이고 뭐고…… 같은 걸로 한 잔 더 달라니까요!"

오트가 다시 드라이 마티니를 만들어주었고 그녀는 아무 말 없이 다시 잔을 비웠다. 다른 손님은 없었다. 그녀는 나무판자로 된 벽들을 뚫어지게 쳐다보고 있었다. 우리를 등진 채 앉아서 파리한 얼굴로. 나는 더이상 참지 못하고 물었다.

"여행 오셨어요?"

시골아낙, 까마가 새벽에 쑤요우차를 마시고 있다. 그녀는 루랑 부근의 농가에서 살고 있다. 티벳 사람들은 집에서 차를 마실 때 각자 자신의 나무찻잔을 사용한다. 집안에 들어가서 몇 개의 나무찻잔이 있는지를 보면 그 집 식구가 몇 명인지 알 수 있다. 일반적으로 가장 큰 것 2개는 아버지와 아들의 것이고 가장 작은 것 2개는 어머니와 딸의 것이다(위). 2008년 11월 4일, 라싸에 첫눈이 내렸다. 해발 3,500미터의 라싸가 티벳에서는 '낮은 지대'에 속하는데 겨울 내내 눈이 한두 차례 밖에 오지 않는다(아래).

마치 오랫동안 누군가 자신에게 말을 걸어주기를 기다렸다는 듯이 천천히 몸을 돌리더니 자기 소개를 했다. 이름은 샤오주, 샨시성에서 왔다고 했다. 그렇게 입을 뗀 후, 그녀는 거의 쉬지 않고 처량하고 우울한 눈빛으로 주절주절 말을 이어나갔다.

"라싸에 사람을 찾으러 왔어요. 티벳 사람인데 작년에 알게 됐어요. 내가 와주기를 바라느냐고 물으니까 왔으면 좋겠다고 하더군요. 그래서 왔어요. 만약 아니라고 했으면 안 왔을 거예요. 정말 생각지도 못했어요. 원래 여자가 있었어요. 처음부터 여자가 있다고 했으면 난 올 생각도 안 했을 거예요. 나한테 오라고 해놓고, 다른 여자가 있었어요. 그럼 왜 나한테 오라고 한 걸까요? 정말 아무리 생각해도 이해가 안 돼요."

이렇게 말하는 동안 그녀의 눈가가 붉어지더니 곧 울음을 터뜨렸다. 나는 무슨 말을 해야 할지 몰랐지만, 상관없었다. 그녀는 내 생각을 알고 싶은 것이 아니라 하소연을 들어줄 사람을 찾아서 마음을 털어놓고 싶었던 것일 뿐이었다.

나는 그녀에게 몇 마디 위로의 말이라도 해주고 싶었다.

"전화해서 도대체 어떻게 할 생각인지 물어보지 그랬어요."

샤오주가 말했다.

"했었어요, 근데 끊어버렸어요. 그 사람이 왜 이러는지 정말이지 모르겠어요. 내 전화도 받지 않을 거면서 처음부터 오라고 하지 말았어야지, 나를 불러놓고 전화도 안 받고……."

술기운이 오른 탓인지 그녀는 했던 말을 자꾸 되풀이하기 시작했다.

"만약…… 처음부터…… 왜……."

인적이 끊어진 한밤중에 그녀의 울음 섞인 목소리만 실내를 맴돌았다. 나는 난처하고 답답한 기분으로 오트에게만 들리도록 작은 소리로 말했다.

"네가 와서 들어줄 차례야, 어쨌든 넌 중국어 못 알아듣잖아."

오트가 "내가 왜?" 하는 표정을 지으며 나를 외면했다. 나는 계속 고개를 끄덕이며 가슴 아픈 그녀의 이야기를 들었다. 사실 그녀를 진심으로 위로해주고 싶었지만 무슨 말을 해야 좋을지 난감했다. 나는 거의 아무 말 없이 그렇게 밤을 새우고 있었다.

그녀는 두 시간 동안 그렇게 신음하듯 이야기를 하다가 문득 정신이 들면 다시 칵테일을 주문했다. 그것도 아주 쓴 걸로.

내가 말했다.

"그러지 말고 오트에게 특제 칵테일 한 잔 만들어 달라고 해서 맛보세요. 손님들이 저 친구가 만든 칵테일을 아주 좋아해요."

샤오주가 고개를 끄덕이자 오트가 새콤달콤한 싱가포리안 슬링을 만들어주었다. 내가 그녀에게 건네주며 말했다.

"마셔 봐요, 아마 기분이 좀 나아질 거예요."

샤오주가 한 입 홀짝 마셔보더니 말했다.

"맛이 아주 달콤해요."

눈이 내리자 모두가 기쁨이 들떠서 사진 찍기에 바빴다. 유리문 너머로 덴마크에서 온 크리스티나가 보인다. 그녀는 티벳을 너무나 좋아한 나머지 이곳에 살면서 장사를 하고 싶어했다.

잠시 말이 없다가 갑자기 말했다.

"달달한 걸 마시니까 기분이 좀 좋아지는 것 같아요. 오트 씨에게 고맙다고 전해주세요."

오트가 그녀에게 쑥스러운 미소를 지어보이고는 PDA로 다시 눈길을 돌렸다. 샤오주가 미안한 기색을 하며 말했다.

"음, 미안해요, 쓸데없는 말을 너무 많이 했어요. 그렇지만 이렇게 술집을 하다 보면 나 같은 사람들을 많이 만났을 거예요."

내가 끼어들었다.

"여긴 카페예요, 술집이 아니에요!"

샤오주가 잠시 멈칫 하다가 황급히 말했다.

"그래요, 그래. 여긴 카페죠, 아, 어쨌든 마찬가지예요."

샤오주는 라싸에 오래 머물지 않았다. 하지만 이 기간 동안에 그녀는 혼자서 오기도 하고 때로 학생처럼 보이는 젊은 여행객들과 어울려서 우리 카페를 찾아왔다. 매번 새벽 2시가 넘은 시각에 왔다.

두 번째로 찾아왔을 때는 새벽 3시였다. 문을 열고 들어서는데 영판 딴 사람 같았다. 호들갑스럽게 웃어대며 "싸와디카!^{태국어로 '안녕하세요' 라는 뜻}"라고 외쳤다. 그러더니 실눈을 뜨며 헤헤거리고 웃기 시작했다. 새벽의 고요한 정적을 깨뜨리며 어딘지 간담을 서늘하게 하는 긴 웃음소리였다. 나는 그녀가 억지로 웃어대는 것인지 아니면 이미 그 '무정한 남자'를 떨쳐버린 것인지 도무지 알 수가 없었지만 어쨌든 그녀는 더 이상 그 일을 입에 올리지 않았고 나도 묻지 않았다.

샤오주는 지난번에 오트가 만들어준 '기분이 좋아지는 칵테일'을 기억하고 카페에 올 때마다 친구들에게 칵테일을 소개했다.

"오트 씨에게 칵테일 하나 추천해 달라고 해요. 라싸에서 제일 칵테일 잘 만드는 바텐더예요!"

오트는 그녀의 칭찬을 알아들으면서도 못 알아들은 체하며 고개를 숙이고 테이블을 쳐다보았다. 그러면서도 입가에는 엷은 웃음이 걸려 있었다. 나는 태국어로 그를 놀렸다.

"이봐, 네가 세계에서 제일 잘생긴 미남이라잖아!"

오트는 아이처럼 "치" 하며 웃고는 얼음, 레몬, 올리브를 가지고 샤오주에게 줄 기분이 좋아지는 칵테일을 만들었다.

샤오주가 갑자기 소리를 쳤다.

"아깡, 오트, 뭐 마시고 싶어요, 내가 오늘 쏠게요!"

내가 와, 하는 탄성을 지르며 물었다.

"우리 두 사람은 〈바람카페〉 주인인데 당신이 〈바람카페〉 주인에게 〈바람카페〉에서 〈바람카페〉의 술을 사겠다고 하는 게 말이 돼요?"

샤오주가 정이 가득 묻어나는 목소리로 말했다.

"영원히 잊지 못할 거예요, 내가 가장 힘들었을 때 두 사람이 나를 다시 일어서게 해주었어요."

이렇게 말하더니 오트가 만들어준 마가리타를 들고 잔 가장자리의 소금을 살짝 핥고는 이내 잔을 비웠다. 목구멍으로 화장실 물 내려가는 것 같은 끄륵 하는 소리가 났다.

그녀가 잠시 숨을 들이마신 후, 잔뜩 들뜬 목소리로 말했다.

"여기 카페에 와서 오트가 만들어준 칵테일을 마시고 나쁜 기억은 모조리 지워버렸어요!"

말을 마치자 다시 헤헤거리고 웃기 시작했다.

비록 조금 이상하고 카페에 앉아 있는 시간도 길지 않은 손님이었지만 그녀는 마치 우리로부터 많은 행복과 기쁨을 나누어 갖기라도 한 것 같았다. 어쩌면 이것이 바로 우리 카페가 자랑할 만한 매력인지도 모른다.

스페인에서 세상 끝까지

2009년 1월 어느 날 오후, 전화가 한 통 걸려왔다. 수화기 너머에서 영어로 "여보세요, 국수 한 그릇을 먹으려고 하는데 여관으로 배달해줄 수 있어요?" 하고 물었다.

나는 목소리가 귀에 익다는 느낌이 들었지만 누군지 생각이 나지 않아서 대답했다.

"해드리죠. 어느 여관이세요?"

그가 물었다.

"배달을 누가 해주죠?"

내가 대답했다.

"당연히 종업원이……."

그가 기분이 상한 듯 소리쳤다.

"난 당신이 왔으면 하는데, 당신! 아깡! 난 아깡 당신이 왔으면 해!"

나는 터져 나오는 웃음을 참지 못하고 물었다.

"왜 내가 왔으면 합니까?"

그가 소리를 버럭 질렀다.

"당신이 운동을 많이 하도록 만들어서 다이어트를 좀 시켜야겠거든!"

내게 이런 농담을 할 사람은 한 사람 뿐이었다. 스페인에서 온 세르지오.

라싸에서 장사를 하고 있거나 혹은 장사를 해본 적이 있는 사람들은 하나같이 내게 이렇게 말했다.

"라싸에서는 장사가 계절에 따라 너무 틀려요. 겨울에는 거의 장사가 안 돼요!"

더욱 심각하게 말하는 친구들도 있었다.

"아깡, 마음 단단히 먹어야 할 거야. 비수기 때는 개시하기도 힘들어, 그래도 너무 속상해 하지 마. 무슨 일이든 털어버려!"

2007년 겨울, 우리는 카페를 시작한 후, 처음으로 비수기를 맞았지만 예상 밖으로 손님이 많았다. 겨울의 라싸는 중국 관광객이 많지 않다. 우리 카페에는 티벳대학의 유학생들이나 인근에 있는 랭귀지 스쿨의 외국인 선생님들을 포함하여 외국인 손님들이 많이 왔다. 서양 사람들은 추운 날씨가 별로 대수롭지 않은 듯 보였다. 캐나다 캘거리에서 온 청년은 '따뜻한' 라싸의 날씨가 무엇보다 마음에 든다고 했다. 그때 라싸의 기온은 영하 4도였다.

손님들이 와서 시간을 보낼 수 있도록 하기 위해 우리는 오스카 영화제에 노미네이트된 영화들 중에 가장 인기 있는 영화들을 온종일 틀어놓았다. 밤마다 아무리 궂은 날씨에도 카페에는 영화를 보는 손님들로 가득했다. 옆에서 술집을 하는 주인이 슬그머니 들어와서 기웃거리더니 가득 앉아 있는 외국인 손님들을 보며 시큰둥하게 말했다.

　　"아유, 영어를 알아들어서 좋겠네!"

　　내가 만족스럽게 웃으며 되받았다.

　　"맞아요, 사장님도 영어 배우세요! 헤헤!"

　　당시에 스페인 사람 한 명이 자주 왔었는데 문을 열자마자 오고, 낮에도 오고, 저녁에도 왔다. 그는 혼자 조용히 앉아 있었지만 나는 해야 할 일이 있거나 손님들이 붐벼서 그에게 말을 걸 여유가 없었다. 어쩌다가 내가 몇 마디를 건네면 그는 나를 성가시게 할까 봐 이내 이렇게 말했다.

　　"아깡, 괜찮아요, 가서 일부터 봐요."

　　그리고는 내가 자기와 이야기할 여유가 생길 때까지 앉아서 기다렸다.

　　그가 세르지오다. 스페인 동부에 있는 발렌시아에서 왔다고 했다. 그에 대해 거의 모든 카페 손님들, 티벳 사람들 심지어 카페 종업원들까지 마치 약속이나 한 듯이 같은 말을 했다.

　　"세르지오 너무 멋있어!"

"모자 쓰니까 너무 멋있어!"

"모자 벗으니까 더 멋있어!"

세르지오라는 이름은 중국어로 발음하기가 쉽지 않다. '세르히오' 라고 해야 좀더 정확하겠지만 사람들은 이름을 놔두고 그를 '스페인 미남' 이라고 불렀다. 사람들이 자신을 이렇게 부르면 세르지오는 싱 긋 웃으며 노트북을 꺼내어 뭐라고 적고 나서 흡족해하며 자리에 앉 아 있었다.

서로 친해지자 그가 갑자기 '성가시게' 굴었는데 늘 "아깡, 알지?" 라는 말을 달고 다녔다.

내가 "뭘?" 하고 물으면 그는 다시 "알지?" 하고 물었고, 무슨 영문 인지 몰라서 내가 다시 "뭘?" 하고 물으면 그가 느닷없이 "아무 것도 아니야!Nothing"라고 말하며 큰소리로 웃어댔다. 어렸을 때 친구들하고 이렇게 놀았다는데 친구가 속아 넘어갈 때마다 그렇게 재미있었다고 했다.

세르지오는 2003년 8월, 사스가 휩쓸고 지나갔을 무렵에 이미 중국 에 한 번 온 적이 있었는데 하마터면 그때 목숨을 잃을 뻔했다. 당시 에 그는 버스를 타고 윈난에서 쿤밍으로 향하고 있었는데 도중에 차 가 잠시 멈추어 서면 승객들은 어둠속을 더듬어서 급한 볼 일을 해결 했다.

"화장실들이 너무 무서웠어. 냄새도 엄청났고. 그래서 사람들 눈에 덜 띄는 곳으로 가야겠다 싶어서 큰 나무쪽으로 갔어. 거기서 소변을 보려고. 바위가 보여서 그 위로 훌쩍 뛰어 올라갔는데 그게 가지가 무성한 나무 꼭대기일 줄은! 높이가 7미터 가량 되는 나무였어. 나는 아래로 떨어졌고, 척추가 부러졌어! 농담이 아니야, 척추가 정말로 부러졌어. 심지어 그 중에 하나는 다섯 조각으로 부서졌어."

세르지오는 올라오려고 했지만 온 몸이 꼼짝도 하지 않았다. 다행히도 누가 그 소리를 듣고 7미터 아래 계곡으로 뛰어 내려와서 그를 부축했다고 한다.

"그때는 내 척추가 부러졌다는 걸 몰랐어. 그 사람이 나를 껴안고 일으켰는데 사실 너무나 위험한 행동이었어. 나중에 의사가 조금만 더 엇나갔어도 평생 동안 마비가 된 채로 살아야 했을 거라고 했어."

보험회사가 긴급히 그를 홍콩 퀸메리병원으로 이송했다. 하지만 의사는 상황이 너무 심각해서 수술은 불가능하고 그의 몸이 스스로 호전되기를 바라는 것 말고는 다른 방법이 없다고 했다.

얼마 지나지 않아 기적 같은 일이 벌어졌다! 4주일 후, 세르지오는 기적처럼 회복되어 정상인처럼 걷고, 뛰고, 자전거를 탔다. 의사는 어떻게 이런 기적이 일어났는지 여러 가지 추측을 내놓았다. 세르지오가 기억하는 것은 한 가지뿐이었다.

"퀸메리병원에 입원해 있을 때, 굉장히 예쁜 간호사가 있었는데 나한테 무척 친절하게 대해줬어! 하!"

내가 물었다.

"그 사고가 네 인생을 바꿔놓았어?"

그가 말했다.

"물론이지! 모든 게 달라진 것 같았어!"

2007년 7월, 그는 혼자 이라크와 아프가니스탄을 여행했다. 나도 2002년 말에 아프가니스탄에 간 적이 있었기 때문에 당시에 아프가니스탄의 상황을 잘 알고 있었다. 중부와 북부는 안전했지만 남부 칸다하르는 아니었다. 그곳은 탈레반의 근거지였다.

하지만 세르지오는 죽음의 두려움을 무릅쓰고 버스를 타고 남부로 갔다.

"한번은 몇 명의 탈레반들이 손에 장총을 들고 험악한 얼굴로 차에 올라오더니 외국인이 있는지 조사를 했어. 운이 좋게도 그때 난 아프가니스탄 사람 복장을 하고 있어서 발각이 되지 않았지, 하하!"

그는 아무렇지 않은 듯이 웃으며 말했지만 그것은 죽음의 문턱에서 살아 돌아온 것이나 다름없었다. 진정으로 강한 생명의 힘을 깨달을 때는 오히려 두려움이 사라지고, 죽음의 신과 어깨를 스치며 지나가는 순간에 비로소 '아니' No 라고 말할 수 있는 용기가 생기는 것일까.

라싸에 '깡쉬엔'이라는 외국어학교가 한 곳 있는데 서양여행객들이 라싸에서 머무는 동안 이곳에서 영어를 가르쳤다. 그들은 영어를 가르쳐주고 월급을 받지 않는 대신에 학교에 딸린 주방, 화장실, 욕실을 포함해서 숙소를 무료로 사용할 수 있었다. 세르지오는 라싸에 한 달간 머물 생각이었다. 그는 사람들과 이야기하고 책을 읽고 글을 쓰는 일 외에 별로 다른 일이 없었다.

내가 그에게 제안을 했다.

"너도 그 외국어학교에 가서 영어를 가르칠 수 있는지 알아보면 어때? 보수는 없지만 색다른 경험이잖아."

학교로서는 당연히 제 발로 찾아와준 자원봉사자를 마다할 리 없었다. 중국비자가 만기 되자 그는 기차를 타고 홍콩에 가서 6개월짜리 비자를 만들고 다시 돌아왔다. 그때부터 그는 라싸에 자리를 잡고 영어 선생님 노릇을 시작했다.

그가 말했다.

"사실 이번에 라싸에 남은 건 영어를 가르치기 위해서가 아니고 안나 때문이야."

안나는 스위스 사람이다. 스위스와 티벳자치구가 공동으로 교류프로그램을 진행했는데 스위스 젊은이들을 초청하여 6개월 동안 티벳의 가정에서 머물도록 하는 프로그램이었다. 안나도 이 프로그램을 통해 티벳에 오게 되었다. 그녀는 붉은 머리에 깜빡거릴 때마다 반짝거리는 매력적인 커다란 눈을 가진 사랑스러운 여자였다.

안나가 묵고 있는 집이 고구마칩을 만들어서 파는 집이었는데 어느 날 그녀가 느닷없이 내게 물었다.

"아깡, 고구마칩을 여기다 놓고 팔고 싶은데 괜찮을까요?"

내가 말했다.

"괜찮아요!"

그녀가 흥분하며 소리쳤다.

"진짜?"

그래 놓고는 고구마칩을 가게로 가져오는 걸 번번이 잊었다.

한번은 그녀가 멋쩍어하며 내게 물었다.

"아깡, 이메일을 좀 보려고 하는데 컴퓨터 좀 써도 될까요?"

내가 말했다.

"그럼요."

그녀가 흥분하며 소리쳤다.

"진짜?"

며칠 후 그녀가 다시 물었다.

"아깡, 이 말을 중국어로 번역해줄 수 있어요?"

나는 이미 그녀의 반응을 짐작하고 탐색하듯 말했다.

"그럼요."

그녀가 막 과장스럽게 "진짜?"라고 소리치려는 순간, 내가 그녀보다 몇십배 과장된 목소리로 "진짜?" 하고 소리쳤다.

내가 자기를 놀린 것을 알자 그녀는 쑥스럽게 웃더니 이어서 배꼽이 빠져라 웃어댔다.

한번은 세르지오가 안나에게 물었다.

"알지?"

안나가 어리둥절해 하며 되물었다.

"뭘?"

스페인의 세르지오_{왼쪽 두 번째}와 호주, 영국 그리고 프랑스에서 온 여행객들. 이들은 티벳에서 우연히 만났다가 후에는 티벳을 떠나 귀국하거나 네팔로 가거나 동남아로 떠났다(왼쪽 위). 영국인 대러스_{왼쪽 세 번째}와 프랑스인 개통_{왼쪽 네 번째}은 자전거를 타고 라싸에서 네팔 카트만두로 갔다(오른쪽 위). 라싸에서 영어를 가르쳤던 스위스의 프레드릭_{오른쪽}과 세르지오. 두 사람은 함께 우주의 중심으로 여겨지는 캉린포체산_山을 등반했다(왼쪽 아래). 스위스인 안나와 세르지오는 비록 짧았지만 라싸에서 연인이 되었다(오른쪽 아래).

그가 다시 물었다.

"알지?"

안나가 무슨 소리냐는 표정으로 다시 되물었다.

"뭘?"

세르지오가 갑자기 "아무 것도 아니야!"이라고 말하며 큰소리로 웃자 그제야 속은 것을 알고 분통을 터뜨리다가 자기도 따라서 웃었다.

안나가 세르지오에 대해 언제 사랑의 감정을 느꼈는지 알 수 없지만 세르지오는 분명히 기억하고 있었다.

"그전에 다른 곳에서 그녀를 봤었는데 한눈에 반했다고 할까, 근데 말을 걸 기회가 없었어. 내가 처음 그녀에게 무슨 말을 했는지 지금도 기억해. 그녀와 처음으로 키스 한 것도 바로 이 〈바람카페〉에서였어."

세르지오가 이어서 말했다.

"바로 여기 앉아서 안나에게 겨우 말을 몇 마디 건넸어. 그 순간 라싸에 더 오래 있어도 좋겠다는 생각이 들었어. 그때 마침 프랑스 친구 지용이 들어왔어. 얼마 전까지 외국어학교에서 영어를 가르쳤는데, 곧 프랑스로 돌아갈 예정이었어. 그 친구가 자기 대신에 내가 학교에 들어가면 어떻겠느냐고 묻길래, 어렵지 않을 거라고 말했어."

그가 잠시 말을 끊더니 고개를 끄덕이며 말했다.

"그때 안나의 눈빛이 내가 영어를 가르치겠다고 대답해주기를 바라는 것 같았어. 내가 라싸에서 더 머물 이유를 찾아주기를 바라는 것 같았어. 그녀와는 겨우 몇 마디 나눴을 뿐이었지만 화학반응 같은 게 일어나고 있다는 걸 느꼈지. 그래서 라싸에서 4개월 더 머물기로 결정했어."

세르지오가 갑자기 "하!" 하고 탄성을 지르더니 말했다.

"아깡, 난 너희 카페가 마치 마법의 장소 같은 기분이 들어. 하! 이 곳에 추억이 너무나 많아."

그의 말에 나는 흐뭇해져서 말했다.

"내가 커피 한 잔 살게!"

나의 이 말에 그는 안나를 흉내내기라도 하듯 큰소리로 말했다. "진짜?" 옆에 있던 안나가 쑥스럽게 웃었다.

여행을 하는 동안에 구속을 벗어버리기 때문인지 마음의 해방감 때문인지 알 수 없지만 라싸에서는 인연이 유독 빠르게 맺어진다. 안나와 세르지오는 얼마 지나지 않아 항상 붙어 다녔고, 서로 기대어 영화를 보거나 꼭 껴안고 이야기를 나누었다. 우리끼리 초콜릿 케이크나 다른 맛있는 걸 먹을라치면 세르지오가 잊지 않고 한마디 했다.

"나중에 안나한테 갖다 줘야지."

세르지오가 낡은 자전거를 한 대 산 이후, 영화 〈첨밀밀〉의 한 장면처럼 안나가 자전거 뒷자리에 앉아 그의 등을 꼭 안고 '안녕' 하는 인사와 함께 두 사람은 즐거운 비명소리를 지르며 사라지곤 했다.

어느 날 세르지오가 말했다.

"아깡, '빠에야'라고 들어본 적 있어?"

내가 말했다.

"스페인 볶음밥?"

그가 당장 바로잡았다.

"사람들은 빠에야가 스페인 음식이라고만 알고 있는데 스페인 사람들은 다 알아. 정통 빠에야는 발렌시아, 바로 우리 고향에서 유래했다는 거."

내가 갑자기 뜬금없이 발렌시아 볶음밥 타령일까 하는 생각을 하고 있는데 그가 말했다.

"내가 빠에야를 만들어보려고!"

그리고는 한마디 덧붙였다.

"먼저 안나한테 만들어주고, 그리고 너하고 오트한테 만들어줄게! 하하!"

내가 놀라서 물었다.

"어떻게 만들려고? 재료를 어디에서 구할 건데?"

그는 나의 놀란 얼굴을 보며 만족스러운 듯 말했다.

"라싸에 있다고 해서 자신의 뿌리를 버릴 필요는 없어. 한 가지만

기억하면 돼. 최근에 발렌시아 쌀을 살 수 있는 곳이 생겼거든. 바로 홍콩이야. 56시간만 타고 가면 돼!"

그리고는 자랑스러운 발견이라도 한 듯 큰소리로 웃었다.

세르지오는 중국비자를 연장하기 위해 일주일간 홍콩에 머물렀다. 라싸로 돌아온 후, 그가 흥분해서 내게 물었다.

"아깡, 홍콩에서 '시티 슈퍼'라고 들어봤어?"

완차이에 있는 우리 집에서 걸어서 10분이면 닿는 거리에 있는 대형마트다.

"하! 내가 그 마트에서 빠에야를 만들 수 있는 재료를 구해왔어. 쌀도 사 가지고 왔어. 진짜로 발렌시아산 쌀이야, 정말 홍콩엔 없는 게 없어!"

이어서 으스대듯 말했다.

"내가 또 빠에야 전용 솥도 사왔어!"

직경 40센티미터 솥을 보며 내가 물었다.

세르지오가 감상에 젖어서 말했다. "스페인 발렌시아에서는 빠에야를 만들 줄 알아야 진정한 남자야!" 그후 그는 홍콩에서 재료를 사와서 안나를 위해 정성스레 빠에야를 만들어주었다.

"미쳤어? 이걸 메고 온 거야? 솥은 라싸에도 있어!"

그가 말했다.

"가장 전통적인 방법으로 안나에게 정통 발렌시아 음식을 먹여주고 싶어, 우리 고향의 맛을 느낄 수 있게 해주고 싶어."

세르지오는 이런 사람이었다. 기꺼이 물질과 노력을 들여서 세심한 부분까지 최선을 다해 최상의 것을 주고 싶어했다. 오직 안나가 자신의 마음을 알아주기를 바라며.

세르지오는 재료를 반으로 나누었다. 절반으로 먼저 안나와 외국어학교 기숙사에서 낭만적인 저녁식사를 함께 했다. 며칠 후 나머지 절반으로 카페의 주방에서 나, 오트 그리고 스위스 친구 프레드릭을 위해 특별식을 만들어주었다. 우리가 빠에야를 어떻게 만드는지 보고 싶다고 말하자 그가 웃으며 물었다.

"아깡, 뭐야? 헤이! 국가 기밀을 몰래 알아내겠단 말이야, 응? 그렇게 쉽게는 안 될 걸? 헤헤헤!"

두 번째로 빠에야를 만들 때는 빠에야가 들어갈 입이 네 개였기 때문에 쌀을 좀 많이 잡아야 했다. 라싸에서는 섭씨 80도만 되면 물이 끓는데 발렌시아 쌀은 한참동안 끓여도 익지를 않았다. 시간이 세르지오의 예상을 훨씬 벗어나고 있었다. 세르지오가 미간을 찌푸리며 마치 만화 〈미스터 맛짱〉에 나오는 아징코처럼 말했다

"왜 이러지? 왜 이러지? 이건 결코 내가 생각한 맛이 아니야!"

내가 먹어보니 맛이 그럭저럭 괜찮았다.

"괜찮은데!"

세르지오도 조금 집어서 입에 넣어보더니 안심한 듯이 웃으며 말했다.

"정말 괜찮은 것 같은데!"

우리가 솥바닥에 눌어붙은 밥까지 다 먹고 나자 세르지오가 말했다.

"빠에야를 만들 때마다 참 많은 추억이 떠올라. 내가 아주 어렸을 때, 팔레스 축제^{성 요셉을 기리는 축제}가 되면 아버지가 장작불 위에다 엄청나게 큰 솥을 걸어놓고 빠에야를 만들어주셨어."

이어서 감상에 젖은 목소리로 말했다.

"발렌시아에서는 빠에야를 만들 줄 알아야 진정한 남자야!"

"그래서 빠에야를 안나에게 만들어준 거야?"

그가 1초간 입을 커다랗게 벌리고 미친 것처럼 웃다가 익살스러운 표정을 지어보이며 말했다.

"맞아!"

그렇게 즐겁게 두 달을 보내는 동안 안나의 교류기간이 끝나가고 있었다. 사나흘 동안 두 사람으로부터 소식이 끊어졌다. 우리는 세르지오가 낭만적인 이별을 하고 있다는 것을 알았다. 눈치 없는 훼방꾼이 되고 싶지 않았기에 그들에게 전화도 걸지 않았다.

안나는 정오에 라싸를 떠났고 세르지오는 공항에 배웅도 가지 않았다.

"사람이 너무 많아, 내가 같이 가기가 그럴 것 같아서. 이별할 시간은 충분했어."

이렇게 말하며 그는 애써 웃어보였다. 나, 오트 그리고 스위스 친구 프레드릭은 그날 밤 내내 그와 저녁을 먹고 함께 있었다. 나는 그를 위로해줘야 하는 걸까 생각했으나, 어쩐지 주제 넘은 것 같았다. 모두 앉아서 TV를 보며 아무 말도 하지 않았다.

며칠 후 세르지오가 사진 몇 장을 인화해서 내게 보여주었다. 탕카 호텔에서 찍은 사진들이었다. 안나에게 잊지 못할 추억을 만들어주고 싶어서 일부러 티벳 문화를 테마로 설계된 호텔을 찾았다고 말했다. 세르지오가 추억에 잠긴 목소리로 말했다.

"안나가 호텔방에 들어서자마자 너무나 아름다운 실내 인테리어에 환호성을 질렀어. 정말 좋아했어!"

그렇게 세심한 마음과 아름다운 분위기를 대하고 흥분하지 않을 여자는 없을 것이다.

다시 며칠이 지난 후 세르지오가 물었다.

"아깡, 네 컴퓨터에 혹시 데이비드 그레이의 'You're the World to Me' 라는 곡이 있어?"

그는 그 노래 위에 각기 다른 배경의 사진들을 입혀서 만든 유튜브 동영상을 안나에게 보내주었다.

"모두 나와 안나가 함께 갔던 장소들이야. 그녀도 나처럼 이렇게 추억할 수 있었으면 좋겠어."

그 동영상에는 노래만 계속 반복될 뿐 그의 말은 한마디도 들어 있지 않았다.

The first time ever I saw your face

처음 당신의 얼굴을 보았을 때

I thought the sun rose in your eyes

당신의 눈에서 태양이 떠오르는 것 같았죠

And the moon and stars were the gifts you gave

달과 별들은 당신이 준 선물이었어요

To the dark and the endless sky, my love

어둡고 끝없는 밤하늘에서, 나의 사랑

And the first time ever I kissed your mouth

처음 당신의 입술에 입 맞추었을 때

I felt the earth move through my hands

지구가 내 손 안에서 움직이는 것 같았죠

Like the trembling heart of a captive bird

붙잡힌 새의 떨리는 심장처럼

That was there at my command

나의 명령을 들어요

And the first time ever I lay with you

그리고 처음 당신과 함께 누웠을 때

I felt your heart so close to mine

당신과 나의 심장이 얼마나 가까이 닿아 있는지 느꼈죠

And I know our joy would fill the earth

우리의 기쁨이 지구를 가득 채우리란 걸 알아요

And last till the end of time, my love

시간의 종말이 올 때까지, 나의 사랑

The first time ever I saw your face

처음 당신의 얼굴을 보았을 때

세르지오는 라싸에서 한 달 더 머물며 새로운 여정을 준비했다. 안나가 없는 그 날들 동안 여정은 늘 갑작스럽게 정해졌다. 겨울에 성스러운 산으로 불리는 캉린포첸산[11]에 올랐고, 태국에서 자전거를 한 대 사서 잠시 타고 다니다가 다시 작은 배를 한 척 사서 메콩강을 유람했다.

10개월이 지나서 그에게서 전화가 왔다.

"지금 호주 태즈메니아섬에 있어, 배를 타고 다른 곳으로 갈까 해."

잠시 이야기를 하다가 내가 갑자기 물었다.

"안나하고 연락해?"

그가 체념한 듯 말했다.

---

[11] 해발 6,656미터, 힌두교의 3대 신 중 하나인 시바가 살고 있다고 전해지는 산.

"가끔 스위스로 전화해서 통화해. 벌써 새 남자친구 만났을 거야. 언젠가 우리가 다시 만나게 될 거라는 거 알아. 전에 이런 생각을 한 적이 있어. 우리가 같이 라싸로 돌아간다면 얼마나 좋을까 하고. 아니면 내가 스위스로 그녀를 만나러 가는 게 좀더 현실적이겠지. 하지만 우리가 다시 연인이 될 수는 없을 거야."

탕구라산山 입구. 칭짱철도의 최고점이 해발 5,072미터이다.

"그녀와 헤어지는 게 많이 힘들었어. 우리의 관계를 돌이켜보면서, 이별은 인생의 일부분이라는 걸 알았어. 하지만 이 진실을 받아들이는 데 아주 긴 시간이 필요한 것 같아. 가끔 또 다른 안나를 만날 수 있을까 하는 생각을 해. 인생을 살아가면서 이별은 필연적으로 겪어야 할 과정이라는 걸 깨닫고 나면 내 마음도 조금 편안해질 거야."

"최근의 여행은 좀 재미가 없어. 아깡, 알아? 라싸에서 보낸 날들이 나의 긴 여행에서 가장 즐거운 나날이었어. 안나뿐만이 아니라 내가 라싸에서 만난 사람들인 너, 오트, 프레드릭이 있기 때문이야. 가끔 다른 곳에서도 똑같은 느낌을 찾을 수 있을까 하는 생각이 들어."

　이 책이 홍콩에서 출판되었을 때에도 그의 여정은 여전히 계속되고 있었다. 내가 다음 목적지가 어디냐고 묻자 그가 말했다.

　"배를 구하고 나서 생각해봐야지. 어쨌든 마음 가는 대로 떠나는 여행인걸. 뉴질랜드에 가볼까 해."

　큰소리로 웃으며 우리는 늘 그랬듯이 부질없는 이야기와 농담들을 주고받았다.

　그는 '걸어서 세상 끝까지' 라는 이름의 블로그를 갖고 있다. 원래는 호주에서 뉴질랜드^{Antipodes}까지를 의미하는 말이었지만 티벳까지 여정이 이어졌다. 어쩌면 제3극[12] 티벳에서 그는 이미 자신의 마음속의 꿈, 자기 마음속의 세상의 끝을 찾았는지도 몰랐다.

[12] 원래는 북극, 남극 외에 세계의 최극이라 불리는 칭짱고원을 이르는 말이다.

바람카페

제 9 장

천체 天體 가 많은 티벳 이름

ཉི་མ

니마와 그의 친구들

카페가 2007년 4월 18일에 문을 열었는데 문을 연 첫날 찾아온 사람들은 모두 그전부터 알던 친구들이었다. 그중 티벳 친구가 한 명 있었다. 이름은 '니마뚜지'이다. 아직 카페를 시작하기 전 어느 날 어색하게 말을 건 것을 시작으로 친구가 되었다.

나, 오트 그리고 캐나다 시골에서 온 친구 셋이 술집에서 술을 마시고 있었을 때, 뒤쪽에 앉아 있던 남자 둘 여자 한 명이 갑자기 옥수수탕을 가져오더니 우리에게 물었다.

"드실래요?"

이렇게 서로 어울려서 티벳의 민속, 종교, 풍습 그리고 홍콩 스타들에 관한 이야기까지 대화가 이어졌다.

그들이 물었다.

"홍콩에서 성룡 만나본 적 있어요?"

이렇게 말하며 두 손을 번쩍 들어 '휘휘' 입으로 바람소리를 내며 쿵푸 동작을 흉내 내기도 했다. 왜 외국에 가면 꼭 성룡에 관해 묻는 사람이 있는지 모를 일이었다. 나는 시큰둥하게 대답했다.

"성룡 안 좋아하는 홍콩 사람들 많아요."

그 가운데 니마뚜지가 있었는데 나이는 스무 살, 마른 체격에 눈썹이 옅고 눈이 큰 친구였다. 사람들 말에 의하면, 눈썹이 옅은 남자는 마음이 세심하다던가. 그가 연신 먹을 것을 내왔다.

"과쯔 먹을래요?"

"순대 먹죠?"

"고구마칩 먹어볼래요?"

그는 질문 공세 외에도 옥수수탕의 종이포장을 세심하게 뜯어서 우리에게 건네주었다.

그가 갑자기 물었다.

"유덕화 본 적 있어요?"

내가 말했다.

"아뇨, 홍콩에 사는 사람이 6백만 명이 넘어요. 마주칠 일이 거의 없어요."

니마뚜지가 못마땅한 표정으로 말했다.

"사실 티벳 사람들 유덕화 별로 안 좋아해요. 몇 년 전에 티벳에 와서 콘서트를 했는데 티벳이 엄청 지저분하다고 했어요!"

내가 물었다.

니마와 그의 가무단 친구들.

"잡지에서는 그런 보도 없었는데 어디서 들었어요?"

후에 몇 명의 티벳 친구들도 유덕화에 대해 이렇게 평가했는데 소식의 출처는 하나같이 '사람들이 그러는데' 였다.

티벳 사람들의 이름은 대개 두 개의 조사로 된 네 글자로 되어 있다. 그 중에 비교적 흔한 작명법이 아이가 태어난 날의 요일에 따라 이름을 짓는 것이다. 예를 들어 일요일이라면 티벳어로 'nyima' 라고 발음하는데 이날 태어난 아이는 '니마'라고 불린다. 그러니까 '태양'이라는 뜻이다. 월요일은 달의 날인데 티벳어로 'dawa'라고 발음한다. 이것을 사람에게 붙이면 '다와', 그러니까 '달'이라고 불린다.

니마뚜지가 말했다.

"맞아요, 내 이름 니마는 태양이라는 뜻이고, 뚜지는 금강이라는 뜻이에요. 그러니까 난 태양금강이죠."

그가 큰소리로 밝게 웃더니 내게 티벳 문화에 관해 말해주었다. 나는 그의 말을 옆에 있는 캐나다 친구에게 영어로 통역해주었다. 니마뚜지가 불쑥 말했다.

"우리 티벳 사람들은 스스로에게 강한 자부심을 갖고 있어요."

그가 잠시 말을 끊었다가 계속했다.

"내가 티벳말을 그렇게 잘하는 편은 아니지만……."

하지만 친구들과 얘기할 때 니마뚜지는 티벳말로 했다.

"열한 살 때 중국 본토로 공부하러 가서 나중에 쓰촨예술학교에 들어갔어요. 배치를 받아서 가게 된 건데 돌아오면 시골로 내려가지 않고 라싸에서 일할 수 있었어요. 그곳에 티벳어반이 있기는 하지만 줄곧 티벳을 떠나 있으니까 글자를 제대로 못 배웠어요. 나한테 티벳 글자를 써보라고 하면 발음밖에 쓸 줄 몰라요."

그가 생각에 잠긴 듯 가만히 있다가 이어서 말했다.

"아이를 낳으면 티벳어를 잘 배우게 할 거예요."

그가 다시 생각에 잠겼다.

카페 밖에서 늘 호기심 많은 아이들이 고개를 들이밀고 카페 안을 들여다보곤 한다(위). 타이완에서 온 개구쟁이 남매들이 티벳 꼬마를(아래오른쪽) 깜짝 놀라게 만든 순간을 카메라에 담았다(아래).

"만약 다음 생애에서도 내가 선택할 수 있다면 나는 여전히 티벳 사람으로 태어나고 싶어요."

이렇게 말하며 그는 "건배!"를 외치며 친구들과 맥주잔을 비웠다.

'다음 생애에서도 티벳 사람으로 태어나고 싶다'는 그의 말이 줄곧 내 뇌리를 맴돌았다. 나는 많은 나라에 가보았지만 이런 말을 들어본 적이 없었다.

니마는 전형적인 티벳 사람이다. 티벳을 사랑하고 외지인들이 티벳에 대해 나쁘게 말하는 것을 싫어했다. 강한 자부심을 보이지만 세심한 마음도 잃지 않았다. 티벳 사람들의 이 땅에 대한 애정은 시공을 초월하고 윤회를 뛰어넘는 것 같다. 이들은 현세의 일이 내세에까지 이어진다고 믿는다.

카페 문을 열기 며칠 전, 나는 니마에게 전화를 걸었다.

"요즘 바빠?"

그가 말했다.

"아니, 형은?"

나는 약간 쑥스러워하며 말했다.

"나하고 오트가 카페를 열었어."

니마가 놀라며 말했다.

"와? 정말이야? 진짜로 축하해요!"

"모레 개업을 하는데 쑤량, 루오이하고 모두 같이 올래?"

그가 기뻐하며 말했다.

"꼭 갈게요! 나도 정말 기뻐요!"

쑤량과 니마 두 사람 모두 가무단의 단원이고 루오이는 쓰촨에서 온 한족이다. 니마와 쑤량은 루오이를 누나라고 불렀다. 청두에서 공부할 때 서로 알게 되어서 친해졌다고 했다. 가끔 내가 농담처럼 말했다.

"루오이가 너희들 엄마해도 되겠다!"

그럼 루오이가 눈을 치켜뜨며 덤볐다.

"아깡, 뭐라고 했어?"

니마와 쑤량은 죽는다고 웃었다. 사실 루오이는 아직 서른도 안 된 아가씨다.

그후 그들은 카페의 단골이 되었고, 얼음을 넣지 않은 우에슈^{일본 매실}주를 가장 좋아했다. 니마의 전공은 공연예술이었는데 라싸가무단에서 춤을 추었다. 멋내는 것을 좋아해서 카페에 올 때마다 같은 옷을 입고 오는 법이 없었다. 오늘은 몸에 꼭 끼는 해진 바지, 다음날은 하얀색 재킷, 여름이든 겨울이든 상관없이 얇은 옷차림이었다. 멋을 내려고 그러는지 아니면 몸이 정말 건강한 것인지 알 수가 없었다.

카페 문을 연 지 한 달이 넘어서야 홈페이지를 만들 여유가 생겼다. 전화번호, QQ,^{우리나라의 네이트온과 비슷한 중국의 메신저} MSN을 포함해서 연락처를 적어 넣고 손님들 사진도 넣었다. 니마, 쑤량 그리고 루오이의 사진도 물론이었다. 최근 몇 달 들어 나를 채팅 '친구' 목록에 포함시키는 '모르는 사람들'이 늘었다. 나는 개의치 않고 '예' 버튼을 눌렀다. 때로 밑도 끝도 없는 채팅을 할 때도 있었다.

MSN에서 누가 갑자기 나를 불렀다.

"안녕하세요?"

나도 똑같이 말했다.

"안녕하세요!"

5분 후 그가 다시 말했다.

"잘 지내요?"

나는 조금 황당해 하며 물었다.

"티벳으로 여행 올 계획 있으세요?"

다시 7분쯤 지나자 갑자기 "타시텔레![13]"라는 말이 화면에 나타났다.

나는 상대가 무슨 말을 하려는지 종잡을 수가 없어서 그의 말을 무시해버렸다.

몇 분 후 다시 누가 QQ에서 내게 물었다.

"안녕하세요! 혹시 아깡이라는 분이세요?"

내가 적었다.

"예, 라싸세요?"(상대의 프로필에 '현지'라고 되어 있었다.)

---

[13] '안녕하세요'라는 의미의 티벳말. "타시텔레!"는 뜻하는 대로 좋은 일이 있기를 바란다는 뜻으로 일반적으로 명절 인사로 사용되지만 외국인이 티벳인들에게 타시텔레,하고 인사하면 상대방도 같은 말로 행운을 빌어준다.

그가 단답형으로 대답했다.

"예."

내가 물었다.

"우리가 만난 적이 있나요?"

그가 적었다.

"아마도요."

내가 물었다.

"제가 그쪽을 알고 있나요? 이름이 뭐예요?"

상대가 갑자기 철학적으로 대답했다.

"제 이름은 중요하지 않아요."

다시 채팅이 미궁에 빠지고 있었다. 나는 그를 내버려두고 계속 다른 홈페이지들을 살폈다. 한 달 후, 그가 다시 QQ에서 내게 인사를 했다. 그에 관한 일은 까맣게 잊어버렸지만 QQ의 채팅기록을 보고 그와의 대화가 기억이 났다.

내가 물었다.

"이름이 뭔지 여쭤 봐도 될까요?"

그가 다시 같은 말을 했다.

"그런 건 중요하지 않아요."

나는 채팅창을 닫아버렸다. 잠시 후 그가 물었다.

"저한테 화나셨어요?"

내가 적었다.

"아뇨, 하지만 님이 누군지도 모르고 대화를 계속할 수는 없죠."

그가 대답했다.

"사실 저는 니마뚜지의 옛날 여자친구예요. 니마가 자기 블로그에 카페에 관해 올린 걸 보고 카페 홈페이지에서 사진을 봤어요."

나는 루오이에게 전화를 걸어서 물어보았다.

"아마 쑤더일 거예요. 라싸 아가씨예요. 상하이연극학교에서 공부하고 있어요, 연기과. 4년 전에 니마하고 사귀었는데 지금은 헤어졌어요. 아마 둘 다 너무 어려서 그랬을 거예요. 나중에 또 만나게 될 거예요. 시간이 필요한 사이라고 해야 하나……."

며칠 후 쑤더가 마침내 모습을 드러냈다. 친구들과 함께 카페로 차를 마시러 왔다. 동그스름하고 발그레한 얼굴에 두 볼이 반짝거렸다. 나는 그녀의 친구들에게 간단한 마술을 보여주었고, 그녀는 흉내를 내며 재미있어했다. 그녀는 눈동자가 금방이라도 떨어져 내릴 것처럼 눈을 동그랗게 떴고, 나도 그녀를 흉내내며 눈을 치켜뜨자 모두가 웃음을 터뜨렸다.

쑤더는 많은 말을 했지만 작심이라도 한 듯 니마에 대해서는 한마디도 꺼내지 않았다. 그녀의 친구들이 떠나고 나와 둘만 남았을 때 내가 불쑥 물었다.

"니마 만나러 왔어요?"

그녀가 미소를 짓더니 이내 웃음을 거두었다.

"마찬가지죠, 뭐."(그렇다는 말인가, 아니라는 말인가?)

그후로 쑤더는 자주 카페에 왔다. 거의 며칠에 한 번씩 왔는데 한 무리의 친구들과 오기도 하고 혼자 와서 차를 마시며 한 시간 동안 앉아서 소설책을 읽기도 했다. 나는 그녀가 싫어할까 봐 니마에 대해 더 이상 묻지 않았지만 왠지 카페에 들어서는 그녀를 보면 니마를 찾고 있다는 느낌이 들었다.

니마와 친구가 카페에 왔을 때 내가 물었다.

"옛날에 쑤더라는 여자친구 있었어?"

니마가 고개를 끄덕이더니 물었다.

"네. 어, 왔었어요?"

"이번 달에 자주 왔었어."

나는 그가 오해할까 봐 한마디 덧붙였다.

"항상 여자들하고 왔어."

니마가 물었다.

"뭐라고 했어요?"

나는 주제넘은 게 아닐까 생각도 했지만 그래도 조정자 역할을 해보기로 마음먹었다.

"우리 홈페이지에서 네 사진을 봤대. 그래서 와본 거라고. 만나볼 거야?"

니마가 무슨 생각을 하는 듯 잠시 말이 없다가 친구들과 트럼프를 계속했다. 며칠 후 니마가 다시 카페에 왔는데 어딘지 달라보였다. 과연 쑤더가 모습을 드러냈다. 나는 두 사람 사이에 무슨 일이 있었는지 알 수 없었지만 어쨌든 같이 온 걸 보면 화해를 했을지 모른다는 생각이 들었다.

니마는 여전히 얼음을 넣지 않은 우메슈를 주문했고 쑤더는 우유를 마셨다. 두 사람은 낯선 사람들처럼 멀찍이 앉아 있었지만 니마의 거친 목소리도 쑤더의 짓궂은 행동도 찾아볼 수 없었다. 서로를 뚫어져라 바라보며 나지막한 목소리로 한 시간 남짓 이야기를 나누었고 간간이 웃음소리가 들려왔다.

쑤더에게 다른 약속이 있어서 두 사람 모두 일어섰다. 계산을 하려던 니마가 갑자기 말했다.

"형, 우리 같이 계산할 거예요."(만약 얘기하지 않으면 일반적으로 손님의 계산서는 각자 따로 끊는다)

이날 이후, 두 사람은 자주 카페에 모습을 드러냈는데 때로는 다른 일행들과 때로는 단 둘이서 왔다. 두 사람의 앉은 거리가 차츰 가까워졌다. 쑤더가 노트북을 가져와서 상하이에서 공연할 때 찍은 동영상들을 니마에게 보여줬다. 가만히 들여다보던 니마가 자랑스럽게 물었다.

"형, 쑤더가 쏭첸캄포의 후궁 역할을 했어요, 예쁘죠?"

나는 연극의 내용도 잘 모르거니와 두 사람의 달콤한 만남을 방해하고 싶지 않아서 잠시 들여다보고는 이내 다른 데로 갔다.

며칠 후, 두 사람이 다시 나타났다. 쑤더가 나한테 배운 솜씨로 다른 손님들 앞에서 마술시범을 보였다. 니마가 흐뭇해하며 한마디 했다.

"정말 머리 좋네, 엄청 빨리 배운다!"

니마의 칭찬에 발그레해지는 쑤더의 얼굴이 유난히 귀여워보였다.

두 달쯤 지나 저녁 손님도 드문 어느 날, 쑤더, 니마, 쑤량, 루오이 네 사람이 같이 들어왔다. 이날은 우메슈도 우유도 아닌 버드와이저를 주문했다. 잠깐 마셨을까, 쑤더가 후다닥 화장실로 뛰어가고 루오이가 뒤따라가더니 쑤더가 돌아와서 울며 바닥에 쪼그리고 앉았다. 니마는 의자에 앉은 채 화난 아이처럼 본 척도 하지 않았다. 우리는 무슨 영문인지 몰라서 그냥 우두커니 바라보았다. 쑤더가 다시 화장실로 뛰어 들어가더니 두 눈이 발갛게 되어 나왔고 이번에도 루오이가 그녀를 다독였다.

나는 그녀에게 냅킨 몇 장을 건네주며 눈물을 닦으라고 한 것 외에 속수무책으로 가만히 앉아 있었다. 오트는 벌어지고 있는 상황에 다소간 호기심을 보이면서도 엉덩이를 자리에서 떼지 않은 채 계속 PDA를 들여다보고 있었다. 며칠이 지난 후에야 나는 니마에게 물어보았다.

"그날 쑤더하고 무슨 일로 싸웠어?"

니마가 아이처럼 헤헤거리더니 머쓱해 하며 말했다.

"기억 안 나요, 시시콜콜한 일로 싸우죠, 뭐. 쑤더하고 대개는 잘 통하는데 가끔 너무 비슷해서 둘 다 욱하는 데가 있잖아요, 하!"

후에 쑤더하고 QQ에서 채팅을 했었는데 그녀가 기분이 좋지 않은지 속상한 마음을 토로하다가 불쑥 말했다.

쑤더와 니마(왼쪽). 니마는 어딘지 키무라 타쿠야를 닮았다(오른쪽).

"니마하고 헤어졌어요."

헤어졌다고? 내가 위로하듯 말했다.

"좀 지나면 다시 좋아질 거야."

쑤더가 적었다.

"어떤 때는 우리 둘이 안 맞는 거 같아요. 나중에 어떻게 될지 모르 겠어요."

내가 물었다.

"그래도 니마를 많이 좋아 하잖아?"

그녀가 적었다.

"아주 많이 좋아해요."

내가 적었다.

"너하고 오면 니마의 태도가 보통 때하고 많이 달라. 세심하게 배려하려고 애쓰는 게 느껴져. 너를 아주 특별하게 생각하는 게 틀림없어. 두 사람 모두 시간이 좀 필요한 것 같아."

니마는 스물두 살, 쑤더보다 한 살 많았다.

사실 나 스스로도 사람들 사이의 조정자가 될 수 있을지 어떨지 알 수는 없지만 늘 손님이 즐겁게 들어왔다가 즐겁게 가도록 해주고 싶었다.

며칠 후, 두 사람이 다시 카페에 나타났고 여느 때처럼 다정했다. 내가 쑤더를 향해 해골 바가지 표정을 지어보이자 그녀는 쑥스러운 듯 고개를 끄덕이더니 눈을 반짝거리며 웃었다.

헤어졌다 다시 만나고, 헤어졌다 다시 만나고, 어쩌면 이것은 그들의 살아가는 모습이고 일종의 즐거움일지도 몰랐다. 니마가 말했다.

"쑤더하고 결혼은 아마 몇 년 더 지나야 할 거예요. 양쪽 부모님 동의를 얻어야 해요."

내가 물었다.

"부모님이 반대하실 것 같아?"

니마가 말했다.

"집에서는 우리가 연애하는 거 별로 간섭 안 해요, 아주 자유로운 편이에요. 결혼하기 전에 부모님 동의를 얻는 건 존중한다는 표시일 뿐이지 부모님이 결정하시는 건 아니에요. 여기 티벳에서는 결혼할 때 서로 어울리는 집안인지 아닌지 그런 거 별로 신경 안 써요. 지위나 가진 것을 두고 차별하는 일도 없어요. 두 사람의 진심만 있으면 그걸로 그만이에요."

내가 물었다.

"그럼 이전에 한족 아가씨 사귄 적도 있어?"

니마가 웃었다.

"어렸을 때 청두에서 공부할 때 한족 여자애가 있었는데 그냥 말이 그런 거지, 연애랄 것도 없어요."

내가 물었다.

"만약 네가 한족 아가씨하고 사귀면 부모님이 반대하실 것 같아?"

그가 말했다.

"모르죠, 여쭤본 적 없어요. 하지만 반대하지 않으실 거예요. 내가 좋아하면. 근데 어떻게 설명해야 할지 모르겠지만, 민족이라는 시각에서 보면 순수 티벳족 아이를 낳는 게 좋을 것 같아요, 하하!"

쑤더가 옆에서 듣고 있다가 농담을 했다.

"그럼 애들 많이 낳아서 팀 하나 만들자!"

내가 물었다.

"티벳에서는 아이를 둘 밖에 못 낳도록 되어 있잖아?"[14]

---

[14] 1985년부터 티벳자치지방정부는 티벳족 간부들에게 자녀를 두 명만 낳도록 장려하고 유목민들에게는 제한을 두지 않고 있다.

쑤더가 농담을 했다.

"상관없어요, 많이 낳고 벌금 더 무는 거죠, 하! 전생에 빚을 진 거라고 생각하죠 뭐."

니마가 한마디했다.

"내가 전생에 너한테 빚이 있는 거네! 하!"

쑤더가 말했다.

"맞아, 다음 생애에도 네 곁에 있을 거야."

이렇게 말하며 두 사람은 마치 지금의 일들이 전생에서 연유되었고 다음 생애에도 이어질 것이라고 확신이라도 하듯 다시 술잔을 비웠다.

《바람카페》가 출판되기 이틀 전, 쑤더에게서 전화가 왔다.

"책 나왔어요?"

내가 대답했다.

"인쇄는 끝났고 모레 나올 거야."

쑤더가 한숨을 내쉬었다.

"아유, 방금 니마하고 헤어졌어요. 책 안 내면 안 되나요?"

그 말에 나는 동정은커녕 오히려 고소하다는 듯이 큰소리로 웃었다.

"괜찮아, 결국 너네 곧 다시 만날 거잖아!"

내가 라싸로 돌아왔을 때, 쑤더가 다시 니마와 만난다고 말했다. 두 사람이 다시 몇 번이나 '이별' 해야 결론이 날지 알 수 없지만 두 사람을 축복하고 싶다.

내 친구 비엔바

2008년은 원래 카페가 한산했던 데다가 10월에 접어들자 전통적인 비수기 겨울이 시작되었다. 손님도 없고 해서 나는 《바람카페》 원고를 쓰는 일에 매달려 있었다.

소위 '바쁘다'고 해봐야 저녁에 영화를 몇 편 보다가 새벽 한두 시가 되면 친구와 찬바람을 가르며 자전거를 타고 나가서 라싸 서쪽 교외에서 훠궈를 먹고, 돌아와 오후 1시까지 자다가 일어나 원고를 몇 장 쓰고, 바코르로 가서 티벳 국수와 차를 마신 후 손에서 내려놓은 지 오래된 티벳어 교재를 들고 보다가 티벳 친구들과 이런저런 인사를 나눈 후, 저녁 6시가 되어서야 하루 종일 닫혀 있어서 폐업한 것으로 오해를 받았을지도 모를 카페 문을 여는 게 전부였다.

2008년 10월 6일, 16시 30분, 카페 안에 앉아서 원고를 쓰고 있던 나는 문밖으로 커다란 트럭이 지나간 것 같은 생각이 들었다. 하지만 잠시 후, 작은 골목길 안에 있는 가게 앞으로 커다란 트럭이 지나간다는 게 말이 안 된다는 생각이 들었다.

"앗, 지진이다!"

곧바로 길로 나왔을 때 황급히 밖으로 뛰쳐나온 사람들이 보였다.

진앙지는 라싸 북쪽에 있는 당숑이었고 규모 6.6의 지진이었다. 당숑에서는 사상자가 발생했지만 라싸에서는 건물 한 채가 파손된 것 외에 인명 피해는 없었다.

2008년 쓰촨대지진이 발생한 후, TV에서 지진감도를 지도에 표시한 화면을 본 적이 있었다. 멀리 파키스탄과 태국 방콕에서도 지진의 여파를 느낄 수 있었다고 했지만 정작 옆에 있는 티벳자치구는 지진감을 느낄 수가 없었다. 라싸에서 몇 차례 모금활동이 있었던 것을 제외하면 이곳 사람들에게 지진은 아주 낯선 현상이었다.

라싸에서는 지진이 거의 없기 때문에 지진에 대해 별다른 인상이 없었다. 하지만 쓰촨대지진에 관한 연속 보도를 보면서 공포를 느끼지 않기란 어려운 일이었다. 노인들은 집안에서 꼼짝도 하지 않았고, 아이들은 이불을 들고 조캉사원 광장으로 달려 나왔다. 노천에서 잠을 자면서도 아이들은 마치 소풍이라도 나온 것처럼 들떠 있었다.

지진이 있은 다음날, 나는 잔뜩 맥이 풀린 채 카페 문을 열었다. 차분하고 꾸밈이 없어 보이는 젊은 친구 한 명이 문 앞을 지나가다가 갑자기 걸음을 멈추고 호기심 어린 눈으로 카페 안을 들여다보았다. 내가 말했다.

"잠깐 들어와요."

그의 이름은 비엔바 츠런^{비엔바는 '토요일'에 출생했다는 뜻이고, 츠런은 '장수'라는 뜻}이었다. 검은테 안경을 걸치고 있는 모습이 영락없는 모범생이었다. 그는 시안건축과학대학에서 공부하는 학생인데 얼마 전에 라싸에 있는

집에 왔으며 카페에서 대각선으로 맞은편에 있는 집이 자기 집이라고
자신을 소개했다. 몇 년 전에 집을 떠날 때 없었던 카페가 생긴 것을
보고 호기심에 들여다보았다고 했다.

최근 며칠 동안 사람들이 모이기만 하면 가장 주된 이야깃거리가
지진이었다. 그가 말했다.

"우리 집은 맞은편 건물 4층에 있는데 지진이 났을 때 흔들림이 엄
청 심했어요. 집안에 있던 불당의 문이 다 열리고, 엄마가 얼마나 무
서워하셨는지! 여진이 있을지 없을지 모르겠어요. 요즘은 잘 때도 잠
옷으로 갈아입지도 않고 자요. 언제든 뛰어나올 준비를 하느라……."

나는 구글어스를 열어서 그날 있었던 지진의 여진도를 보여주었다.
라싸에는 아무 문제가 없을 것으로 예측되고 있었다. 그리고 컨벤션
센터와 포탈라궁의 입체모형을 그에게 보여주었다. 그는 마치 아이에
게 사탕을 보여준 것처럼 활짝 웃었다.

"아, 저는 건축을 전공하고 있어서 티벳의 고건축에 관심이 많아
요."

일어서기 전에 그가 말했다.

"나중에 다시 올게요."

뜻밖에도 그날 저녁에 그가 다시 왔다. 이번에는 친구 한 명을 데려
왔다. 그는 잠시 마술을 보며 놀다가 줄곧 밤늦게까지 앉아 있었다.

"지진이 겁나서 밤에도 집에 들어가고 싶지가 않아요."

그들은 새벽 1시까지 있다가 그제야 일어섰다. 지금은 방학인데 성

적표가 나오기를 기다리고 있는 중이며 시간이 날 때마다 혼자 영어 공부를 한다고 했다. 그 말을 듣자마자 내가 말했다.

"그럼 나중에 내가 영어 가르쳐줄 테니까 나한테 티벳어 가르쳐주면 되겠다!"

이렇게 하여 그는 나의 티벳어 선생님이 되었고, 나는 그의 영어작문을 고쳐주게 되었다.

비엔바를 알게 된 때부터 우리는 마치 운명적으로 좋은 친구가 되기로 정해진 사람들 같았다. 외국어를 배우는 것 외에도 서로 공통된 관심사가 많았다. 바코르의 이곳저곳을 돌아다니다가 때로는 오래된 건물에 들어가 살펴보기도 했다. 그가 오래된 건물에 얽힌 얘기들을 들려주었다.

"여기가 신궁이에요. 그 옆이 바코르 초등학교였는데 이젠 다른 곳으로 옮겼어요. 어렸을 때 여기서 공부했어요. 저 옆이 싸자사원인데 안에 싸자라무^{여신}를 모시고 있어요. 어른들이 애들한테 땅에 예쁜 물건이 떨어져 있으면 절대로 집지 말라고 말해요. 그건 싸자라무가 땅에 놔둔 것이라고 집었다가는 안 좋은 일이 생긴다고들 하죠."

다음 골목으로 들어서자 비엔바가 또 설명했다.

"이 건물은 한눈에 역사가 꽤 깊은 곳이라는 걸 알 수가 있죠. 창문이 비교적 작고 출입구도 낮고, 벽이 아주 두껍고 천장이 나무로 직각으로 만들어져 있어요. 계단도 아주 높아요, 요즘 짓는 건물들이 이렇게 계단을 높게 만들면 규정에 위배되어 벌금을 물어야 해요!"

나는 그 유명한 황금색 건물 마케아메가 라싸에서 비교적 오래된 건축물이냐고 물었다. 비엔바가 웃으며 말했다.

"그건 그냥 관광객들에게 홍보하려는 거예요. 마케아메는 6대 달라이라마가 지은 시에서 비롯된 말이에요."

이렇게 말하더니 그는 그럴듯하게 시를 암송했다.

동쪽 산꼭대기에서

휘영청 밝은 달이 떠오르네

마케아메의 얼굴에

내 마음이 떠오르네

비엔바가 말을 이었다.

"마케아메가 뭔지 궁금하죠? 어떤 사람들은 '젊은 아가씨'라고도 하고 '어머니 같은 연인'이라고도 하는데 이건 다 잘못된 거예요. 본래 뜻은 '아이를 낳지 않은 어머니'라는 뜻이에요. 예전에 아주 권위 있는 티벳족 학자가 쓴 책을 읽은 적이 있는데 6대 달라이라마가 이 시를 쓸 때, 당시의 역사에 따르면 그의 족장들을 의미했을 가능성이 있대요. 이렇게 보는 게 역사적으로도 부합한데요. 어쨌든 본인 이외에 그가 말하려는 사람이 누구인지 함부로 단언하기는 어렵다고 생각해요. 이 시는 도리를 표현하는 시예요. 사랑의 시가 아니라. 하지만 여행서에서는 낭만적으로 소개하는 경향이 있잖아요, 완전히 믿지는 마세요."

우리는 다시 다른 건물로 옮겨 갔고, 비엔바가 설명을 했다.

"여기는 겐듄 쵸펠[15] 집이에요. 이 학자에 대해 들어본 적 있어요? 과거 100년 동안의 티벳 역사에서 가장 중요한 학자일거예요. 그는 몇 년간 인도에서 영어를 배우고, 《청사靑史》[16]를 영어로 번역했죠!"

비엔바가 말했다.

"사실 저도 티벳문화에 대해 별로 아는 게 없어요, 정말 안타까워요."

하지만 그는 걸어다니는 사전처럼 티벳의 옛 이야기와 자신이 어렸을 때의 기억들을 쉴새없이 얘기해주었다.

당슝지진이 있은 지 1년 후에 비엔바의 가족들은 다른 곳으로 이사를 했다. 비엔바가 말했다.

"지난번 지진 후로 우리 엄마가 4층에 사는 게 너무 무섭다고, 이사를 가자고 노래를 하셨어요. 지진이 났을 때 정말 무섭게 흔들렸거든요."

그래서 그들은 신시가지에 있는 2층짜리 빌라로 이사했다. 비엔바의 아버지는 새집의 이곳저곳을 열심히 손봤지만(그도 건축업에 종사한다), 구시가지를 떠날 때 못내 아쉬워했다.

---

[15] 更敦群培(1903~1051), 티벳의 독립과 개혁을 위해 노력한 티벳의 승려.
[16] 15세기 작품. 티벳 전통불교의 전파 역사에 관해 기술한 책이다.

"이곳에서 그래도 50년 넘게 살았는데 떠나려니……."

비엔바의 집이 이사를 하던 날, 이웃들은 그제야 그들이 이사한다는 것을 알았다.

"그래도 나중에 자주 놀러 와요!"

"이사를 간다고요? 아유, 이 집 이사 가면 나도 이사 가야겠네!"

비엔바네 집 전화를 자주 이용하던 한 할머니는 눈물을 흘리며 비엔바 아버지의 손을 꼭 쥐고 말했다.

"에고, 젤로 좋은 이웃이었는데, 에고……, 이제 무슨 재미로 사누!"

비엔바의 가족들은 이웃들에게 무척이나 인심을 얻었다. 그를 알기 전까지만 해도 이웃사람들이 나를 소개할 때 '바람카페, 거기 주인'이라고 했는데 그의 친구가 된 후에는 나를 '비엔바 친구'라고 소개했다.

사실 그들 가족은 몇 킬로미터 정도 떨어진 동쪽 교외로 이사했을 뿐이다. 홍콩에서는 지하철 한 정거장 정도의 거리도 안 되지만 라싸가 그리 넓은 곳이 아니고 명색이 도시이기는 하지만 대중교통이 발달되어 있지 않기 때문에 거리감이 달랐다. 나조차도 비엔바의 새로 이사한 집으로 가는 일이 드물어졌다. 동쪽 교외가 멀게 느껴졌기 때문이다. 비엔바도 동의했다.

"맞아요, 우리 집이 좀 멀긴 하죠."

하지만 그는 여전히 카페에 자주 왔다. 우리가 있는 구시가지가 라싸의 심장부였기 때문이다.

어느 날 비엔바의 집에 놀러 갔을 때, 그가 한 묶음의 오래된 사진들과 직접 그린 설계도를 보여주었다. 그것들을 보다가 나는 문득 한 가지 흥미로운 사실을 발견했다. 비엔바가 어렸을 때 황파오^{노란색의 중국식 두루마기}를 늘 입고 있었는데 멀리서 보면 흡사 어린 부처 같았다!

나는 그에게 물었다.

"왜 어릴 때 늘 황파오를 입고 다녔어? 이런 옷은 스님들만 입을 수 있는 옷이잖아?"

비엔바가 쑥스러운지 머뭇거리며 말했다.

"흠, 어렸을 때 말을 아주 잘 듣는다고, 아버지는 내가…… 그러니까 뭐라고 해야 할지…… 아버지께서는 내가……."

나는 번뜩 스쳐가는 생각에 놀라서 물었다.

"너를 살아 있는 어린 부처인 줄 알았다는 거야?"

비엔바가 큰소리로 웃음을 터뜨리더니 쭈뼛거리며 말했다.

"맞아요! 그래서 아버지께서 나한테 노란색 옷을 입히고 잠도 불당에서 자게 했어요."

얼마 전에 청두에서 라싸에 온 비엔바의 여자친구가 옆에서 듣고 있다가 웃음을 터뜨렸다.

"하, 다 커서 이렇게 말을 안 들을 줄은 상상도 못 하셨겠다!"

비엔바가 어렸을 때 자신이 저질렀던 장난들에 대해 이야기하기 시작했다. 그때의 기억을 떠올리며 무척 신이 나는 듯했다.

"라싸에서는 여름이 되면 아이들이 모두 연날리기 하는 걸 무척 좋아했어요. 지금은 별로 많지 않지만 옛날에는 굉장했어요! 어떤 아이들은 유리 파편을 연줄에 발라서 다른 아이들의 연줄을 끊기도 했어요. 근데 나하고 런칭이(지금까지도 이웃으로 살고 있는 친구이다) 기발한 생각을 해낸 거예요. 화장실에 가서 똥을 퍼서 종이상자에 담아가지고 와서 연줄에다 발랐어요. 그리고는 다른 애들의 연을 공격했어요. 집에 돌아갈 때쯤 애들 손에서 구린내가 코를 찔렀죠!"

비엔바가 다시 말을 이었다.

"사실 나도 런칭을 따라 못된 짓을 한 거예요. 런칭은 정말 못 말리는 애였어요. 옛날에 이웃 중에 성격이 엄청 사나운 남자가 살고 있었는데 어느 날 그 사람이 육포를 말리는 걸 보고는 런칭이 또 똥을 퍼서 그 육포 위에다 뿌려버렸어요. 다행히 발각되진 않았어요!"

이야기는 여기서 끝나지 않았다.

"언젠가 한 번은 정말로 못된 짓을 했어요! 겨우 열 살 정도였을 땐데 낡은 건물을 오르락내리락 하며 놀다가 벽에 금이 가서 구멍이 나 있는 걸 발견했어요! 우리는 손을 집어넣어 분유 한 통을 끄집어냈죠! 그후로 매일 가서 분유를 몇 통이나 꺼내서 왔어요."

내가 순진하게 물었다.

"그렇게 많은 분유를 가져다가 뭐 하려고, 다 마셨어?"

비엔바가 대답했다.

"마시려고 가져온 게 아니고 팔려고 가져왔죠! 분유 한 통에 8위안이었는데 우린 5위안에 팔았어요. 그렇게 번 돈으로 술, 담배를 사 가지고 와서 눈에 안 띄는 곳에 앉아서 마작을 했어요. 근데 나중에 그 구멍이 메워지는 바람에 엄청 실망했죠!"

내가 그 눈에 안 띄는 곳이 어디였느냐고 묻자 비엔바가 말했다.

"골목 끝에 있는 집이었는데 희한하게도 천장에 늘 고드름이 종류석처럼 얼어 있었어요. 날씨가 너무 추워서 물이 떨어지기가 무섭게 얼어버렸던 거죠. 근데 그 고드름이 뭐였는지 아세요? 몇 년이 지나서 그 집으로 가본 적이 있었는데, 그곳이 화장실이었다는 걸 그때서야 알았어요! 그 고드름은 소변이 얼어서 얼음이 된 거였어요. 어휴!"

나는 그에게 분유를 훔치다가 발각이 되었다면 혼이 났을 것 같으냐고 물어보았다. 그가 다시 재미있는 사건 하나가 기억나는 듯이 이야기를 시작했다. 초등학교 때 한번은 교복을 입은 채로 다른 아이들 몇 명과 시장에서 놀고 있었는데, 창고의 입구를 발견하고는 들어가서 콜라 몇 병을 가지고 나오다가 발각이 되었다. 경비아저씨가 아이들을 학교로 데려가서 선생님께 알리겠다고 하자 겁에 질린 아이들이 울기 시작했다. 아이들이 벌을 충분히 받았다고 생각한 경비아저씨는 나중에 다시 다른 사람의 물건에 손을 대면 안 된다고 엄하게 타이르고는 콜라 몇 병을 쥐어서 집으로 돌려보냈다.

티벳 사람들은 아이들에게 무척 관대한 것 같다. 우리 카페 바깥에 있는 작은 골목은 늘 아이들의 놀이터다. 아이들이 아무리 개구쟁이 짓을 해도 심지어 불을 붙인 폭죽을 마당 안에 있는 화장실 안으로 가지고 들어와도 어른들이 나무라는 걸 본 게 한두 번에 불과하다. 그것도 말로 나무라는 게 전부다.

아이들끼리 주먹다짐이 벌어져도 부모들은 기껏해야 아이들을 떨어뜨려 놓을 뿐 길에서 자기 아이를 나무라는 일도 없고 다른 집 아이를 나무라는 일은 더더욱 없다.

티벳에 온 지 얼마 되지 않았을 때, 나는 장난기 많은 아이들을 그냥 내버려두는 부모를 보며 '저 아이들이 자라서 뭐가 되려고 저러나?' 하는 생각을 했었다.

하지만 비엔바를 알게 된 후, 나는 생각이 바뀌었다! 이 아이들이 자라면 비엔바처럼 열심히 공부하고 예의바르게 행동하고, 또 '가장 좋은 이웃'이 되어 줄 젊은이가 될 것이라는 생각을 하게 되었다.

비엔바가 말했다.

"어릴 때 못된 짓이란 못된 짓은 다 해봐서 그런지, 자라서는 안 그런 것 같아요!"

그간에 골목길의 아이들에게 상당히 화가 나 있었던 나는 비엔바로 인해 다시 생각할 수 있게 되었다. 말썽 많고 장난기 넘치는 아이들의 눈에서 비엔바의 모습을 본 것 같아서 화나던 마음이 온데간데없이 사라졌다.

어렸을 때의 나도 문밖의 저 아이들보다 더했으면 더했지 덜하지 않았을 텐데, 우리 어머니는 어떻게 참으셨을까?

바이마 연꽃

비엔바의 여자친구 이름은 '바이마'이다. 바이마는 '연꽃'이라는 뜻이다. 그녀의 부모님은 나취에서 살고 있지만 그녀는 라싸에서 태어나서 도서관에서 일하고 있었다. 비엔바는 바이마 앞에서는 그녀의 티벳어와 영어가 문제가 많다며 잔소리를 했지만 그녀가 없을 때는 "바이마가 무척 열심히 공부해요. 하루 저녁에 영어단어를 몽땅 외워요. 나라면 어림도 없어요!" 하고 칭찬을 했다.

내가 둘이 말다툼한 적이 있느냐고 묻자 비엔바가 웃으며 말했다.

"당연히 있죠, 언젠가 바이마가 어떤 영어단어를 이렇게 읽어야 한다고 했는데 내가 보기에는 발음이 틀렸어요. 근데 안 믿는 거예요."

두 연인의 학구열이 얼마나 대단한지 말다툼도 영어단어 때문에 했다는 말에 웃음이 나왔다.

그들에게는 둔주라는 좋은 친구가 있었다. 그는 여행가이드였다. 티벳에는 둔주^{'성취를 거두다'는 뜻이다}라는 이름을 가진 사람이 셀 수 없이 많았기 때문에 두 사람은 그를 부를 때면 "둔주냥바"라고 불렀다. '미치광이 둔주'라는 뜻이었다.

둔주 자신의 말에 의하면 그는 스페인어, 불어, 이탈리아어, 네팔어, 인도어 심지어 히브리어도 할 수 있고, 부업으로 라모체 사원에서 영어를 가르친다고 했다. 어느 날 그가 "질병이라는 뜻의 영어는 disease야"라고 말했다. (그는 이 단어의 발음기호를 /disí:s/라고 적었지만, 옥스퍼드영어사전에 따르면 /dizí:z/라고 해야 맞다.) 바이마가 옆에 있다가 그의 발음을 바로잡으며 "이 단어는 /dizí:z/야!"라고 말했다.

둔주는 자기가 옳다는 주장을 굽히지 않으며 바이마에게 말했다.

"네 영어는 중국식 영어고, 나는 미국식 생활영어야!"

이것은 사전을 펼쳐보기만 하면 단번에 종료될 논쟁이었지만 그들은 어이없게도 티벳자치구 사회과학원으로 달려가서 런던에서 온 외국어 자문을 찾아갔다. 그가 말했다.

"바이마의 발음이 정확해요."

둔주는 크게 실망하는가 싶더니 갑자기 무슨 생각이 난 듯 말했다.

"그 사람은 남자잖아, 여자를 밝히는 거지. 그래서 바이마 편을 들어준 거야."

처음에 나는 그들이 카페에서 언쟁하는 소리를 듣고 술이 취해서 말다툼을 하는 줄 알았다. 그런데 가만히 들으니 학술논쟁 내지는 철학적인 문제에 관해 이야기하느라, 마치 세라사원에서 경을 읽는 스님들처럼 얼굴이 벌겋게 달아올라 있었다. 어쩌면 경을 읽는 유전자가 티벳인들의 세포 속에 내장되어 있는지도 모른다는 생각이 들었다.

비엔바와 바이마에게 지아추오라는 또 한 명의 친구가 있었는데 마찬가지로 영어문법 문제로 바이마와 논쟁이 벌어졌다. 그가 갑자기 생뚱맞게 이렇게 말했다.

"여자는 날 때부터 남자보다 한 수 아래야!"

바이마가 가만히 있지 않았다.

"여자도 높은 자리에 오를 수 있거든, 독일의 메르켈 총리도 여자고 미국 국무장관 힐러리도 여자야!"

지아추오가 말했다.

"티벳말로 여자를 뭐라고 하는데? '게멘'이라고 불러! 태생이 천하다는 뜻이잖아! 불교에서도 이렇게 말하고……"

옆에 있던 비엔바가 끼어들었다.

"불경에 그렇게 쓰여 있어도 여자가 없으면 어떻게 네가 존재할 수가 있겠냐?"

지아추오가 말했다.

"여자는 아이를 낳아야 해, 고통스럽게. 그러니까 한 수 아래야!"

바이마가 말했다.

"넌 신문도 안 봤니? 지금은 남자도 아이를 낳을 수 있어. 난 아이를 낳을 생각이 없고!"

지아추오가 코웃음을 치며 말했다.

"네가 내 여자친구면 내가 가만 안 뒀어!"

비엔바가 장난스럽게 말했다.

"난 가만둘 건데!"

비엔바와 바이마는 올해 스무 살이다. 그들은 자리가 잡힌 다음에 아이를 낳을 생각이라고 했다.

8월 30일은 바이마의 생일이었다. 우리가 선물을 주자 그녀는 수줍어하면서도 무척 기뻐했다. 비엔바를 안 지는 꽤 되었지만 그가 17대

카르마파 라마인 우기엔 트린리 도르제와 같은 해에 출생했다는 것, 다시 말해서 1985년생이라는 것 외에 그의 생일이 언제인지는 들은 적이 없었다.

비엔바가 말했다.

"난 생일 같은 거 신경 안 써요. 티벳인들은 생일은 축하하지 않아요. 아마 죽음이 삶보다 더 중요하다고 여기기 때문일 거예요."

티벳의 전통문화가 세상에 끼친 가장 큰 공헌 중에 하나가 완전하고도 오묘한 죽음에 관한 이론일 것이다. 라싸에 온 이후, 티벳 사람들의 죽음에 대한 관념들이 줄곧 나의 세계관을 바꿔놓고 있었다.

예전에 소걀 린포체의 《삶과 죽음을 바라보는 티벳의 지혜》라는 책을 읽은 적이 있는데 책에서 이렇게 적었던 것을 기억한다.

"죽을 때 우리는 육체로부터 벗어난다. 이로써 우리는 자신의 수행과 삶의 목표를 실현할 아주 좋은 기회를 얻게 된다. 이미 높은 깨달음의 경지에 오른 스님이라도 입적할 때 비로소 해탈하게 된다. 이를 열반parinirvana이라고 한다. 이것이 티벳에서 전통적으로 스님의 생일을 축하하지 않고 입적—최종적인 깨달음의 시간—을 축하하는 이유이다."

비엔바의 집에 가서 옛날 사진들을 보다가 몇 장의 사진 속에서 한 사람의 머리가 잘려나가고 없는 것을 발견했다. 나는 '싸움'을 했거나 '이별'해서 그렇겠거니 생각했다. 비엔바가 말했다.

"아니에요. 죽었어요. 티벳에서는 사람이 죽으면 그 사람 사진은 안 남겨두는 게 좋다고 생각해요."

사진을 남겨두지 않는 것은 물론이고 이름을 부르는 것도 금기시되었다.

언젠가 우리가 잡담을 하던 중에 비엔바가 무심결에 죽은 친구의 이름을 말하자 옆에 있던 바이마가 소스라치게 놀라며 말했다.

"아유, 그 친구 이름을 말하면 어떻게 해?"

곧이어 두 사람은 여섯 글자 주문을 외우기 시작했다.

"옴마니반메훔, 옴마니반메훔, 옴마니반메훔……."

주문이 끝나자 연신 침을 뱉었다.

내가 왜 죽은 사람의 이름을 말하면 안 되는지 물었다. 바이마가 말했다.

"이런 말이 있어요. 사람이 죽으면 윤회로 향하는 길을 걷게 되는데 사람들이 자신의 이름을 부르는 걸 들을 때마다 뒤를 돌아본대요. 너무 자주 고개를 돌려 돌아보면 앞에 있던 길이 보이지 않게 된대요. 그래서 죽은 사람의 이름을 부르면 안 된대요."

그래서 내가 물었다.

"유명인이 죽으면 뉴스에도 나오고 사람들마다 그의 이름을 입에 올리는데 그럼 윤회를 할 수 없겠네?"

바이마가 잠시 생각하더니 말했다.

"가까운 사람이 이름을 불러야 돌아보지 않을까요?"

내가 다시 물었다.

"파드마 삼바바가 쓴 《티벳 사자의 서》에서는 사람이 죽은 후 49일이 지나면 죽음 중간계로 들어간 후에 환생한다고 말했잖아. 그럼 49일 후에는 죽은 사람의 이름을 부를 수 있지 않나?"

바이마가 말했다.

"이런 전통들은 때론 무슨 종교이론으로도 해석하기 어려울 때가 있어요. 어쨌든 티벳 사람들은 이미 세상을 떠난 가까운 사람을 부를 때는 '죽은 그 사람'이라고 불러요."

내가 다시 물었다.

"모든 티벳 사람들이 죽음을 다들 그렇게 생각하는 거야?"

바이마가 말했다.

"책에는 그렇게 적혀 있지만 만약 내 곁에 있던 사람이 죽으면 난 그 사람의 사진을 남겨둘 거예요. 나도 괴롭겠지만……. 전에 우리 집 고양이 루이지가 죽었을 때도 얼마나 울었다구요."

비엔바가 이어서 말했다.

"맞아요. 얘네 고양이가 죽었을 때 얼마나 슬퍼했는지 몰라요! 죽은 고양이를 라싸강에 가져다가 수장을 치러주었잖아요."

바이마가 말을 가로채듯 받았다.

"라싸강은 물살이 아주 빠르니까, 강물을 오염시키거나 하진 않았겠지?"

비엔바가 말했다.

"아주 오래전에 우리 건축과 교수님의 어머님께서 돌아가셨는데 교수님이 나한테 와서 어머님의 조장鳥葬을 도와 달라고 하는 거예요. 난 어쩐지 무서워서 가기가 싫었어요. 그런데 아버지가 사람은 반드시 한 번은 조장을 봐야 한다고 하셨어요. 이 의식을 보고 나면 인생의 의미를 깨달을 수 있을 거라면서. 마치 꿈을 꾸는 것처럼 순식간에 사라져버렸어요. 아버지의 말씀이 무슨 뜻인지 깨닫고 나서 이생에서의 삶이 소중하다는 것도 알게 되고 좋은 일을 많이 해야 한다는 생각도 하게 되었어요."

바이마와 비엔바는 내가 휴가 때 홍콩에 다녀오거나 외국으로 여행을 갈 생각이라는 말을 들을 때마다 부러운 듯이 말했다.

"정말 부러워요. 바깥 세상도 보고, 여행도 다니고 유학도 가고……. 하지만 우리한텐 너무 힘든 일이에요."

이것은 다른 티벳 친구들에게서도 자주 듣는 말이었다.

나는 늘 그들이 바깥 세상에 대해 무척 호기심을 가지고 있다는 생각이 들었다. 아마 유목민의 유전자가 그들에게 전해지고 있기 때문이기도 하고, 또 밀물처럼 끊임없이 라싸로 들어오는 여행객들에게 호기심을 갖지 않을 수 없기 때문일 것이다.

바이마가 말했다.

"비엔바는 내년에 관광가이드 시험을 보고 영어를 배우고 싶어해요."

그가 말했다.

"그렇게 하고 싶지만 아버지가 내가 관광가이드가 되도록 내버려두지 않을 거예요! 바이마의 아버지도 내가 관광가이드가 되는 걸 원치 않고. 왜냐면 사고가 많이 나거든요. 죽으면 안 된다고."

실제로 비엔바는 아버지의 건축설계사무실에서 일하게 될 것이다. 설계를 하느라 매일 컴퓨터 앞에 앉아서 열 몇 시간씩 설계를 하며 자신의 아버지와 바이마의 아버지가 더없이 안심할 일을 하며 나날을 보낼 것이다. 언젠가 라싸의 신시가지를 걷고 있을 때 비엔바가 한 건물을 가리키며 자랑스레 말했다.

"이 건물 지을 때 나도 설계에 일부분 참여했어요!"

하지만 다시 말했다.

"이런 일은 정말 너무 답답해요."

바이마는 공무원 시험을 치고 언론과 관련된 일을 도전하게 될 것이다. 그녀는 언론의 시각에서 세계를 바라보면 다른 사람들에 비해 더 명확하게 볼 수가 있다고 생각했다. 이 책에서 다소 불안해 보이는 연인들의 이야기들을 적었지만 비엔바와 바이마는 영어 단어 문제로 다투는 것을 제외하면 평탄한 사랑을 이어오고 있었다. 가장 완벽한 한 쌍인 셈이었다.

나의 티벳 누님

ཉི་མ་

그녀의 이름은 주오가

카페 문을 열기 전, 나는 한 티벳족 친구를 개업식에 초대하려고 몇 번이나 전화를 걸었다. 하지만 그녀의 전화는 처음에는 받지를 않더니 나중에는 "지금 거신 번호는 없는 번호입니다"라는 말이 전해왔다.

그녀의 이름은 주오가. 유스호스텔 프런트에서 일을 하고 있었다. 안으로 들어서는 우리를 볼 때마다 그녀는 수줍은 듯 반갑게 우리에게 인사를 건넸다. 그녀의 말투에 배어 있는 쾌활함이 우리 마음까지 물들이며 마치 집으로 돌아온 것 같은 기분을 들게 했다. 나도 매일 "타시텔레!"하고 가장 간단한 티벳어 인사로 화답했다.

주오가는 웃으면서 같이 "타시텔레!" 하고 받았다.

주오가가 물었다.

"티벳어 배워요? 대단해요!"

내가 영어-티벳어 사전을 그녀에게 빌려준 적이 있었는데 그녀가 책을 돌려주면서 말했다.

"나도 영어를 배우고 싶은데 나이가 많아서 배워도 안 돼요!"

사실 그녀는 이제 서른 살이다. 꾸미는 일에 지극정성이어서 머리를 물들이고 헤어스타일도 자주 바꾸고 입술에 루즈도 열심히 발랐다.

며칠 후 유스호스텔에서 일하는 다른 몇몇 종업원들과 프런트 앞에서 잡담을 하고 있는데 화가 잔뜩 난 주인이 눈을 부라리며 종업원들에게 물었다.

"우리가 팔려고 내놓은 물고기 누가 치웠어?"

한 종업원이 주인의 기세에 눌려 움찔거리며 말했다.

"주오가 언니가 가져갔어요. 라싸강에 놓아주려는 것 같았어요."

주오가라는 이름을 듣자 주인은 "아" 하더니 "그렇다면 뭐……" 하고 한풀 꺾였다.

일주일 후 주인이 또 화가 나서 소리를 쳤다.

"이 카드가 이게 뭐야? 누가 쓴 거야?"

금액이 잘못 기재되어 있었던 모양이었다.

화가 난 주인을 본 종업원이 어쩔 줄을 몰라 쩔쩔매다가 말했다.

"주오가 언니가 쓴 거예요."

주인은 주오가의 이름을 듣자 이번에도 "아" 하더니 "그렇다면 뭐……" 하고 말했다. 나는 속으로 주오가가 대단한 사람인가 보다,

야크버터인 쑤요우는 전통적인 쑤요우퉁을 이용해서 만들기도 하고 쑤요우 믹서를 이용해서 만들기도 한다. 티벳 전통의 현대화인 셈이다. 사진은 주오가 쑤요우 믹서를 안고 있는 모습이다.

나. 주오가 그리고 오트가 티벳 전통복장을 입고 가게 앞에 서서 포즈를 취했다. 전통남성복은 300위안, 여성복은 220위안이다.

주인도 주오가를 무서워 하나 보다 생각했다.

한 달 가량이 지난 어느 날 오후, 나와 오트는 가게자리를 알아보러 다니는 일로 지칠 대로 지쳐서 잠시 쉴 요량으로 여관으로 돌아왔다. 그런데 한 무리의 인부들이 안에서 물건을 내던지며 소란을 피우고 있었다. 우리는 깜짝 놀라 밖에 서서 안에서 벌어지는 소동을 보고 있었다. 말인즉슨, 여관주인이 쓰촨에서 온 그 인부들에게 내부수리를 맡겼는데 일하는 게 마음에 들지 않는다며 공사대금의 일부를 지불하지 않았고, 이에 인부들이 아예 때려 부수기로 작정하고 난리를 치고 있었던 것이다.

나와 오트는 주인이 이 소란을 어떻게 해결하는지 보려고 구경하고 있었는데 갑자기 안에서 주오가의 목소리가 들려왔다. 그녀가 서류 하나를 들고 나오더니 소동은 안중에도 없다는 듯이 주인에게 말했다.

"이 서류에 사인해주세요!"

주인이 애써 태연한 척하며 서류에 이름을 적었다. 주오가가 몸을 돌리더니 평상시에 나와 오트에게 인사를 건넬 때 떠오르던 미소는 온데간데없는 냉정한 얼굴로 인부들에게 말했다.

"여기까지 들어와서 뭐하는 거예요?"

인부들은 갑자기 출현한 티벳 여자 앞에서 순간적으로 당황하는 것 같았다. 주오가가 말했다.

"어떤 장사든 상도덕이라는 게 있는데 어디서 이런 행패입니까?"

일꾼들은 벙어리가 된 듯 아무 말도 하지 못했다.

주오가의 목청이 한껏 높아졌다.

"여기는 중국이에요! 중국 법률에 따라 처리하면 되는 거 아닙니까? 어느 법에 남의 장사하는 곳에 쳐들어 와서 난리를 쳐도 된다고 적혀 있습니까? 말 좀 해보세요!"

돈을 내놓으라며 소동을 부리던 인부들이 마치 선생님 앞에 선 초등학생들처럼 말도 못하고 서로 눈치만 보았다. 주오가는 손에 망치를 든 그들을 보고도 꿈쩍도 하지 않았다. 오히려 더 단호한 목소리로 두 눈에 빛을 발하며 말했다.

"내가 다시는 티벳에 발도 못 들여놓도록 만들어볼까요? 못할 것 같아요?"

사람들이 숨을 죽이며 지켜보고 있었다.

결국 다른 사람들은 가고 대표 한 명만 남아서 순순히 주오가의 중재를 받아들였고 주인이 약간의 임금을 더 주는 것으로 마무리되었다.

주오가와 〈바람카페〉의 인연

그로부터 한 달 후 주오가는 여관 일을 그만두었다. 그녀는 바코르 거리에서 작은 점포를 하나 얻어서 장사를 하려고 했다. '바코르'는 조캉사원 외곽을 따라 만들어진 1킬로미터의 길이다. 라싸에는 바코르 외에도 조캉사원 내를 한 바퀴 도는 '낭코르'와 라싸 구시가지를 따라 도는 '링코르', 이렇게 세 개의 '코르'가 주요 순례길을 이루고 있다.

카페 수리가 끝나갈 무렵에 나는 개업식에 초청하려고 주오가에게 계속 전화를 했지만 통화가 되지 않았다. 바코르로 찾아갈까 생각도 했지만 즐비한 작은 노점상들 속에서 그곳을 찾아내기란 말처럼 쉬운 일이 아니었다.

2007년 4월 18일 카페가 정식으로 문을 연 날, 뜻밖에도 주오가가 손에 하다를 들고 찾아왔다.

"가게가 여기였구나!"

내가 놀라며 물었다.

"우리 가게를 어떻게 찾았어요?"

주오가가 웃으며 말했다.

"이 앞을 지나다가 새로 문을 연 찻집이 북적거려서 들어와본 건데 동생들이 하는 가게였어! 저 옆에서 하다를 하나 사오던 길이었는데 장사가 잘되기를 바랄게!"

그녀가 우리 손목에 하다를 둘러주었다. 나와 오트가 앉아서 뭐라도 좀 마시라고 붙잡았지만 그녀는 몇 마디의 덕담을 남기고는 이내 다른 일이 있다며 총총히 나갔다.

나와 오트는 줄곧 종업원을 구하는 일로 골머리를 앓고 있었다. 여

티벳에서는 추석을 쇠지 않지만 음력 8월 15일에 우리는 작은 파티를 했다. 이신과 주오가가 노란색 하다를 우리 목에 걸어 주었다.

름이라 일손을 구하는 게 쉽지 않았다. 그렇다고 속임수라도 당할지 모른다는 생각에 함부로 사람을 쓸 수도 없었다. 설거지, 청소, 칵테일, 식사, 커피 이 모든 일을 우리 두 사람이 감당해야 했기 때문에 몹시 힘이 들었다. 나는 가끔 꾀가 날 때면 손님과 한가하게 얘기를 하면서도 오트에게 짐짓 이렇게 말했다.

"지금 내가 엄청 바쁘거든! 빨리 가서 설거지 좀 해!"

오트는 맨날 '나한테만 그래' 라는 표정으로 고개를 설레설레 흔들고는 들어가서 그릇들이 반질반질하게 윤이 나도록 설거지를 해놓았다.

카페가 문을 연 지 두 달이 지났을 무렵, 주오가가 다시 나타났다. 이번에는 손에 제법 예쁜 손가방을 하나 들고 들어섰다.

"타시텔레!"

그리고는 메뉴를 집어들고 물었다.

"무슨 커피가 맛있는지 모르겠네, 동생이 하나 추천해봐!"

내가 말했다.

"네팔 커피가 괜찮아요!"

그녀가 커피를 한 모금 마시더니 머뭇거리며 말했다.

"차 맛이 정말 독특하네, 마셔본 적이 없어서⋯⋯." (아마 커피를 별로 좋아하지 않는 것 같았다.)

다른 사람들의 안부와 카페에 관해 이런저런 이야기를 하다가 내가 물었다.

"지금도 바코르에서 장사를 하고 있어요?"

그녀가 말했다.

"벌써 다른 사람한테 넘겼어, 하! 지금은 아무 하는 일없이 매일 놀러나 다니고 커피도 마시고 이러고 있어!"

나는 옳다구나 하고 물었다.

"와, 이렇게 하면 어때요, 매일 여기 와서 우릴 도와주면?"

주오가 웃으며 말했다.

"그거 재밌겠다, 좋아! 하지만 난 영어를 할 줄 모르는데 여기 외국인들 많이 오잖아?"

내가 재빨리 대답했다.

"문제없어요, 할 수 있을 거예요! 정말 잘 됐어요!"

일하는 시간과 급여에 관한 얘기들이 순식간에 정리되었다. 너무 순조로워서 주오가 약속을 지키지 않을까 봐 걱정이 될 정도였다.

다음날 아침, 주오가는 예쁜 티벳 전통복 차림으로 시간에 맞춰서 나타났다. 중국어를 못하는 여자를 한 명 대동하고 왔는데, 이름이 바주오라고 했다. 주오가는 커피를 마시지 않았지만 커피메이커를 만지는 법과 베트남 연유 커피 만드는 법을 단번에 배웠다. 그녀가 의아해하며 물었다.

"그냥 이렇게 뽑는다고? 정말로 맛있어?"

단언하건대, 주오가가 뽑은 베트남 연유커피의 맛은 라싸에서 가장 맛있는 커피였다.

내가 웃으며 말했다.

"직접 뽑은 커피를 한번 마셔 봐요, 맛이 어떤지 금방 알 수 있잖아요."

그녀는 몇 방울의 블랙커피를 작은 잔에 떨어뜨려서 단숨에 넘기더니 실눈을 뜨면서 탄성을 질렀다.

"억! 아이고 써!"

나와 오트는 웃음을 터뜨렸고, 바주오는 한 방울조차도 마실 엄두가 나지 않는다는 표정으로 서 있었다.

바주오는 티벳 동부에 있는 캄이라는 곳에서 왔다. 그녀는 손이 재발라서 그릇이며 수저들을 순식간에 반드르르하게 씻어 놓았다. 하지만 그녀는 중국어를 한 마디도 못했고 나의 티벳어도 썩 좋지가 않았기 때문에 대개 몇 번이나 설명을 해주어야 내 말뜻을 알아듣곤 했다.

"바주오, 접시 하나만 갖다 줄래?"

"어!"

몇 차례 손짓 발짓을 거듭하다가 결국 나는 직접 가지러 갔다. 그런데 도무지 모를 일은 오트가 거의 누구도 알아들을 수 없는 중국어로 바주오에게 뭘 가져오라고 말하면 그때마다 신통하게 알아듣는다는 점이었다. 내가 오트에게 말했다.

"네가 하는 중국어가 고향인 캄에서 쓰는 말하고 비슷한가 보다!"

"하!"

오트는 '어이없어 하는' 표정을 지어보이고는 자전거 수리를 계속했다.

하지만 바주오가 임신을 하는 바람에 우리 카페에서 그리 오래 일하지는 않았다. 떠나던 날, 그녀의 남편이 아내를 돌봐줘서 고맙다며

주오가와 그녀의 남편 이신이 포탈라궁을 배경으로 포즈를 취하고 있다. 매일 밤 포탈라궁 남쪽 광장에 있는 음악분수에서 음악이 흘러나온다.

사과 한 자루를 사가지고 왔다.

주오가는 머잖아 또 한 명의 새로운 일손을 찾아왔다. 그녀의 이웃에 사는 여자아이였는데 고등학교를 갓 졸업한 열여덟 살짜리 아이였다. 첫날부터 이미 일하는 데 문제가 많은 것 같았다.

내가 그 아이에게 말했다.

"이 양배추 채 썰어봐!"

아이가 놀라며 말했다.

"채 써는 거 안 해봤어요, 할 줄 몰라요!"

"……."

이틀 후, 나는 채 써는 것도 할 줄 모르는 그 아이를 해고했다.

주오가가 미안해하며 말했다.

"아깡, 나까지 미안하네. 그런 애를 종업원이라고 데려와서. 내가 얼른 다른 사람을 찾아볼게."

몇 차례 우여곡절을 거쳐 여러 사람을 써보다가 두 달 후 마침내 4명의 파트타임과 주오가를 합쳐서 5명의 팀이 만들어졌다. 이때서야 나와 오트는 처음으로 주인 노릇하는 재미를 누렸다. 간단히 한마디로 표현하자면, 강한 중독성이었다!

아침에 일어나서 카페로 나가 자리에 앉으면 주오가가 베트남식 카페라떼를 만들어서 갖다 주었다. 잠시 후 종업원 중에 한 명이 볶음면, 오트밀, 짬파(볶은 보리를 빻은 가루인데 티벳 사람들의 주식이다)

같은 음식을 아침식사로 만들어주었다. 또 다른 종업원은 우리를 대신해서 노트북의 전원을 연결해주었다. 밥을 다 먹고 나서 엉덩이를 털고 잠시 나갔다 오면 모든 것이 말끔히 정리되어 있었다.

주오가 나와 오트가 며칠 동안 옷을 갈아입지 않고 있는 것을 알아챘는지 갑자기 물었다.

"동생들은 옷 안 빨아도 돼?"

내가 대답했다.

"여관에 세탁기가 있기는 한데 빨래를 하는 게 귀찮아서 며칠 더 입고 빨 거예요."

주오가 당연한 듯이 말했다.

"그럴 필요 없어, 애들한테 빨아달라고 해!"

내가 게으르기는 하지만 '카페 종업원에게 빨래를 시키는' 새롭고 독특한 생각을 해본 적은 한 번도 없었다! 나는 납득이 안 가서 물었다.

"애들한테 빨래를 시키는 건……, 좀 그래요!"

주오가 되물었다.

"응? 홍콩에서는 일하는 사람이 주인 빨래를 안 해주는 모양이지? 티벳에서는 이런 일이 보통인데 거의 모든 가게들이 그럴걸, 이상해? 홍콩은 안 그래? 대신 양말하고 속옷은 직접 빨아. 그런 거 빨라고 하면 싫어하거든."

그날부터 청소는 물론이고 빨래도 내가 할 필요가 없어졌다! 나는 뛸 듯이 좋았다. 낯이 익은 손님들은 내가 하루 종일 꼼짝도 하지 않고 앉아서 입으로 이런저런 지시를 하는 것을 보고 한마디 했다.

"그러다 뚱보 된다! 뚱뚱보!"

나는 득의양양하게 오트의 득도한 말투를 흉내내며 말했다.

"살찔 거면 찌라죠, 움직여도 찌려면 쪄요."

이리하여 나는 5킬로그램이 늘었고 반면에 오트는 매일 자전거를 탄 덕분에 원숭이처럼 점점 살이 빠졌다. 내가 농담처럼 그에게 말했다.

"널 보니 진화론이 틀린 말이 아닌 것 같아!"

사실 나도 나름대로 운동을 했다. 그중에 제일 좋아하는 운동이 오트, 주오가와 함께 시장으로 장보러 가는 일이었다. 라싸에서 가장 오래된 시장인 총싸이캉 시장이 우리 카페에서 걸어서 10분 거리에 있다.

총싸이캉 시장에서 필요한 물건들을 사는데도 온갖 말들이 오고갔다. 돼지고기 한 근에 얼마인지, 양배추 한 통이 얼마인지 물어보는 중간중간에 우리가 어디서 왔는지, 카페가 어디 있는지, 종업원들이 어떤지 하는 말들이 섞여서 오고갔다.

주오가가 삼겹살을 가리키며 물었다.

"아저씨, 이거 한 근에 얼마예요?"

주인이 8위안이라고 대답했다.

주오가가 말했다.

"에이, 우린 베이징동로에서 카페를 하거든요. 이번에 여기 장보러 온 건데 다음부터 매일 장보러 올 테니 좀 싸게 해줘요!"

주인이 듣고는 고개를 끄덕이며 7.5위안이라고 말했다.

식용유를 사려고 들여다보고 서 있으니까 티벳 아주머니가 나와 오트를 보고는 어디서 왔느냐고 물었다. 주오가 곧바로 티벳어로 대답했다.

"홍콩 사람……, 태국 사람……, 자전거……, 라싸……, 몇 년 전에……."

나는 중요한 단어 몇 개밖에 알아듣지 못했지만 그녀들이 하는 대화의 내용을 짐작할 수 있었다.

티벳 아주머니가 연신 고개를 끄덕이더니 대뜸 주오가에게 물었다.

"그럼 아줌마는 저 양반 마누라요?"

주오가가 버럭 소리를 쳤다.

"아이구, 아니에요! 우리 동생이에요!"

사실 주오가는 벌써 결혼해서 초등학교에 다니는 아이가 하나 있었다. 사람들이 나와 주오가의 관계를 물으면 주오가는 오해를 피하기 위해 내가 동생이라거나 혹은 남편 친구라고 대답했다.

그때부터 나는 주오가를 "아카"라고 부르기 시작했는데 '누나'라는 뜻의 티벳말이었다. 인과응보와 전생을 믿는 주오가가 어느 날 이런 말을 했다.

"나하고 두 동생들은 참 인연이 있는 것 같아. 홍콩하고 태국의 큰

쇼뚠 축제, 목욕절, 연등절 같은 명절이
되면, 주오가는 우리를 집으로 초대하
여 한상 가득 음식을 차려주었다(오른쪽
위). 주오가가 카페에서 일을 도와주면
서 카페 운영이 제자리를 잡았다(왼쪽
위). 주오가가 만들어주는 베트남 연유
커피는 아마 라싸에서 가장 맛있는 베
트남 커피일 것이다(오른쪽 아래).

도시에서 라싸까지 와서 가게를 하는 것도 그렇고, 개업을 하던 날 내
가 아무 것도 모르고 들른 가게가 동생들 가게였던 것도 그렇고, 지금
이렇게 같이 일하는 것도 그렇고. 두 사람은 믿을지 안 믿을지 모르겠

지만 우리가 아마 전생에 잘 아는 사이였을 거야. 어쩌면 내가 친누나였는지도 모르지.”

나는 이런 종교적 이론이나 관념에 대해 잘 모르지만 그녀가 이렇게 말할 때 진심이라는 것은 알고 있었다. 그것으로 충분했다.

〈바람카페〉의 수호자

어느 날 나와 주오가 예전에 여관에서 일할 때 혼자 쓰촨 일꾼들의 소동을 해결했던 사건에 대해 이야기하고 있었다.

“그때 누나가 ‘내가 다시는 티벳에 발도 못 들여놓도록 만들어볼까요? 못할 것 같아요?’ 라고 하니까 그 사람들 완전 얼었잖아! 하!”

“누가 나한테 그렇게 하라고 가르쳐줬는지 모르지?”

내가 모른다고 하자 그녀가 웃으며 말했다.

“남편 이신이 가르쳐줬어!”

이신은 주오가 남편의 이름이다. ‘자비’ 라는 뜻으로 티벳족 사이에서 흔한 이름이었기 때문에 주오가는 다른 사람과 혼돈되지 않도록 늘 그를 부를 때 “남편 이신”이라고 불렀다.

남편 이신은 캄 지방 출신의 티벳족인데 암도 지방과 아주 가까운 곳이다. ‘캄 사나이’ 라는 말이 있을 정도로 캄 지방의 남자들은 티벳족 사이에서 용맹하고 남자답기로 유명하다. 이에 비해 암도 지방은

문화가 발달한 곳으로 티벳 불교의 한 종파인 겔룩파가 이곳에서 시작되었다. 티벳 영웅서사시 〈게싸르 대왕 전기〉도 암도와 캄 일대에서 탄생했다. 이외에도 이 지역에서는 추앙받는 활불活佛들이 많이 태어났다.

주오가의 남편 이신은 위에서 말한 두 지역의 특징을 모두 가지고 있었다. 주오가의 말에 따르면 이신은 다른 사람과 언쟁이 벌어지면 얼굴이 벌겋게 달아올라서 금방이라도 주먹을 날릴 기세로 덤비는 바람에 그녀를 질겁하게 만든다고 했다. 하지만 우리 카페에 찾아오는 그는 웃음이 얼굴에서 떠나지 않는 상냥한 사람이다. 한 번은 주오가가 남편에게 농담처럼 말했다.

"새 남편을 찾아볼 거야, 당신은 이제 몰라!"

이신은 마치 아이처럼 큰소리로 웃었다. 불처럼 화를 내는 모습을 상상하기 어려울 만큼 꾸밈없이 웃었다.

이신은 예전에 베이징 티벳학연구소에서 티벳어 연구에 참여한 적이 있었다.

내가 그에게 물었다.

"무슨 연구소예요?"

그가 멋쩍게 웃으며 조심스럽게 말했다.

"그리 큰 연구소도 아니에요, 그냥 베이징에 있다는 것뿐이에요."

하지만 다른 사람들의 입을 통해 알게 된 바에 따르면 티벳 연구 분야에서 그곳은 베이징에서 가장 큰 연구소일 뿐 아니라 세계에서 첫

함께 사진을 찍다가 주오가 느닷없이 엄지와 약지는 구부리고 나머지 세 손가락을 세워 보
이며 말했다. "나 괜찮아?"(위) 독실한 불교도인 주오가는 매일 집에서 향을 피우고 불공을 드
린다(아래).

손가락에 꼽히는 연구소였다.

내가 티벳어를 공부하다가 그에게 티벳어 자모의 배열에 관해 물은 적이 있었다. 그는 그 자리에서 티벳어 고전의 규칙에 따라 일부 특정한 동사와 접속사의 특수한 변화에 관해 설명해주었다. 설명을 마치자 그가 겸연쩍게 웃으며 말했다.

"사실 제가 하는 라싸 사투리도 아주 정확한 건 아니에요. 집에서는 다들 암도 사투리를 쓰고 학교에서는 고전 티벳어를 배워서……."

티벳에는 여러 종류의 사투리들이 있는데 표준어는 라싸 사투리이다. 하지만 암도 사투리와 캄 사투리도 매우 중요한 위치를 차지하고 있다. 지역마다 사투리가 있으면서 공통의 글자를 쓰는 상황이 중국어에 베이징 사투리, 마카오 사투리 등이 있는 것과 비슷하다. 고전 티벳어는 티벳 지역에서 매우 전문적인 학문으로 기원후 9세기 개혁 시기의 전통을 계승한 것이다.

카페를 시작한 후 심각한 경영상의 문제가 하나 생겼다. 손님이 들어와서 아무 것도 먹거나 마시지 않고 자리만 차지하는 것이었다. 한 손님이 국수를 들고 들어와서 앉기에 내가 무엇을 마시겠느냐고 물었다. 그러자 그가 손에 든 국수를 가리키며 말했다.

"지금은 마시고 싶지 않아요. 다 먹고 나면 갈 거예요!"라고 말했다. 어떤 손님들은 음료수 가격이 비싸다면서 나가더니 커다란 콜라 한 병을 사가지고 와서 네 명이 앉아서 마셨다. 다섯 사람이 들어와서 물 다섯 잔을 마시며(당시에 물은 무료였다) 한 시간 넘게 앉아 있다가 나가면서 고맙다는 말조차 하지 않는 경우도 있었다. 어떤 때는 아침에 들어와서 물 한 잔을 주문해놓고(후에 물 한 잔에 6위안을 받았다) 8시간 동안 인터넷을 하더니 "중국 어디에 물 한 잔 주면서 돈을 받는 곳이 있어?"라고 말하고는 나가버렸다.

나와 오트는 이런 상황이 벌어질 줄은 생각지도 못했기 때문에 속으로는 몹시 불편했지만 그렇다고 손님에게 뭐라고 말할 수도 없었다. 주오가가 가게 일을 도와주기 시작하면서 모든 것이 순식간에 바뀌었다. 내가 그녀에게 이렇게 '먹지도 마시지도 않는' 문제를 털어놓자 그녀가 말했다.

"아깡, 중국 내지에서나 홍콩에서는 이런 일이 많은지 모르겠지만 우리 티벳에서는 가게에 들어와서 그냥 있다가 가는 일은 없어. 남의 장사하는 집에 와서 그렇게 자리만 차지하고 있는 건 제 잇속만 챙기려는 거지. 불경에도 그건 자기한테도 좋은 일이 아니라고 나와 있어. 그저 남의 덕만 보면 나중에 다 갚아야 한다고 했어."

나는 그녀의 말을 듣다가 그제야 생각이 났다. 들어와서 아무 것도 주문하지 않은 채 앉아 있었던 손님들 중에 티벳 사람은 한 명도 없었다. 티벳족 손님은 들어오면 학생조차도 최소한 가장 저렴한 음료수한 잔이라도 주문을 했다.

주오가에게는 독특한 기질과 매력이 있었다. 말투가 부드러우면서도 단호해서 설령 강압적인 요구라도 듣는 사람이 거절하지 못하게 하고 그렇다고 반감이 들게 하지도 않았다.

우리 가게의 와이파이 무선인터넷을 몹시 탐낸 한국인 손님이 있었다. 아침 8시에 들어와서 커피 한 잔을 주문하고 컴퓨터 전원을 꽂았다. 3시간 후 주오가 그 손님이 전기를 너무 많이 쓴다는 생각이 들었든지 메뉴를 가져가더니 "손님, 오래 앉아 계셨는데 시장하시죠?" 하고 물었다. 그가 미안해 하며 세트메뉴를 주문한 후, 다시 5시간 동안 인터넷을 했다. 오후 4시에 내가 밖에서 들어왔을 때 주오가 다시 메뉴를 들고 그 한국 손님에게 다가갔다.

"저, 손님, 컴퓨터 화면만 쳐다보며 게임을 하셔서 목이 마르시죠? 커피 한 잔 하실래요?"

한국인 손님이 웃으면서 다시 커피를 한 잔 주문했다.

어찌 보면 손님에게 강매하는 것처럼 보일 수도 있겠지만 그 한국인 손님이 나가기 전에 웃으며 말했다.

"사장님, 훌륭한 종업원을 두셨어요, 아주 일을 잘 하네요!"

그리고 한 달 후 라싸에서 일하고 있던 그 한국인은 거의 매일 우리 카페에 왔다. 주오가 나중에 내게 이렇게 말했다.

"나도 억지로 주문하게 만들려고 한 건 아니었는데 그 사람이 인터넷을 얼마나 오래 하든지, 컴퓨터를 그렇게 쓰면 전기료가 얼마야 하는 생각이 들잖아! 동생이 손해 볼까 봐 걱정이 되더라구!"

사실 손해를 볼 리는 없었지만 주오는 늘 카페에 가장 이로운 쪽을 우선 생각했다.

어느 날 주오가가 내게 물었다.

"아깡, 그 베트남 커피 기계 구하기 어려워? 손님한테 팔아도 되는지 모르겠네?"

내가 말했다.

"그 기계는 베트남에서 우편으로 부쳐온 거예요. 손님한테 파는 건 아니에요."

며칠 후 주오가가 말했다.

"오늘 베트남 커피 기계 하나를 팔았어!"

내가 며칠 전에 파는 게 아니라고 말했는데 왜 그랬는지 순간 이해가 되지 않았다. 그녀가 말했다.

"오늘 손님이 왔는데 돈이 좀 있어보였어. 무슨 기관에서 일한다나, 근데 우리 베트남 연유커피를 너무 좋아한다며 무슨 일이 있어도 가져가서 자기 마누라한테 보여주고 싶다는 거야. 내가 처음에는 파는 거 아니라고 했지. 근데 그 사람이 100위안을 내놓잖아. 계속 거절하면 그 사람이 화가 나서 나중에 다시 안 올까 봐 걱정도 되고 해서 하자는 대로 했어. 내 생각에 이 기계가 아무리 비싸도 100위안까지는 안 할 것 같아서, 그래도 손해는 안 봤겠지."

사실 그 기계는 10위안 정도밖에 하지 않았다. 상대가 기어코 사겠다고 하고 또 손해를 보는 것도 아니라면 약간의 융통성을 발휘할 줄도 알아야 하는 법.

자기 가게를 하게 되면 무엇보다 걱정되는 일이 종업원들이 말을 듣지 않는 것이다. 반대로 너무 말을 잘 들어서 시키는 대로 하는 것도 마찬가지로 골치 아픈 일이다. 나는 주오가가 전에 여관에서 일할 때 여관주인이 그토록 그녀를 신뢰했던 이유를 알 수 있을 것 같았다. 어쩐지 그녀가 존경스럽다는 생각마저 들었다.

그녀의 아들 누오부는 초등학교 6학년이다. 눈이 크고 아버지를 닮았다. 내가 누오부에게 장난스럽게 물었다.

"너 여자친구 없니?"

아이가 바닥을 바라보며 부끄러워했다. 12월 겨울방학이 되자 누오부가 집에서만 있기가 무료해지면 가끔 어른들한테 말도 안 하고 카페로 찾아왔다. 누오부가 들어서면서 커다랗고 귀여운 목소리로 우리를 불렀다.

"아깡 삼촌, 오트 삼촌!"

주오가가 카페로 들어서는 아들을 보자 대뜸 핀잔을 주었다.

"얘가 아예 출근을 하는구나, 맘대로 오면 안 된다고 그랬잖아!"

누오부가 도움을 청하는 눈으로 나를 쳐다보았다. 나는 아이의 마음을 알아채고 넌지시 거들고 나섰다.

"괜찮아요, 여기 앉아서 숙제하면 되잖아요."

주오가가 말했다.

"애들은 가르쳐야 해, 규칙을 알도록 해줘야 해."

그렇게 말하며 그녀는 뜬금없이 메뉴를 가져다 누오부에게 보여주며 말했다.

"자, 꼬마야, 주문해야지!"

나는 그녀가 장난을 친다고 생각하며 말했다.

"삼촌이 누오부한테 레몬주스 쏜다."

주오가 고개를 돌려 아들을 보며 진지하게 말했다.

"자, 손님, 그럼 레몬주스로 하죠!"

종업원이 음료수를 갖다 주었고 30분 후 누오부가 일어나면서 정말로 15위안을 테이블에 올려다 놓았다. 내가 놀라서 얼른 돈을 아이에게 쥐어주었다. 주오가가 티벳어로 뭐라고 말하자 누오부가 혀를 쏙 내밀고는 돈을 도로 내려놓으며 말했다.

"아깡 삼촌, 갈게요! 오트 삼촌 안녕히 계세요!"

그리고는 이내 가버렸다.

주오가가 여전히 같은 말을 되뇌었다.

"애들은 가르쳐야 해, 매번 올 때마다 주문을 안 하면 주문을 하게 해서 규칙을 알도록 해줘야 해."

이렇게 하여 누오부는 우리 가게에서 가장 나이어린 손님이 되었다. 그후 누오부가 왔을 때 나는 주오가 몰래 카페의 진열대 위에 놓여있던 장난감들을 주었다. 이튿날 주오가가 오더니 물었다.

"그 장난감들 동생이 준 거야?"

내가 그렇다고 하자 주오가가 말했다.

"아……, 난 어제 걔가 맘대로 가게에 있는 물건을 가져온 줄 알고 혼을 냈거든! 애가 울면서 아깡 삼촌이 준 거라고 했어. 내 생각에도 누오부가 그렇게 물건을 훔치는 간 큰 짓을 할 리는 없다 싶었어."

어느 달 초순 주오가와 다른 종업원들에게 월급을 주었을 때였다. 며칠이 지나서 주오가가 웃으며 말했다.

"내가 월급으로 뭘 샀는지 알아? 하! 남편 이신이 만약 아깡이 이 사실을 알면 틀림없이 뭐라고 할 거랬어!"

그러더니 그녀가 알 듯 말 듯 한 어투로 말했다.

"내가…… 얼음공주를 샀거든."

얼음공주는 화장품 브랜드였다. 나는 납득이 안 가서 물었다.

"누나가 얼음공주를 샀는데 왜 내가 누나한테 뭐라고 할 거란 거예요?"

주오가는 마치 과자를 몰래 꺼내 먹은 아이처럼 머쓱한 표정으로 말했다.

"헤헤, 사실 그게 좀 비싸. 1,700위안!"

아무리 그녀가 자기 돈으로 산 것이라 해도 나는 소리를 버럭 질렀다.

"뭐라구요? 1,700위안? 뭐가 그렇게 비싸요!"

주오가는 얼음공주 마케팅 책임자가 되기라도 하는 것처럼 구구절절 설명을 했다.

"이 화장품은 효과가 정말 많아, 미백도 되지, 보습은 물론이고, 자외선 차단, 피부보양, 윤기……, 1,700위안 일시불로 내면 피부마사지도 받을 수 있어."

그 말에 내가 아무 반응이 없자 그녀가 갑자기 이미 충분히 희고 볼그레한 자신의 두 볼을 가리키며 변명하듯 말했다.

"여기저기 반점도 눈에 띄고, 이걸 써줘야 해!"

그후 나는 주오가의 피부 변화에 별 관심을 두지 않았다. 하지만 그녀는 며칠 후 그 화장품전문점에 가서 피부마사지를 받고 돌아올 때마다 내게 물었다.

"아깡, 내 피부가 좀 좋아진 것 같지 않아?"

뭐가 좋아진 것인지 살펴봐도 알 리 없는 나는 건성으로 대답했다.

한 달이 지난 후 그녀가 말했다.

"그 화장품 전문점에만 가면 나한테 이걸 사라 저걸 사라며 성가시게 해. 내 얼굴에 문제가 있다나, 지난번에는 450위안이나 주고 또 하나 샀잖아. 정말! 그렇다고 효과가 딱히 있는 것 같지도 않고……."

이신은 옆에서 듣고 있으면서도 마치 일찌감치 그럴 줄 알았다는 얼굴로 웃기만 했다. 사실 이신과 주오가는 선향線香 공장을 하고 있었기 때문에 경제적으로 별 어려움이 없었다. 그렇기는 하지만 그들이 돈을 쓰는 걸 보면 이해가 안 될 때가 있었다. 1천 위안이나 주고 호주산 카우보이모자를 사고, 닷새간 청두에서 노는 데 8천 위안이 넘는 비용을 쓰고, 자주 휴대전화가 바뀌는가 하면(아마 모두 버렸을 것이다), 사원에 몇 천 위안씩 시주를 하기도 했다. 죽을 때 돈을 가지고 갈 것도 아니고 누리며 살고, 누리며 살되 공덕을 쌓고 사는 것, 어쩌면 이것이 돈을 은행에 쌓아두기만 하는 것보다 나은지도 모르겠다.

어느 날 주오가 아침에 전화를 했다.

"아깡, 오늘 아침에 두 시간 늦게 출근해도 될까?"

나는 괜찮다고 말했지만, 사실 나는 그녀를 종업원이라고 생각해본 적이 없었다. 그녀가 종업원들 관리만 잘해준다면 몇 시에 출근하든 나는 개의치 않았다.

오후 1시에 그녀가 와서 늦은 이유를 설명했다.

"우리 친척집 딸이 실종이 됐는데 신고를 했는데도 아직 못 찾았어. 그래서 오늘 아침에 활불活佛께 그 애가 어디 있는지 물어보러가느라 고……, 활불께서 지금 몇 시냐고 묻더니 세 시간 후에 우리 친척 딸 이 라싸의 동북쪽에서 전화를 걸어올 거라고 했어."

그러더니 미심쩍은 표정으로 말했다.

"사실 맞을지 안 맞을지는 몰라, 어쨌든 세 시간 후에 전화벨이 울 릴지 아닐지 기다려 봐야지."

오후 4시, 세 시간이 막 지났을 무렵, 신기하게도 주오가의 휴대전 화가 울렸다. 그녀가 티벳어로 급하게 무슨 말인가를 하더니 전화를 끊었다.

"그 애가 정말로 전화를 걸었대, 다른 말은 하지 않고 잘 있다 고……."

주오가가 갑자기 내게 물었다.

"0979가 어디 지역번호지?"

컴퓨터로 알아보니까 거얼무였다. 칭하이성青 거얼무. 라싸의 동북쪽에 있는 곳이었다.

며칠 후 주오가가 다시 활불에게 가서 점을 봐야 한다며 두 시간 늦을 것 같다고 했다. 그 활불의 말이 그 아이는 아무 일 없이 잘 지내고 있으며 어떤 남자하고 같이 있는데, 세 사람이 같이 있다고 보는 게 옳을 것이라 말했다고 했다.

후에 주오가는 그 친척으로부터 딸을 찾았다는 전화를 받았다. 거얼무에서 잘 지내고 있으며 정말로 임신을 했다고 했다.

12월은 본래 계절적으로 티벳 여행비수기지만 라싸에 장기 체류하는 외국인들의 입소문에 힘입어 카페에 손님이 적지 않았다. 이 시기에 우리 카페에는 4명의 종업원과 주오가, 나, 오트 이렇게 7명이 있었다. 어느 날 주오가가 내게 말했다.

"아깡, 그거 알아? 밖에서 사람들이 여기서 무슨 장사를 하는데 종업원이 그렇게 많으냐고들 묻고, 주인이 홍콩 정부한테 돈을 받고 여기서 장사를 하는 거 아니냐고 수상쩍게 봐."

나와 주오가는 그 이웃들의 무지에서 나온 '확신'에 웃음을 터뜨렸다.

"홍콩 정부가 나한테 카페 하라고 돈을 주는 거면 몇 개 더 열어도 되겠네! 하하!"

며칠 후 주오가가 몸이 아파서 나오지 못했다. 이틀이나 휴가를 낸 것이 이상하다고 생각하면서도 처음에 나는 별일 아니거니 생각했다.

이틀째 출근을 하지 못하던 날, 나는 걱정이 되어 그녀의 집으로 달려 갔다. 이신이 문을 열어주었다. 주오가는 힘없이 창백한 얼굴로 침대 에 누워 있었다. 나를 보자 "미안해, 이틀이나 출근을 못해서⋯⋯" 하 고 말하더니 고개를 돌려 남편에게 티엔차를 좀 만들어오라고 했다. 내가 차를 마시러 온 게 아니라고 만류하며 이신에게 물었다.

"병원에 갔었어요? 뭐라고 해요?"

이신이 말했다.

"급성맹장염이래요."

내가 놀라서 물었다.

"그럼 언제 수술이 잡혔어요?"

급성맹장염이라면 신속히 수술만 한다면 그리 복잡한 문제가 아니 었다.

하지만 이신이 난색을 띠며 말했다.

"수술을 할 수가 없답니다⋯⋯."

나는 순간 다른 병이 있는가 하는 생각이 들었지만 계속 이신의 말 을 들었다.

"원래는 의사가 오늘 수술하자고 했는데 이 사람이 큰스님께 전화 를 걸었어요. 여쭤보려고요."

말인즉슨, 큰스님이 수술을 하면 안 된다고 했고 그래서 수술을 할 수 없다는 것이었다.

나는 '스님 말 한 마디에 정말로 맹장염 수술을 안 하는 사람이 어디 있어?' 하는 생각이 들어서 멍하게 앉아 있었다.

당시에 타이완에서 여행 온 의사 선생님이 한 분 같이 있었는데 그분 말이 급성맹장염을 48시간 이내에 수술하지 않으면 맹장이 터져서 복막염을 일으키거나 심지어 패혈증을 가져와서 생명이 위험해질 수도 있다고 했다.

이신은 불안해서 어쩔 줄 몰라 했다. 나는 주오가의 마음을 헤아리려고 애쓰며 이신에게 물었다.

"그럼 장소를 바꾸면, 예를 들어 청두로 가서 수술을 하면 좀 낫지 않을까요? 큰스님께 청두에 가면 어떨지 여쭤보면요?"

나는 잠시 머뭇거리다가 말을 계속했다.

"이런 때에 과학을 믿어보는 게……, 건강해진 다음에 불공을 드리면, 그러면 되잖아요?"

나는 주오가의 큰스님을 모욕하는 말이 될까 봐 최대한 조심스럽게 말했다.

이신이 말했다.

"나도 생각 안 해본 건 아닌데…… 그럼 어떻게 하면 되죠? 다른 스님께 전화를 해볼까요?"

주오가가 침대에 누워서 안간힘을 쓰며 말했다.

"말하는 것도 힘들어, 아파 죽겠어요, 말하는 것도 힘들어요!"

이신이 놀라서 허둥대며 뜨거운 물수건을 가져다가 아내의 얼굴을 닦아주었다. 그리고 큰스님에게 다시 전화를 걸었다. 이번에 큰 스님은 다소 성가셔하며 심각한 어조로 말했다.

"만약에 수술을 하고 살아서 수술실을 나오면 그건 내 말이 영험하지 못하다는 것이 되니 이후에는 나를 다시 찾을 필요가 없겠지요."

이 말을 듣자 주오가 결심한 듯 우리에게 말했다.

"됐어요, 난 수술 안 해요."

그리고는 링거액을 꽂은 채 약을 먹고는 잠자 듯이 누워 있었다. 입에서는 연신 고통스러운 신음소리가 흘러나왔다. 옆에 앉아서 듣고 있으려니 오한이 느껴졌다. 하지만 어쩔 도리가 없어서 나는 한참 그렇게 앉아 있다가 일어섰다.

카페로 돌아오자 나는 타이완 의사 선생님에게 물었다.

"만약 수술을 안 하면 가장 괜찮은 경우는 어떻게 됩니까?"

의사 선생님이 잠시 생각하다가 말했다.

"가장 이상적인 상황은 고름이 몸 안에서 그대로 작은 덩어리로 굳어지는 것인데 이렇게 되면 건강에 큰 영향은 없습니다."

나는 그에게 그럴 가능성이 몇 퍼센트나 되느냐고 물었다. 그가 체념한 듯 말했다.

"사실 저도 이런 상황을 본 적이 없습니다. 일반적으로 타이완에서는 맹장염이 발생하면 곧바로 잘라내기 때문에 고름집으로 굳어지거나 복막염으로 발전할 가능성을 아예 제거해 버리니까요."

사흘이 지난 후 이신으로부터 들려온 소식에 따르면 주오가의 상황이 좋아졌다 나빠졌다 하는 바람에 통증으로 힘들어 할 때도 있고 그

카페에서 일할 때 입는 옷. 가장 평범하고 가장 티벳적인 복장이다. 안에 받쳐 입는 셔츠, 치마, 앞치마 세 가지로 되어 있다.

나마 편안해 할 때도 있다고 했다. 하지만 내가 주오가에게 상태가 어떤지 물어보면 그녀는 늘 "많이 좋아졌어!"라고만 말했다. 큰스님 말만 듣고 수술을 안 한다고 내가 뭐라고 할까 봐 그러는 건지 알 수가 없었다.

일이 터진 후 일주일째 되던 날, 주오가가 예고도 없이 출근을 했다. 나는 그녀가 누워 있어야 할 상황에 출근을 한 것에 놀라서 물었다.

"집에 있지 않고 왜 나왔어요?"

그녀는 아랑곳없이 몸을 움직여 보이며 대답했다.

"이제 괜찮아!"

괜찮다고? 어떻게 괜찮을 수가 있지? 내가 물었다.

"맹장염이 괜찮아졌다고요? 수술을 했어요?"

주오가가 웃으며 말했다.

"아니, 큰스님이 나한테 수술하지 말라고 했잖아!"

그러면서 조심스럽게 말했다.

"아깡, 믿지 못하겠지만 오늘 아침에 병원에 가서 엑스레이를 찍어 봤거든. 그 의사 선생도 깜짝 놀라서 '어, 괜찮아졌네요. 고름이 작은 덩어리가 되었어요! 수술할 필요가 없겠는데요, 됐어요!' 이렇게 말했어."

믿어야 할지 말아야 할지?

나는 주오가의 맹장염이 그렇게 해결되고 건강을 회복했다는 말이 줄곧 믿기지 않았지만 그녀는 여느 때처럼 매일 출근했다. 한 번은 그녀가 남편 이신 몰래 고춧가루를 넣어 볶은 매운 감자볶음 한 그릇을 다 먹어치웠다. 내가 "아니, 아직 아프잖아요, 그렇게 매운 걸 먹으면 어떻게 해요?" 하고 말하자 그녀가 나쁜 짓 하다가 들킨 아이처럼 웃었다.

"조금 먹는 건 괜찮아."

그후 그녀는 정말로 아무 일 없이 평상시처럼 일을 했다.

다시 한 달이 지난 후 나와 오트가 구정설을 지내기 위해 홍콩으로 돌아갈 준비를 하고 있었다.

우리는 이미 열흘 전인 1월 30일에 기차표를 예약해두었다. 라싸에서 광조우로 가는 침대칸 열차, 923위안.

그해 설날의 가장 큰 뉴스는 '설맞이 대이동'이 아닌 50년 만에 내린 최악의 폭설이었다. 정부 발표에 따르면 이 폭설로 인해 21개 성이 피해를 입었고, 재해민이 1억 명, 경제적 손실이 1,516억 위안이 넘었다.

출발하기 전부터 나는 라싸의 TV방송, 라디오와 신문을 눈여겨보았지만 폭설이 티벳에까지 영향을 미쳤다는 보도는 없었다. 아침 10시에 출발하는 기차였는데 우리의 생리시계는 카페 때문에 새벽 5, 6시가 넘어야 잠이 오도록 맞춰져 있었다. 기왕에 아침에 기차를 타야 하는 거라면 아예 밤을 새우고 기차에서 잠을 자는 게 나을 듯했다. 나와 오트는 자신 있게 배낭을 메고 아침 일찍 기차역으로 나갔다. 그러데 기차역 대합실에 사람은 그림자도 없고 공고문 한 장이 달랑 나 붙어 있었다. 광조우에서 라싸로 오는 기차가 50시간 늦게 도착한다 는 내용이었다. 그것은 라싸에서 광조우로 돌아가는 기차가 이틀이나 연착한다는 말이기도 했다.

우리는 풀이 죽어서 카페로 돌아와서 오후 3시가 넘도록 잤다. 겨 우 일어났을 때 주오가 뜬금없이 물었다.

"아깡, 주방에 있던 맥주 다른 데로 옮겼어?"

나는 무슨 말인지 몰라서 물었다.

"아뇨, 왜요?"

그녀가 말했다.

"누가 들어와서 물건을 훔쳐간 것 같아!"

꼼꼼히 살펴보던 우리는 깜짝 놀랐다. 과연 문이 부서져 있었고 옆 집도 누가 침입했는지 문이 부서져 있었다. 연말이 되면 좀도둑이 특 히 많았다. 점검을 해보니 버드와이저 두 상자가 사라지고 없었다. 큰 손해는 아니었다.

주오가 난감해하며 말했다.

"아유, 동생들이 나한테 가게를 맡겼는데 동생들이 나가자마자 도 둑이 들었네!"

나는 오히려 다행이라는 생각이 들었다. 적어도 철문을 달아서 경 비를 튼튼히 하게 되었기 때문이다. 나는 철문을 어떻게 잠그고 또 어 떻게 여는지 주오에게 설명해주었다. 진즉에 이렇게 했어야 했지만 문제가 터지기 전까지는 예상하기란 쉽지가 않은 일이다. 우리 열차가 남부지방 폭설로 인해 이틀간 연기되었지만 주오가는 도난사건 때문인지 가게에 각별히 신경을 썼다. 우리가 기차역으로 출발하기 전에 그녀가 거듭 말했다.

"아깡, 오트, 마음 놓고 다녀와. 내가 가게 잘 보고 있을게! 다시는 그런 일이 없을 거야!"

그녀의 이 말은 2008년 3월에 정말로 빛을 발했다.

우리는 홍콩에 3주간 있다가 2월 말에 라싸로 돌아왔다. 가게는 여전했고 손님도 많은 편이었다. 늘 카페에 앉아서 TV를 보던 외국인들도 여전히 그대로였고, 원래 벌써 라싸를 떠나려고 했던 몇몇 손님들이 나와 오트가 곧 라싸로 돌아온다는 것을 알고는 며칠 더 있다가 우리와 작별인사를 나눈 후 떠났다.

이번에 홍콩에서 우리는 일부러 시티 슈퍼에 가서 스페인 발렌시아산 쌀을 사가지고 와서 친구들과 빠에야를 만들어 먹었다. 송별회를 겸한 저녁만찬이 이어졌다. 자전거로 네팔의 수도 카트만두로 가는 친구도 있었고 동남아 쪽으로 떠나는 친구도 있었다. 어쩌면 이별은 카페의 한 부분이어서 유별날 것도 없었지만 하다를 목에 둘러주며 안녕을 기원하는 이별의 정이 그때마다 가슴을 물들였다.

모든 것들이 너무나 평온하고 여전했기 때문에 이후에 일어난 일들이 더욱 뜻밖의 일로 다가온 것인지도 모르겠다.

일어나서는 안 될 일

사건의 시작

2008년 3월 14일 오전 11시, 주오가로부터 전화가 걸려왔다. 당시에 우리는 여관에서 장기투숙하고 있었다. 주오가는 나와 오트가 올빼미들이어서 오후 한두 시는 되어야 일어난다는 것을 잘 알고 있었다. 도둑이 들었던 날도 우리가 잠을 설칠까 봐 일어날 때까지 기다렸다가 상황을 알려주었던 주오가가 이렇게 일찍 전화를 걸었다는 것은 큰일이 벌어진 게 틀림없다는 생각을 하며 전화를 받았다.

수화기 너머에서 그녀가 다짜고짜 "아깡, 오늘 일이 좀 생긴 것 같아, 오늘은 문 열지 말고, 내일 열어"라고 말했다. 나는 주오가의 결정을 의심해본 적이 없었기에 그녀가 그렇게 말하는 이유도 묻지 않고 대답했다.

"알아서 하세요, 나중에 나가볼게요."

주오가가 머뭇거리며 말했다.

"나오기 전에 먼저 여관 밖의 상황이 어떤지 알아봐. 만약 다른 볼일이 없으면 되도록 나오지 않는 게 좋고."

본래는 잠을 더 잘 생각이었지만 주오가의 말투가 예전 같지 않다는 생각이 들어서 나는 자고 있는 오트를 깨웠다. 창문을 열고 밖을 내다보았을 때 구시가지 쪽에서 검은 연기가 여기저기 솟아오르는 광경이 보였다.

이날부터 티벳은 다시 한 번 세계의 관심의 초점이 되었다. 주오가의 전화를 받은 것을 시작으로 홍콩 여기저기에서 전화가 걸려오기 시작했다. 먼저 무선 TV방송국, 홍콩방송국, 〈밍바오신문사〉에서 전화가 왔고 몇 시간이 지나자 엄마로부터 전화가 걸려왔다.

어머니는 예전에 사소한 일로 전화를 했을 때에도 깨알만한 일을 바윗덩이만한 문제로 부풀려서 마치 큰일이 난 것처럼 불안해 했었다. 그런데 이번에는 오히려 내가 의아할 정도로 어머니가 평온한 목소리로 물으셨다.

"아들, 뉴스 보니까 오늘 일이 좀 벌어졌던데 큰 문제는 없지?"

목소리에 탐색하는 기색이 역력했다.

나는 솔직하게 말했다.

"있어요, 엄청 큰일이 벌어진 것 같아요!"

어머니의 목소리가 약간 흥분했다.

"뭐? 방금 전에 베트남으로 전화를 했었는데 너네 숙부가 얘기를 하다가 갑자기 나한테 라싸는 괜찮으냐고 물으시잖아. 속으로 베트남

2008년 3월 14일 아침, 구시가지 쪽에서 심상치 않은 검은 연기가 치솟기 시작했다.

여관 옆에 있는 옷가게에서 불이 나자 손님들이 황급히 공터로 뛰어나가서 피신해 있다. 나중에야 어디로 도망갈 필요 없이 여관이 어느 곳보다 안전하다는 걸 알았다.

에 있는 사람이 어떻게 라싸 일을 알고 묻는 거지 하는 생각이 들어서. 그래서 내가 별일 없다고 걱정하지 말라고 그랬는데……"

어머니가 잠시 무슨 말을 해야 할지 주저하다가 갑자기 물었다.

"정말로 큰일이 터진 거야?"

나는 가능한 대수롭지 않은 듯이 대답했다.

"그렇다니까요, 이번 일은 좀 큰 거 같아요. 근데 우리가 있는 이곳은 안전해요."

나는 어머니가 걱정하실까 봐 얼마 멀지 않은 건물에서 불길이 치솟고 있다는 말은 하지 않았다.

여관 옆의 이웃에 옷가게가 하나 있었는데 거리가 0.5미터도 채 되지 않았다. 오후 1시 경에 그곳에서 불길이 치솟기 시작하더니 줄곧 불길이 타오르고 있었다. 여관주인은 크게 걱정할 일이 아니라며 서너 차례 강조했다.

"여러분 걱정할 것 없어요, 우리 구조는 옆집하고 달라요. 저쪽은 불이 쉽게 붙지만 우린 아니에요!"

우리도 주인의 말처럼 대단치 않게 생각했지만, 다른 사람들은 불길이 여관으로 번질까 봐 걱정이 되었던 모양이었다. 자다가 놀라서 깬 사람들처럼 법석을 떨었다. 스위스에서 자전거 여행을 온 잔느가 10분도 안 걸려서 잽싸게 배낭을 꾸리더니 배낭을 메고 이리저리 오가며 말했다.

"내 짐이 몽땅 타버리도록 둘 순 없잖아요."

나는 그녀의 말이 전혀 틀린 게 아니라는 생각이 들어서 곧바로 방으로 돌아와서 짐들을 살폈다. 그중에서 가장 중요한 것이 내 컴퓨터와 오트의 PDA였다. 나도 잽싸게 두 물건을 배낭 안에 싸서 넣은 후, 오트에게 짊어지게 했다. 그가 투덜거리며 말했다.

"엄청 무겁네!"

내가 으르듯이 말했다.

"그러다가 네 PDA가 불타버리기라도 하면 인터넷도 못할 거 아냐!"

이번에는 그도 물러서지 않았다.

"내 PDA는 가벼운데 네 컴퓨터는 1.97킬로나 되잖아!"

순간 할 말이 생각나지 않아서 내가 억지소리를 했다.

"내 컴퓨터가 불에 타면 네 PDA 백업을 못하잖아."

그가 와와 소리를 질렀고 나는 기회를 놓칠세라 재빨리 옥상으로 올라갔다. 상황을 살펴볼 생각이었다.

3월 14일 유혈시위가 벌어졌을 때 여관에는 세계 각지에서 온 30여 명이 넘는 여행객들이 투숙해 있었다. 베이징에서 온 여관주인은 애써 침착한 어조로 종업원들에게 문을 걸어 잠그고, 옥상으로 가서 탁구대를 옮겨다가 출입문을 막으라고 지시했다.

그 와중에도 내 휴대전화는 쉴새없이 울렸다. 뜻밖에 걸려온 홍콩 특별자치구 베이징 사무실의 량 주임의 전화도 그 중 하나였다.

"안녕하세요, 언론사를 통해 선생님 전화번호를 받았습니다. 라싸

여관에 갇혀 지내는 동안 무료한 여행객들과 옥상에 올라가서 제기차기를 했다.

정전 4일째, 머리에 두르는 전등 불빛에 의지하여 저녁으로 라면을 끓여 먹었다. 왼쪽부터 홍콩에서 온 나오미, 월터, 소니, 오트 그리고 나.

상황이 어떤가요?"

내가 말했다.

"옆 건물에 화재가 났어요. 하지만 여기까지 번지지는 않아서 지금 여관에 머물고 있습니다."

량 주임이 말했다.

"상황을 잘 살피시고 안전에 주의하십시오. 안심하시구요, 우리가 면밀히 그쪽 상황을 살피고 있으니까요. 만약 필요한 게 있으면 곧바로 이 번호로 연락주세요!"

나는 상황을 좀더 설명한 후 전화를 끊고 나서 몇몇 홍콩 사람들의 신분증 번호를 량 주임에게 문자메시지로 보냈다. 옆에 있던 청두에서 온 여자가 궁금한 듯 물었다.

"뭐하고 있어요?"

나는 혹시나 해서 홍콩 정부에 신분증 번호를 알려주었다고 말했다. 그 여자는 부러운 듯 중얼거렸다.

"어째서 우리 청두시에서는 전화 한 통 없는 거야?"

나는 아무 대꾸도 하지 않았지만 마음이 조금은 놓였다.

여관에 갇히다

여행객들 모두 여관 안에 꼼짝 없이 묶여 있기는 했지만 제법 거센 불길이 그나마 번질 기세는 아니었다. 우리는 아무 할 일도 없고 해서 모두 옥상으로 올라가 주위를 살피며 한가하게 얘기를 나누었다. 여관의 5층 옥상에 작은 단이 있어서 두오썬거 거리 전체가 눈에 들어왔다. 길에는 사람의 그림자도 보이지 않았다. 간혹 열서너 살 정도로 보이는 노란색 챙 모자를 쓴 남자아이 몇이 어딘가로 달려가는 모습이 보였다.

잠시 후 느닷없이 티벳족 할머니 두 명과 강아지 한 마리가 함께 옥상에 나타났다. 나는 놀라서 어떻게 올라왔느냐고 물었다. 할머니들은 옆에 불타고 있는 옷가게를 가리키며 말했다.

"우리 집이 저긴데 불이 나서 갈 데가 없어서 여관으로 뛰어올라 왔어."

할머니들이 담을 넘었다고? 나는 궁금증을 참지 못하고 물었다.

"연세가 어떻게 되세요?"

한 할머니가 80이라고 했다. 내가 할머니들 기력이 좋으시다고 말하자 할머니가 보일 듯 말 듯 웃었다. 내가 다시 물었다.

"집에 불이 나서 어떻게 해요? 집에서 아무 것도 안 가지고 나오셨어요?"

할머니가 오히려 태연하게 말했다.

"나도 괜찮고, 강아지도 괜찮고, 그럼 됐어."

말을 마친 할머니는 한 손으로 강아지를 끌어당기면서 생각에 잠긴 듯 다른 한 손으로 마니차를 돌렸다. 80년간 불도佛道에 정진한 내공이 느껴졌다.

하지만 여행객들은 팔순의 할머니처럼 담담하거나 초연하지 않았다. 일부 여행객들은 겁에 질려서 계속 소리를 질렀다. 누군가가 갑자기 제안했다.

"여관 옆에 공터가 있잖아요, 그쪽으로 담을 넘어가요!"

처음에는 한두 명이 담을 넘더니 나중에는 너나 할 것 없이 우르르 담을 넘어갔다.

나는 옥상에서 사람들이 다급하게 '도망' 가는 것을 보고 오트의 의견을 물었다. 그는 한때 출가했던 사람답게 여든 살의 티벳족 할머니와 비슷한 어조로 말했다.

"뛰어 넘어갈 것까지 뭐 있어, 여관 안이 더 안전해. 나중에 정말로 여기까지 옮겨 붙으면 뒷문으로 나가면 돼."

45분 후 담을 뛰어 넘어갔던 여행객들이 다시 현관을 통해 여관 안으로 몰려 들어왔다. 여관 옆에서 일어난 불은 3시간 동안 타오르다가 마침내 진압되었다.

사태가 발생한 후 며칠 동안 길에는 사람을 볼 수 없었고 여관의 출입문도 줄곧 굳게 닫혀 있었다. 나다닐 수가 없었기 때문에 우리는 감옥에 갇힌 것처럼 매일 건조식품으로 끼니를 때웠다. 여관 맞은편에 마침 마트가 하나 있었는데 어느 날 하릴없이 밖을 내다보던 우리는 불현듯 누가 마트 뒷문으로 들어가더니 뭔가가 잔뜩 든 자루를 하나둘씩 들고 나오는 것을 보았다. 몰래 장사를 하고 있었던 것이었다!

이 소식은 곧바로 여관 내에 퍼졌고 일부 손님들은 아예 여관 뒷문으로 몰래 나가서 마트에서 물건을 사왔다. 여관주인이 이 사실을 알고 소리를 버럭 질렀다.

"누구든 나가면 다시는 여관에 못 들어옵니다!"

그리고는 뒷문을 잠가버렸다. 일부 대담한 손님들이 옥상으로 올라가서 맞은편 건물 위로 뛰어내린 후 건물 계단을 통해 지상으로 내려가서 버드와이저 한 상자를 들고 의기양양하게 여관으로 들어와 맨 위층에 있는 식당으로 갔다.

이때 나, 오트, 나오미 그리고 홍콩에서 온 연인 월터와 소니는 갖은 머리를 굴려 밖에서 물건을 사들여왔다. 여관의 출입문이 두 짝의 대형 유리로 되어 있었는데 양쪽 손잡이에 자전거 체인이 감겨 있었다. 바깥쪽으로 유리문을 밀면 몸집이 작은 사람이 빠져나갈 만한 공간이 생겼다. 나가서 일용품을 사가지고 다시 들어오기까지 우리는 상당히 조직적으로 움직였다. 한 사람은 망을 보고 몇 사람이 문을 밀고 버티고 서면 나갔던 사람들이 감쪽같이 들어왔다.

맞은편 마트 후문으로 뛰어가자 망을 보던 마트 직원이 말했다.

"못 들어갑니다, 오늘은 끝났어요! 내일 일찍 오세요!"

내가 소리를 쳤다.

"우린 지금 먹을 것도 없어요!"

나오미가 짐짓 불쌍해 보이는 표정을 지으며 힘이 빠진 목소리로 말했다.

"배가…… 고파서…… 죽을 것 같아요! 너…… 무…… 비참해……요!"

마치 공습을 당해 금방이라도 방공호 안으로 들어가야 할 사람 같았다. 직원이 난감한 듯 말했다.

"계산하는 직원이 퇴근했다니까요."

옆에 있던 티벳족 직원이 마음이 여린 사람이었는지 고개를 끄덕이며 손짓을 했다.

"됐어, 들어와서 물건을 사게 해줘."

우리는 "와" 한 마디 외치고 다시 "와와" 외마디 소리를 지르고는 장난감 가게로 들어간 아이처럼 신이 나서 미친 듯이 콜라, 땅콩, 과쯔, 매운 닭다리, 닭조림, 햄, 카드 같은 것들을 주워 담았다. 가격이 여느 때와 같았기 때문에 사재기를 하지는 않았다.

마트 직원의 말처럼 계산대 직원이 이미 퇴근하고 없었기 때문에 계산대에 있는 바코드 리더기로 계산을 할 수가 없어서 우리는 주워 담은 물건들을 종이에 하나하나 적었다. 조금 전에 손짓을 하며 우리를 들어오게 했던 직원이 당부하듯 말했다.

"잘못 쓰면 안 됩니다. 만약 돈이 모자라면 주인이 우리한테 다 물어내라고 할 거예요."

우리는 그가 우리를 도와주려다가 오히려 피해를 당할까 봐 걱정이 되어서 무슨 일이 있으면 연락해 달라며 우리 휴대전화 번호를 적어 주었다.

3월 14일, 옆에 있는 옷가게에서 발생한 불이 거리에 있는 전신주에 옮겨 붙는 바람에 우리는 줄곧 정전상태에서 지내야 했다. 하지만 소요가 가장 먼저 발생했던 조캉사원과 바코르 거리를 포함해서 라싸의 다른 지역들은 정전의 영향을 받지 않았다. 휴대전화, 전기공급, 인터넷 등이 모두 정상이었다.

여관 종업원이 거리의 가로등들이 여전히 불이 들어오는 것을 보고, 전선을 다른 송전선에 연결해서 몰래 전기를 끌어올 수가 있다는 생각을 해냈다. 이튿날 낮 시간을 이용하여 그가 백주대낮에 가로등의 전선을 여관 안으로 끌어왔다. 이리하여 매일 밤 6시부터 다음날 새벽 7시까지 시정부가 가로등을 켜는 시간에 우리도 전기를 사용할수 있게 되었다.

현대사회에서 전원공급이 제한적일 때 사람들 뇌리에 가장 먼저 충전을 해둬야 한다고 생각되는 것이 바로 휴대전화이다. 테이블 위에 휴대전화 충전기가 빨간색 빛을 발하며 수북이 놓여졌다. 휴대전화 다음으로는 끓인 물이었다. 여관에 있는 가스가 바닥이 났기 때문에 모두 전기로 물을 끓여야 했다.

군것질거리들이 잔뜩 있었지만 그래도 가장 먹고 싶은 것이 뱃속을 데워 줄 라면 한 그릇이었다. 기다리고 기다리던 저녁 6시가 되어 마침내 물을 끓일 수 있게 되면 우리는 여관에서 준 보온병을 들고 입구에 있는 프런트로 가서 물을 끓였다. 우리가 물을 끓이려고 보온병을 들고 프런트에 갔을 때, 창백한 얼굴에 어딘지 미심쩍어 보이는 초췌

여관 종업원이 가로등 전선을 여관으로 끌어들여서 매일 저녁 6시부터 다음 날 새벽 7시까지 일시적으로 전기가 공급되었다. 전기가 공급되자 사람들이 가장 먼저 떠올린 일은 휴대전화 충전이었다. 휴대전화 배터리가 빨간 불빛을 내며 소복하게 모여 있다.

한 남자가 앉아 있었다. 우리가 전기를 꽂으려고 하자 그가 느닷없이 치아 사이로 말을 내뱉듯이 말했다.

"여기 있는 전기 사용 못해요!"

그러면서 정작 자신은 물을 끓이고 있었다.

나는 그가 어이없다는 생각이 들어서 물었다.

"왜 우리가 전기를 쓰면 안 되고 아저씨는 되는 겁니까?"

그가 말했다.

"당신이 무슨 상관이오?"

말도 안 되는 소리에 나는 아랑곳하지 않고 곧장 프런트로 가서 온수기 플러그를 꽂았다. 내가 자기 말을 듣지 않자 그가 느닷없이 팔을 번쩍 들더니 손바닥으로 내 머리를 쳤다.

"들어오지 말라고 했잖아! 너⋯⋯."

그가 이 말을 채 끝마치기도 전에 사람들이 법석을 떨며 하나둘씩 모여들었다. 의자를 가지고 나온 사람도 있고 "싸운다! 사람을 친다!"고 소리치며 5층에 사는 주인에게 달려 올라가는 사람도 있었다. 그때 나는 조금도 두렵지 않았다. 왜냐하면 옆에 오트가 있었기 때문이다.

그가 손찌검 하는 것을 보자마자 오트가 왼손을 탁자에 짚고 민첩하게 프런트를 뛰어 넘어가더니 오른손 팔꿈치로 남자의 턱을 떠받치고 왼손으로는 남자의 가슴께를 눌러서 꼼짝 못하게 제압했다. 남자는 이미 넋이 나간 듯 보였다. 오트의 손이 재빠르게 남자의 코에 걸려 있던 안경을 낚아챘다. 후에 오트는 안경을 낚아 챈 것은 상대방으로 하여금 시야를 흐리게 함으로써 더 큰 공포감을 느끼게 만들기 위해서라고 말했다.

오트는 자신의 무에타이 자세를 몹시 만족스러워하며 태국어로 나를 위로했다.

"'응앗 촉'^{ngat sok}이라고 부르는 기술이야. 괜찮아. 이 사람이 다시 손을 대면 늑골을 부러뜨려 놓던지 잠시 숨을 못 쉬도록 만들어버릴게."

나는 그의 말을 추호도 의심하지 않았다. 그가 방금 프런트를 뛰어넘어갈 때 나는 산이라도 옮겨놓을 것 같은 힘과 전광석화처럼 번뜩이는 소우주小宇宙[17]를 느꼈다.

나는 그 남자에게 왜 손으로 내 머리를 쳤느냐고 물었다. 그가 몸을 떨며 금방이라도 울 것처럼 말했다.

"너…… 너 나를 쳤어? 둘이서 한번 해보겠단 말이지? 나를 치겠다고? 나를 치겠다고? ……."

내가 거듭 말했다.

"아저씨가 먼저 나를 쳤잖아요, 먼저 주먹질 한 사람이 고소라도 하겠단 겁니까?"

여관주인이 내려오자 소동이 일순간 멈추었다. 여관주인이 험악한 눈빛으로 방금 전에 우리에게 물을 끓이지 못하도록 억지를 부렸던 그 남자를 향해 소리를 쳤다.

"당신은 여기 종업원이야, 누가 여기 프런트에 앉아 있으라고 했

---

[17] 일본 만화 〈성투사 세이야〉에 나오는 말이다. 한 사람의 잠재력이 폭발하면 창공을 가르고 악마를 쳐부술 수 있는 힘으로 변한다는 뜻이다.

어!"

그리고는 고개를 돌리더니 화색을 띠며 우리에게 말했다.

"아깡, 조금 있다가 사람을 시켜서 끓인 물을 갖다 줄게요!"

이 '끓인 물 사건'은 순식간에 여관 내에 퍼졌다. 티벳족 여종업원 몇이 마치 무협소설이라도 본 듯이 이 사건에 대해 물어왔다. 이야기를 다 듣고 나자 탁자를 치며 큰소리로 말했다.

"맞아도 싸요! 오트, 정말 대단해요! 하! 그 사람은 우리도 진즉에 손을 봐주고 싶었어요!"

알고 보니 그 '맞아도 싼' 사람은 중국 내지에서 온 관광가이드였는데 여관 안에서 장사를 하면서 건방지게 굴어서 미운털이 박힌 사람이었다. 그후 그는 오트를 볼 때마다 제발 저린 도둑처럼 흠칫거렸다. 그로서는 평상시에 오트가 얼마나 온순하고 조용한지 짐작도 못했을 것이다. 순식간에 폭발한 소우주는 놀랍게도 모두를 깜짝 놀라게 했다.

그날 밤, 오트는 우리의 영웅이 되었다! 우리는 영화 〈쇼생크 탈출〉에서 죄수들이 앤디의 위대한 과거에 대해 이야기하고 이야기하듯이, 끊임없이 그날의 사건에 대해 이야기하며 그의 무에타이 동작을 흉내냈다. 오트는 우리가 무슨 말을 하는지 이해하지는 못했지만, 자신을 바라보는 모두의 선망어린 시선을 대하면 쑥스러운 듯 외면했다. 그래도 얼굴에 애써 웃음을 참는 기색을 감추지는 못했다.

평온한 나날들

며칠 후 여관에서 누군가의 흥분한 목소리가 들려왔다.

"나가도 돼요! 드디어 나갈 수 있대요!"

넓은 거리에 사람들이 가득했다. 평소에 비해 세 배는 많은 것 같았다. '자유를 회복한' 나와 오트가 가장 먼저 한 일은 당연히 카페로 달려가는 것이었다. 입구는 부서진 곳 없이 무사했고 문에 흰색의 하다가 걸려 있었다. 모든 것이 무사했고 다행이었다. 하다는 티벳 사람들이 명절이나 의식이 있을 때 다른 사람을 축복하는 의미로 둘러주는 흰색 비단 스카프이다. 기쁜 일이든 슬픈 일이든 그곳에는 늘 하다가 있다.

후에 주오가가 말했다.

"그날 우리도 무슨 일이 벌어졌는지 몰랐어. 조캉사원에 큰일이 벌어졌다고만 들었지. 누가 점포 문에 하다를 걸어놓는 걸 보고서 우리도 따라서 했지."

그녀가 계속했다.

"나중에 사람들이 옆에 있는 가게를 부수는 걸 보고 우리도 겁이 좀 나더라구. 하지만 그 사람들이 아무려면 티벳족이 있는 곳을 어쩌지는 않을 거라는 생각이 들었어. 그래서 우리가 가게 밖에서 지키고 서

소요가 끝난 후 누가 카페 문 앞에 하다를 걸어놓았다. 그 덕분일까, 카페는 무사하게 위험한 순간을 넘길 수 있었다(왼쪽). 3월 14일 이후 처음으로 식사다운 식사를 하러 한자리에 모였다(오른쪽).

있었어. 나중에 정말로 사람들이 몰려 왔는데 우리가 여긴 티벳족이 장사하는 곳이니 손대면 안 된다고 했더니 사람들이 물러났어. 우리도 별일 없었고……."

무슨 일이 생길 때마다 주오가는 늘 이렇게 말했다.

"아깡, 어쨌든 안심해! 내가 전에 말했잖아, 절대로 카페에 일이 생기도록 두지 않겠다고! 무슨 일이 벌어져도 가게는 괜찮을 거야."

카페가 전혀 피해를 입지 않은 것을 본 나와 오트는 가슴속에서 큰 돌 하나를 내려놓은 것 같았다. 그후 몇몇 홍콩 친구들과 함께 잠깐 시간을 내어 훠궈식당에서 점심을 먹었다. 토종닭으로 훠궈를 만드는 그 식당은 조캉사원과 2킬로미터 떨어진 장쑤로에 있었다. 그쪽 거리의 가게들은 한 곳도 부서지거나 손상을 입은 곳이 없었다. 마치 다른 세상 같았다. 손님이 밀려들자 식당주인이 싱글벙글하며 말했다.

"맛있게 드세요, 근데 종류가 많지가 않습니다. 지금은 신선한 채소를 구할 수가 없어요. 어서 드세요!"

일용품 몇 가지를 산 후 저녁에는 베이징로 세무서 맞은편에 있는 식당에서 '매운 돼지족발 새우탕'을 먹었다. 이쪽도 소요의 영향을 받지 않아서 식당 안이 손님들로 북적였다. 티벳족, 한족, 모두가 둘러앉아 밥을 먹으며 이런저런 얘기를 나누는 모습이 마치 아무 일도 일어난 적이 없는 것 같았다.

이 사건이 있은 후 카페는 열흘 동안 문을 닫았다. 이 열흘 동안 나와 오트는 할 일이 없어서 아침에 시내로 나가 이리저리 돌아다녔다. 외지에서 온 여행객들은 대부분 떠나고 없었다. 라싸에서 절친하게 지내는 친구들은 별로 나돌아 다니고 싶어 하지 않았다. 외로워진 우리는 해가 질 무렵에 헤이무와 아랑에게 전화를 걸었다.

그녀가 말했다.

"여기는 아무 일 없어. 여기 와서 며칠 지내다 갈래? 같이 얘기도 하고 심심하진 않을 거야!"

그들의 집은 북쪽 외곽이기 때문에 낮에는 거의 모든 가게들이 문을 열고 소요가 일어날 기미가 어디에도 없다고 했다. 시내에서 택시를 타고 북쪽 근교까지는 넉넉잡아 4킬로미터였다. 하지만 저녁 7시에 길에서 30분을 기다렸지만 택시가 한 대도 보이지 않았다. 불어오는 찬바람 속에서 유난히 처량한 기분이 들었다.

내가 오트에게 물었다.

"걸어서 거기까지 가면 무서울까?"

사실 난 속으로 조금 겁이 났지만 그가 "무서울 게 뭐 있어?" 하고 말했다. 오트의 그 말에 나는 다소나마 마음이 놓였다. 우리 둘은 어두운 밤길을 1시간 동안 걸어서 헤이무의 집에 도착했다. 길에 한두 곳 무장경찰 초소가 있었는데 우리를 보고 호기심 어린 표정으로 인사를 건넸다. 신분증을 조사하는 일도 없었다. 시내에서 경찰들이 삼엄하게 행인들을 조사하는 상황과는 사뭇 달랐다.

헤이무와 아량의 집에 도착한 우리는 여전히 훠궈를 먹고 또 먹었다. 저녁에서 아침까지, 새벽부터 밤 12시까지, 끊임없이 이어지는 이야기가 대서양으로까지 옮겨갔다. 이외에 중요한 활동으로 TV 보기가 있었다. 우리는 TV를 보고 또 보았다. 3월의 소요와 관련된 보도들이 끊임없이 나왔다.

아침에 다큐멘터리를 보고, 점심 때 다큐멘터리를 보고, 저녁에 또 다큐멘터리를 보았다. 흑백 화면을 보고 또 보면서 부드럽고 리듬감이 느껴지는 남녀의 내레이션을 듣고 있노라면 일순 정신이 몽롱해지는 것 같았다. 어쩌면 우리가 살아 있는 동안에 다시 이런 경험을 할 기회가 없을 것이다.

그후 몇 달 동안 우리는 거듭되는 이별을 겪어야 했다. 헤이무와 아량이 고향으로 돌아갔고 홍콩, 중국 내지 그리고 세계 각지에서 찾아오던 여행객들이 갈수록 줄어들었다. 라싸에 있는 기금회에서 일하던 외국인 친구들도 업무상 이유로 라싸를 떠났다.

카페가 문을 연 이듬해, 거창하던 계획들 특히 티벳자전거단을 조직하려던 계획은 지금 벽에 걸어두고만 있다.

오트는 여전히 천하태평이다. 어디에서 찾아냈는지 댄스 동영상 자료들을 보며 매일 밤 카페에서 다섯 손가락으로 꼽을 정도로 몇 안 되는 손님들과 함께 광란의 댄스에 빠져 있다. 그의 생활은 달라진 것이 없다. 늘 그래왔듯이 PDA로 인터넷을 하고, 늘 그래왔듯이 문 앞에서 자신의 묘기자전거를 가지고 놀았다. 다만 태국에서 온 매스컴의 인터뷰를 받는 일이 하나 늘었다. 아마 한 태국 젊은이가 라싸에서 자신의 꿈을 좇는 이야기가 그제야 태국에 알려지기 시작한 것 같았다.

처음에 라싸에서 장사를 하게 된 것은 순전히 나의 제안이었다. 가끔 나는 오트가 정말로 티벳을 좋아하는 걸까 하는 생각이 들었다. 그가 이곳에 머무는 것은 일종의 습관일까 아니면 자신의 꿈을 찾았기 때문일까?

어느 날 내가 물었다.

"티벳에서 사는 게 넌 어때, 만족해?"

오트가 말했다.

"만족해, 이곳에서 사는 게 좋아."

내가 물었다.

"티벳의 무엇이 좋아?"

나는 그가 사원이나 티벳 불교를 말할 줄 알았다. 하지만 오트는 한참을 생각하다가 대답했다.

"티벳 사람들하고 태국 사람들하고 아주 비슷해!"

단순히 피부색이나 종교가 비슷해서가 아니라 기질이 비슷하다는 말일 것이다. 나는 소요가 일어나자 모두가 혼비백산해서 난리를 칠 때 오트와 그 티벳 할머니만이 강물처럼 담담했던 것이 생각났다. 정전이 계속되었던 날 나를 보호하기 위해 눈 깜짝 할 사이에 폭발했던 그 가공할 힘도.

한가한 나날들을 보내면서, 나는 문득 카페를 시작한 후 아주 많은 사소한 일들을 돌아보지 못했다는 생각이 불현듯 들었다. 곁에 있는 친구를 이해하는 시간을 갖지 않았고, 티벳 문화를 열심히 공부하지 않았고, 티벳어를 열심히 배우지 않았다.

외지에서 온 사람이 현지사회에 섞이기 위해서 그곳의 말을 배우는 것보다 더 확실한 방법은 없다. 나는 지금까지 외국어를 배우는 데 늘 자신 있어 했다. 태국에서 머물렀던 10개월 동안 유창한 태국어를 할 수 있게 되었고, 베트남어와 일어도 일상적인 대화를 무난히 할 수 있는 정도는 된다. 가끔 나는 티벳에 온 지 1년이 넘어가는데 왜 티벳어는 이렇게 서툰 것일까 하고 생각했다.

티벳어가 어려워서가 아니라 내가 게을러서였다. 한가한 시간이 많아지면서 나는 버려둔 지 오래된 티벳어 교재를 꺼내어 꾸준히 공부하고 있다. 그리고 시간을 내어 중영번역을 하거나 여행에 관한 원고도 쓰고 또 나의 첫 번째 책도 썼다.

한해의 마지막 날 밤에 우리는 티벳, 라싸, 〈바람카페〉에서 세계 각지에서 온 친구들과 카운트다운을 하며 새로운 한 해의 시작을 맞이했다.

누군가가 말했다.

"복권이라도 긁어서 나중에 다시 라싸로 올 거야!"

다른 누군가가 웃으며 말했다.

"새해에는 기쁘고 즐겁게, 애정전선도 뜻대로 되기를!"

오트가 말했다.

"세계 평화를 위해!"

나의 바람은 비교적 간단하다. 우리가 여전히 티벳에 있을 수 있기를 그리고 함께 가슴속의 꿈, 전설속의 샹그릴라를 찾아갈 수 있기를 바랄 뿐이다.

타시텔레!

ཞི་མ

내가 본 아깡, 그리고 〈바람카페〉

인연의 시작

아깡. 파주^{Pazu}, 슈보보. 그를 아는 사람들은 그를 이렇게들 부르고 있지만 정작 그의 본명이 '요우홍강'이라는 사실을 아는 사람은 없다. 그러나 상관없다. 이름은 그냥 이름일 뿐! 다른 점이 있다면 이제는 그가 홍콩의 유명 웹사이트 '동요넷'의 주인장 슈보보에서 티벳 라싸에 문을 연 카페 〈바람카페〉의 주인장 슈보보가 되었다는 사실이다.

아깡을 알게 된 것이 아주 오래 전인 것도 같고 아주 최근의 일인 것도 같다. "오랫동안 마음을 주고받으면서도 만나지 못하다가 〈바람카페〉에서 처음으로 만났다"고 하는 것이 정확한 표현일 것이다.

자칭 여행가인 나는 세상 이곳저곳을 한가롭게 돌아다니는 것을 좋아한다. 딱히 할 일이 없어서 무료할 때면 자주 다른 여행자들의 홈페이지나 블로그를 들락거린다. 정확히 언제였는지 기억나지는 않지만 우연히 파주의 블로그에서 그의 여행일지를 읽게 되었고 그 이후로 수시로 들락거리면서 그의 독자가 되었다. 이 희한한 친구가 또 어디를 갔나? 혹시 어떤 흥미로운 일, 골치 아픈 일, 뜻하지 않은 일을 만났나?

그의 블로그를 통해서 나는 그가 중학교 때 이미 배낭을 메고 여행을 다니기 시작했고, 대학을 졸업한 후에는 몇 년 동안 중국의 여러 성*들을 여행했으며 적은 비용으로 세계 여러 나라에 자신의 발자국을 찍으며 다녔다는 것들을 알게 되었다. 부럽기 짝이 없었다!

칭짱철도가 개통된 지 1년이자 베이징올림픽이 개최되기 1년 전인 2007년에 나는 오랫동안 마음으로만 그려오던 티벳에 가보기로 마음먹었다. 올림픽이 개최되면 외국에서 관광객들이 올림픽을 보러 몰려올 것이고 내친 김에 티벳까지 여행하게 될 확률이 크므로 올림픽 전에 가야만 사람들 틈에 떠밀려 다니는 상황을 피할 수 있겠다 싶어서였다! 그때 슈보보의 홈페이지를 클릭한 내 눈 앞에 뜻밖에도 "라싸에서 카페를 열었어요"라는 팝업창이 떠올랐다. 〈바람카페〉블로그로 들어가자 정말로 그곳을 찾은 사람들의 모습과 활짝 웃고 있는 사진들이 올려져 있었다!

내가 티벳에 가서 〈바람카페〉를 찾아갔을 때 슈보보는 홍콩에 가고 없었다! 다행히도 카페 매니저 주오가가 "며칠 있으면 돌아올 거예요"라고 말해주었다. 어쨌든 나는 한 달간 티벳에서 머물 예정이었고, 결국은 만날 기회가 있을 터였다.

바람이 맴도는 곳

아깡의 카페는 두 부분으로 나뉜다. 입구로 들어서면 일본의 '다다미

방' 을 연상시키는 실내가 눈에 들어온다. 문 양쪽으로 길고 나지막한 걸상이 탁자 노릇을 하고 있고, 벽 쪽으로는 티벳 문양의 방석이 깔려 있다. 손님은 맞은편에 있는 작은 걸상에 앉아도 되고 바닥에 놓인 방석에 앉아도 된다. 긴 나무판을 차곡차곡 잇대어 붙여서 만든 사방 벽면에는 독특한 연필화 몇 점이 걸려 있다(그것이 헤이무의 작품이라는 사실은 나중에 알았다). 전체적으로 티벳식, 일본식, 서구식을 섞어놓은 분위기다(후에 아깡의 말에 따르면 그것은 또 한 명의 주인인 오트의 설계이기 때문에 태국식이라고 해도 무방하다고 했다).

안으로 더 들어가면 작은 술집 같은 공간이 나온다. 그곳에는 홍콩인들에게는 낯익은 나단 로드와 난 카이 펑 도로 표지판이 실내를 장식하고 있고, 또 생뚱맞기 짝이 없어 보이면서도 들어서는 이에게 놀라움을 주기에 충분한 선홍색의 '무간도' 도 있다. 대형 가라오케 스크린 옆으로 오트가 아무렇게나 걸어놓은 자동차 부속품들이 장식되어 있다.

〈바람카페〉의 바깥 벽면에는 티벳의 푸른 하늘과 흰 구름이 옮겨져 있다. 이렇게 홍콩의 거리, 태국, 티벳의 모습들이 어우러져서(여기에 독자 나름의 상상까지 덧붙여서), 유명 디자이너의 설계는 아니더라도 친근감 있고 따뜻한 정경을 보여주고 있다. 바로 아깡의 이미지처럼, 그곳은 보는 사람이 설득당하지 않을 도리가 없다!

그해 〈바람카페〉가 매일 나의 발길을 이끌었던 또 한 가지 이유는 순수하고 영리한 괴짜 주인장 외에도 그곳에서 들려오는 음악 때문이었다.

인터넷카페 '동요넷' 운영자였던 그의 음악 취향이 그대로 드러났다.

실내를 감도는 음악은 중국이나 홍콩에서 즐겨 들을 수 있는 대중음악도, 흔하디흔한 동서양의 사랑노래도 아니다. 남유럽의 작은 섬에 있는 조그만 가게에 들어서면 들려옴직한 감성적이고 은은한 음악이 어둑하고 노르스름한 빛이 감도는 등불과 어울려 분위기 있게 흘러나온다. 저녁에 커피 한 잔이나 레몬주스를 앞에 놓고 음악에 귀를 기울이고 앉아 있노라면 마음속에 고즈넉한 낭만이 가득 차오르곤 했다.

만남

어느 날 저녁 나는 여느 때처럼 커피를 주문하고 앉아 있었다. 이때 네모난 얼굴에 작은 모자를 쓰고 고리타분한 검은 뿔테 안경을 낀 남자가 들어왔다. 아직 잠에서 덜 깬 것 같은 얼굴을 하고 있었다.

주오가 그를 가리키며 내게 말했다.

"아깡!"

나는 잠시 영문을 몰라 어리둥절했다. 왜냐하면 내 머릿속에 있는 그는 줄곧 파주 혹은 슈보보라는 이름으로 불리며 예사롭지 않은 외모를 지녔을 것만 같은 남자로, 어딘지 허술하고 온순해 보이는 눈앞에 있는 그 젊은이와 쉽게 연결이 되지 않았기 때문이다.

잠시 멍한 채로 있자 "음?" 주오가 재차 말했다.

"이 사람이 아깡이에요."

나는 불현듯이 지난 며칠 동안 읽었던 손님들이 남겨 놓은 글 속에서 아깡이 어쩌고 오트가 어쩌고 하는 글들을 읽었던 기억이 났다. 이때 그가 선뜻 나서며 내게 인사를 건넸다.

"제가 여기 주인 아깡이에요."

알고 보니 파주, 슈보보, 아깡은 동일인이었다.

이야기 보따리를 풀기 시작하자 아깡은 끊임없이 이야기를 쏟아냈고 침으로 사람을 익사시킬 수 있는 사람이었다. 소위 끼를 타고난 사람이었다. 그의 족적이 수십 개 나라에 이르고 천문, 지리, 컴퓨터, 음악, 미술, 건축, 자전거, 여행, 마술, 게임 등 무엇이든 못하는 게 없는 것 같았다. 2007년에 내가 라싸에 머문 시간들은 전적으로 아깡 때문이었다. 저녁에 오는 손님들은 많든 적든 그와 끝날 줄 모르는 이야기를 나누고 그가 보여주는 마술을 보며 놀거나 카드를 하고 싶어서였다.

아깡은 언어적 재능도 타고나서 광둥어, 중국어, 영어 외에도 태국어, 베트남어, 티벳어를 할 수 있었다. 많은 외국 여행객들이 〈바람카페〉를 찾는 데는 그의 유창한 영어, 유머 감각, 세계 곳곳을 돌아다니면서 얻은 견문들이 밑거름이 되어 있기 때문이다. 당연히 커피와 독특한 레몬주스, 고춧가루를 넣은 홍콩식 꿍즈면도 빼놓을 수 없다.

티벳 사람들, 중국 내지에서 온 여행자들은 물론이고 홍콩 여행자들도 〈바람카페〉를 찾았다. 〈바람카페〉는 어느새 홍콩에서는 라싸에 오면 반드시 발도장을 찍어야 하는 곳이 되었다. 라싸에 와서 아깡을 만나지 않으면 후회할 것이라는 말이 생길 정도다! 서로 알지도 못하고 관련도 없었던 사람들이 〈바람카페〉와 아깡을 통해 서로 아는 사이가 되었다.

2007년에 나는 아깡의 카페에서 적지 않은 친구들을 사귀게 되었다.

마치 오랜 친구 같은 화가 헤이무와 아랑과 함께 나가서 훠궈를 먹기도 하고 동이 트도록 속마음을 터놓으며 이야기를 나누기도 했다. 2008년에 다시 라싸를 찾았을 때에도 다시 한 무리의 친구들을 사귀게 되었다. 모두 아깡을 통해 알게 되었고 같이 밥을 먹고 밤을 새우며 친구가 되었다. 이것이 라싸의 매력이고, 아깡의 매력이고, 〈바람카페〉의 매력이었다!

출판

나는 줄곧 아깡에게 지금까지의 경험을 책으로 써보라고 권했었다. 그는 만약 정말로 책을 낸다면 '바람이 맴도는 티벳-나는 라싸에서 커피를 판다'라는 제목을 붙이겠다고 말했다.

2008년 라싸는 큰 아픔을 겪었다. 나는 베이징, 산둥, 장쑤, 장시, 쓰촨을 돌며 지인들을 만났고 그렇게 돌고 돌아서 다시 라싸로 왔다. 관광객이 줄어든 티벳의 하늘은 한층 더 푸르고 맑았다. 겨울 햇살 아래서 친구와 한가롭게 달콤한 차를 마실 때 밀려오던 싱그러움을 어찌 값으로 계산하겠는가!

홍콩에서 태어났고 영국에서 10년 넘게 살아온 친구가 〈바람카페〉에서 차를 마시다가 이런 말을 했다.

"아깡은 홍콩 사람 같지가 않아!"

그의 말은 자신이 아는 몇몇 홍콩 사람들처럼 아깡이 사람을 차별하거나 가볍지 않다는 뜻이었다.

이 책을 읽는 동안 당신은 아깡의 유머와 익살맞은 글들 말고도 그가 완차이의 탕로우^{1900년대 초에 지어진 중국과 서양의 건축양식이 혼재된 건축물}, 쿤통^{복합쇼핑센터}^{가 많은 번화가}에서 태어나고 자란 장난기 많은 젊은이일 뿐이라는 것을 알게 될 것이다. 그는 어린 시절 성장환경으로 인해 일찍이 철이 들었고, 어린 나이에 바다 건너 곳곳을 다니다가 청년이 되어서는 세계를 돌아다녔다. 게다가 책 읽는 것을 좋아해서 '만 리 길을 걸으며 만 권의 책을 읽는다' 는 말은 그를 두고 한 말이라 해도 좋다. 이 모든 경험들이 그로 하여금 독립적으로 사고하고 사람들에게 휘둘리지 않는 사람으로 만들었다.

책을 읽다 보면 그와 오트가 어떻게 알게 되었는지 알 수 있다. 오트 는 순박하고 수줍음이 많은 청년이다. 동적인 아깡과 정적인 그가 기가 막히게 어우러졌다고 해야 할까. 매일 밤 〈바람카페〉에 가면 사람들의 관심을 한눈에 받고 있는 아깡과 희미한 미소를 지으며 조용히 한 귀퉁 이에 앉아서 PDA를 손에 들고 자전거에 관한 정보를 검색하고 있는 오 트를 볼 수 있다. 자전거는 오트의 세계이다. 자전거에 관한 얘기가 나오 면 오트는 마치 아깡처럼 지칠 줄 모르고 이야기를 쏟아낸다.

성격이 판이하게 다른 두 젊은이, 한 명은 자전거를 사랑하고 다른 한 명은 여행을 사랑한다. 둘은 밑도 끝도 없이 생각나는 대로 말했다. 우리 티벳에 가자, 가서 카페를 열자. 말이 떨어지기가 무섭게 길을 나선 그들 은 자전거를 타고 반년의 시간이 걸려 태국에서 라싸에 도착했다. 그저 단순한 생각으로 시작해 어떤 이상을 위해 티벳에서 11년의 약속을 맺 고 카페를 열었다.

이것은 말이 떨어지기가 무섭게 행동에 나선 이야기이고, 용감하게 앞만 보고 간 이야기이고, 생각을 실천으로 옮긴 이야기이다.

　아깡과 오트가 티벳에서 자신들의 카페를 열기까지의 과정은 순탄치 않았다. 하지만 그들은 새로운 땅에서 새로운 친구들을 만나고 그들의 살아가는 모습을 배우면서 새로운 삶을 만들어가고 있다. 당연히 앞으로도 예상치 못한 어려움에 직면해야 하지만 바로 이렇게 성숙해가는 것이 인생일 것이다.

　티벳. 하늘 아래 둘도 없을 절경과 무오염의 땅, 푸른 하늘과 흰 구름과 햇살의 땅. 신성한 산, 신성한 호수, 보는 이의 숨을 멎게 하고 가슴 깊숙이에서 탄성을 지르게 만드는 아름다운 땅. 세상에서 힘들고 지친 사람이 번화함의 무게를 벗기 위해 찾아오는 곳. 연인과 부부가 오래 전부터 함께 오고 싶어하는 곳.

　여행을 하는 동안 우리는 쉽게 자아를 내려놓고 새로운 감정들 속으로 빠져들게 된다. 하물며 한 편의 시처럼 아름다운 티벳에서랴! 사람들이 머물다가 떠나는 카페는 우리에게 달고 쓴 세상사를 맘껏 들여다 볼 수 있는 창을 열어준다. 아깡이 쓴 그들의 이야기 속에서 나는 왕가위 감독의 〈동사서독〉의 한 장면이 떠올랐다. 주인공이 석양과 담배 연기 속에서 차가운 눈으로 세상을 바라보던 고독한 모습.

　하지만 홍콩 출신의 주인장 아깡은 그 모든 염려와 웃음을 자신만의 독특한 '주성치식 글발'로 책 속에 담아냈다.

티벳으로 떠나는 당신의 여정을 이 책이 즐겁게 그리고 결코 외롭지 않게 해줄 것이다.

홍콩 〈신바오〉, 〈핑궈일보〉의 전前 부편집장

스리이

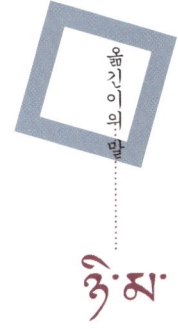

ཅེ་མ་

《바람카페, 나는 티벳에서 커피를 판다》

책 제목만 보아도 어느새 가슴 한쪽에서 설레는 바람이 꿈틀거리는 것 같다. 잠시 일상을 접어두고 짧은 여행을 하기도 마음처럼 쉽지 않은 요즘에, 이런 사람도 있구나 하는 생각이 든다. 혹시 자신의 카페 이름인 〈바람카페〉의 '바람'이 저자 자신이 아닐까? 그는 바람처럼 어디든지 날아가서 그곳을 맴돌다가 언제든 다시 새로운 곳으로 떠날 수 있는 사람인지도 모른다.

20대인 그가 얼마나 많은 곳을 돌아다니고 머물렀는지는 그가 홈페이지에 올려놓은 여행기에 고스란히 담겨 있다. 그는 그토록 좋아하는 티벳에서도 정착의 시간을 10년으로 못 박았다. 못 말리는 여행벽이랄 수밖에. 마치 세상이 자신의 집인 것처럼 다니던 그가 10년 동안 머물기로 결심하게 만든 티벳의 매력은 무엇일까.

이 책은 사람 사는 이야기이다. 다만 장소가 티벳이고, 주인공이 홍콩인과 태국인 그리고 그들의 카페를 찾는 다양한 나라의 여행객들이라는 점이 특이하다면 특이하다. 장소가 어디이든 또 그가 누구이든 사람이 사는 모습이 거기서 거기일 텐데, 왜 이 책은 독특할까? 그 이유는 바람이다. 머물지 않고 만날 기약도 없는 사람들의 모습이 숨어있던 '자유'에의 향수를 불러일으킨다. 자유로우면 더욱 진정한 '나'일 수 있기 때문일까, 이 책에 등장하는 인물들은 하나같이 인간적이고 따뜻하고 재미있다. 아무것도 어깨에 짊어지고 있을 필요가 없어지면, 우리도 이들처럼 '자유로운 나'가 될 수 있을까.

홍콩 사람들 사이에 '티벳에 가서 아깡이 있는 카페에 가보지 않으면 제대로 티벳 여행을 한 게 아니다'라는 말이 나올 정도로 저자는 홍콩에서 제법 유명인이다. 한국에서 그의 책이 출판된 후, 한국 사람들 사이에서도 이와 같은 말이 전해졌으면 하는 바람이다.

2011년 4월초

한정은

바람카페, 나는 티벳에서 커피를 판다

1판 1쇄 인쇄 | 2011년 4월 15일
1판 1쇄 발행 | 2011년 4월 20일

지은이 | 파주 슈보보Pazu 薯佰佰
옮긴이 | 한정은
펴낸이 | 김이금

펴낸곳 | 도서출판 푸르메
등록 | 2006년 3월 22일(제318-2006-33호)
주소 | 서울시 마포구 연남동 568-39 컬러빌딩 301호 (121-869)
전화 | 02-334-4285~6
팩스 | 02-334-4284
전자우편 | prume88@hanmail.net

인쇄 · 제본 | 한영문화사

ISBN 978-89-92650-41-0 13820

* 책값은 뒤표지에 표시되어 있습니다.